Piccola

Giuseppe Montesano

Nel corpo di Napoli

OSCAR MONDADORI

I edizione Scrittori italiani e stranieri marzo 1999
I edizione Piccola Biblioteca Oscar marzo 2000

ISBN 88-04-47374-6

Questo volume è stato stampato
presso Mondadori Printing S.p.A.
Stabilimento NSM - Cles (TN)
Stampato in Italia - Printed in Italy

Ristampe:

2 3 4 5 6 7 8 9 10

2003 2004 2005 2006

http://www.mondadori.com/libri

Nel corpo di Napoli

Oisive jeunesse
à tout asservie
par délicatesse
j'ai perdu ma vie
RIMBAUD

Eravamo arrivati a una questione secondo noi fondamentale, e ci stavamo chiedendo se la verità faceva bene alla vita o se invece la vita era fondata sulla menzogna, quando la porta della stanza di Landrò si aprì sbattendo sul muro, ed entrò un uomo basso e rotondo, con i capelli bianchi e un elegante vestito blu. Landrò aveva appena finito di sostenere che nel crollo di tutto il vecchio mondo la verità dei filosofi contemporanei "esprimeva solo la loro miseria", quando l'ometto con voce stridula lo interruppe.

«Sì, sì... lui vuole sapere "la verità"... 'A verità? 'E ppatane so' bbone cotte, è vero o no? Le patate sono buone cotte, chesta è 'a verità! Tieni quasi trent'anni e non ti sei laureato, chesta è 'a verità!»

Landrò ammutolì, e sembrò fisicamente ritrarsi, come faceva davanti ai piatti che non gli piacevano.

«È vero o no? Mo' è pure domenica, e a messa non ci sei andato, eh?» disse rivolto a Landrò, e subito, picchiando a terra un bastone da passeggio che finiva con una punta di metallo, riprese. «Ehhh! 'E ppatane so' bbone cotte... Ma mio figlio non tiene rispetto per niente, e si crede di capire la verità. Lui pensa, lui pensa! Sempre con questo Nicce... Ma chi è 'stu Nicce, che 'a fatto? Uno che è uscito pazzo, è!»

Landrò si era fatto prima paonazzo e poi pallidissimo, e

non parlava. Soltanto muoveva rapidamente e impercettibilmente la testa a destra e a sinistra, arricciando il naso e mordendosi le labbra tirandole in dentro. Il vecchio, implacabile, avanzò lentamente nella stanza, picchiando il bastone sul pavimento.

«Ti guadagni il mangiare, tu? Te lo guadagni? Ma che, niente! Tu non sai da dove ti viene, tu tiene 'a pappa pronta! Eh? E che, vuo' fà 'o filosofo? Io so' viecchio, ma tengo ancora chisto» e sbatté con frenesia il bastone su una poltrona che aveva davanti. «Questa è la bella vita tua, senza lavoro, libero e franco! E tu vulisse pure penzà? Sì, sì, domani... E che cosa stavate dicendo? Scusatemi, se vi ho disturbato... Scusatemi assai, che io sono un vecchio padre stanco, sono... E nessuno sa com'è veramente mio figlio, nessuno lo conosce a questo qua! Non ci parla, con me, dice che nun capisco niente... Ma io 'o ssaccio, io 'o ssaccio... So tutto! 'E ppatane so' bbone cotte, eh? Ma lui con me non ci parla, lui è filosofo... E allora, me lo volete spiegare voi? O so' troppo ignorante?»

Ora il vecchio si rivolgeva a me puntandomi contro un dito peloso e grassoccio. Pensai che Landrò stesse per svenire, perché si era afflosciato come un cencio, e ora non muoveva nemmeno più la testa di qua e di là, ma un tremito visibile sembrava scuoterlo tutto. Con una voce appena udibile sibilò:

«Vattene... Per favore. Ti prego di andartene... Questa è la mia stanza» concluse con un tono quasi implorante.

«Ahà... La mia stanza! Eh, mio figlio parla bene, non è vero? È preciso, mio figlio, e non va a messa, eh? Non dice cchiù nemmeno 'e preghiere...»

E il vecchio cavò di tasca un libriccino bianco, rilegato in pelle e con sopra stampato un calice con l'ostia.

«Se l'è scordato, questo qua, è vero? Lui pensa! Ma questo non ve lo spiega, a voi... Che lui diceva sempre 'e preghiere quann'era piccerillo... Ma ora non va a messa, non ci va! Lo sentite? Non parla, non dice niente... E fà bbuono, fà! Lui la vita non sa nemmeno cos'è. 'E ppatane so' bbone cotte, chesta è 'a verità, e la robba cruda non piace a nessuno, a nessuno... Ah, ma lui pensa! Tiene quasi trent'anni e pensa... Te si' laureato? Eh? Rispondi!»

Landrò si prese la testa fra le mani e gridò:

«Statte zitto... Statte zitto...»

«Ahà! Mi devo pure stare zitto... A casa mia? Io il diritto di parlare lo tengo, hai capito? Io sono o-ne-sto! Rovìnati, rovìnati con le mani tue! Facisse almeno 'nu poco 'e sport, come il figlio di Savione... Ti iscrivi alla sua palestra, là so' tutti bravi giovani, figli di amici miei... E no! Qua ci sta il superuomo, eh? Tengo 'o superommo dint' 'a casa mia...»

Landrò si era addossato al muro basso su cui si apriva la finestra. Di colpo voltò le spalle al padre e appoggiò la fronte al vetro. Intanto il vecchio, sempre lentamente, come spossato dallo sforzo di girarsi, e picchiando con forza il bastone, uscì dalla stanza. Io ero ammutolito, e non avevo il coraggio di guardare che cosa stesse facendo Landrò. Intanto la voce stridula del vecchio aveva ripreso a salmodiare il suo odioso ritornello, e finché si sentì l'urto del bastone che lo ritmava nessuno di noi due si mosse. A un tratto Landrò si staccò dalla finestra, attraversò a scatti isterici la stanza oscillando le braccia come un bizzarro fenicottero, e si precipitò fuori sbattendo la porta proprio come aveva fatto suo padre entrando.

Quella scena così imbarazzante si ripeteva quasi ogni volta che andavo a casa sua. Spesso Landrò ribatteva a suo padre, ma con frasi mormorate e lasciate invariabilmente a metà, o gridava, anche lui in dialetto: "Vavattenne! Vavattenne!", agitando le lunghe braccia come a scacciare un fantasma. Ma questo accadeva molto di rado. I due non si parlavano, o rispondevano oggi a una cosa detta una settimana prima, gridandosi frasi vecchie di anni come se le avessero appena scoperte. Ma il malessere che queste scene mi davano era forse accresciuto da un particolare che col tempo mi apparve quasi osceno: era la straordinaria somiglianza tra padre e figlio. Nel vecchio Landrò il pallore della carnagione si era fatto cadaverico, gli occhi chiari erano diventati acquosi e i capelli biondi si erano scoloriti, come se tutto fosse stato toccato dal decadimento. Eppure, soprattutto dimenticandosi della loro statura, che era sproporzionatamente a favore del figlio, e della magrezza di Landrò, i due avevano la stessa espressione facciale, gli stessi tic, e la stessa voce molle e isterica che nei momenti di rabbia finiva in una sorta di stridulo lamento. Ma in realtà, come si accaniva a dimostrarmi Landrò, non c'era niente che potesse legarli. Suo padre era un borghesuccio, un essere che non si era mai sviluppato, e poi era pure un pezzente.

«Un pezzente, sì, un pezzente!»

Si metteva a ridere istericamente, in questi casi, e gridava. Sua madre invece, quella era una vera signora, che aveva avuto l'unica debolezza di sposare quel pezzente. Quando pensava al matrimonio da cui era nato cominciava a balbettare, e gli compariva agli angoli della bocca una schiumetta bianca.

«Figurati, lui... Per lui tutto deve essere piccolo... È meschino, ecco cos'è! Dirigente? E chi lo ha messo, là, eh? Chi lo ha messo in quel posto? Mio nonno... E lui non è stato capace di muoversi da quella sedia, e dice pure che è stato onesto! Onesto? Onesto? Quello è un incapace! L'o-ne-stà pri-ma di tut-to!»

Faceva il verso con rabbiosa voluttà a questa frase che il padre ripeteva spesso, digrignava i denti, e cominciava a saltare da un argomento all'altro: la fabbrica di suo nonno, la villa enorme dove aveva giocato da bambino, la mancanza di coraggio del padre. "Mio padre è un inetto" diceva disgustato. Nella sua ditta tutti si erano fatti i soldi, anche il direttore generale che sì, era finito davanti a un tribunale, ma era stato grande almeno a rubare.

«E lui, lui con la sua o-ne-stà e la sua messa ogni domenica... Povero, è rimasto povero! È 'nu spellecchione!»

Pronunciava male il dialetto, ma si beava di quella parola, la ripeteva, ne assaporava tutto il disprezzo. Poi, di colpo, mentre girava in tondo nella stanza si fermava, e a piccoli passetti rapidi andava alla porta, come per vedere se qualcuno stesse origliando. Poi ritornava al centro della stanza e ricominciava, ma con un tono di voce basso, quasi inudibile. Se io parlavo a voce normale si avvicinava con un salto e mi prendeva per un braccio facendomi segno di abbassare la voce. Non si poteva parlare! C'era una congiura contro di lui, il "rimbambito" sicuramente ci spiava, e io sarei stato testimone di tutto. Dovevamo uscire per forza, perché in casa non si poteva più parlare. Sì, c'era solo suo padre, "ma è più che abbastanza", concludeva misteriosamente. Allora uscivamo frettolosi, come due cospiratori, e andavamo a prendere il treno o l'autobus per Napoli. E questo per Landrò era un altro motivo di recriminazione: lo vedevo, lo vedevo dove lo aveva fatto nascere suo padre? E non l'aveva fatto apposta, eh? Noi stavamo proprio dentro "il buco del culo del diavolo", quella era la verità, mi gridava salendo e scendendo dai marciapiedi e urtando incurante i passanti.

Landrò era uno specialista nel parlare camminando. Facevamo a piedi chilometri, sempre parlando e gesticolando, alzando la voce e lanciandoci frasi che dovevano essere ogni volta definitive. A volte eravamo così sprofondati in quelle discussioni che non ci rendevamo conto di essere tornati già due o tre volte sullo stesso percorso: un giro che poteva partire da piazza Garibaldi, salire per il Rettifilo, arrivare a Montesanto e ritornare al punto di partenza scendendo per i Tribunali e ripetendosi da capo uguale. E fu in uno di questi giri che Landrò cavò fuori una sua nuova teoria, che includeva anche suo padre. La nostra principale preoccupazione in quel periodo era se avremmo potuto continuare a "cercare la verità", e nello stesso tempo se dovevamo o no affrontare la realtà: insomma, saremmo stati costretti anche noi a lavorare? Landrò, che si ostinava a combattere quella che definiva la mia "aristocratica accidia", ripeteva che per lui si trattava invece di "fare come tutti". Ma lo diceva soprattutto quando voleva contraddirmi, anche se sosteneva di farlo per aiutarmi a non cadere in un "semplicistico idealismo". La sua teoria su che cosa avrebbe fatto "da adulto", era invece molto diversa da quei propositi di normalità. Una volta lo avevo inchiodato.

«Tu sei così, e parli, e parli, solo perché non devi lavorare. Ma quanto durerà, eh? Fra dieci anni, ti voglio vedere!... Sì, ti voglio vedere fra dieci anni!»

Lui era rimasto interdetto. Dieci anni? Che volevo dire? Si era avvicinato a pochi centimetri dalla mia faccia, fissandomi con sospetto e appuntendo lo sguardo dietro gli occhialetti dorati.

«Io? Io non sono... Io non voglio essere un privilegiato! Sei tu che vuoi fare l'aristocratico... Fra dieci anni! Fra dieci anni? E che ne so!»

Si era messo a ridere istericamente, sbottando poi a dire che tanto lui aveva già passato da molto tempo il punto più alto della sua parabola.

«Guarda qua! Guarda! Mi stanno pure cadendo i capelli!»

Si picchiava con l'indice al centro della testa, sghignazzando e facendo smorfie.

«'E rughe, tengo pure 'e rughe!»

Tra poco ci sarebbe stato solo il ricordo, dei suoi capelli biondi e lunghi, e allora che cosa gliene poteva importare di se stesso fra dieci anni?

«Già mo' sono un cadavere. Nu muorto!»

Ma questo non voleva dire ancora niente, perché un piano per il futuro ce l'aveva, lui non agiva "con leggerezza". La questione non mi doveva preoccupare, no, se mi preoccupavo ero proprio fuori strada. Lui avrebbe fatto il portiere in un albergo, niente di più niente di meno. Là avrebbe avuto tutto il tempo per pensare, perché tanto a un vero filosofo a che gli servivano i libri? E se non gli riusciva quel piano, ne aveva pronto un altro.

«Mille! Ne tengo mille, di piani! Uno più sicuro dell'altro...»

Poteva fare qualsiasi lavoro, che ci voleva? Andava di moda il turco? E lui avrebbe insegnato il turco. Sì, sì, non lo sapeva, il turco, e con ciò? Si poteva insegnare benissimo quello che non si sa, anzi, meno si conosceva una cosa e meglio era. Ma comunque quelle erano sciocchezze, era inutile che glielo dicessi io, lo sapeva già da solo. E poi il suo vero progetto era un altro.

«È tutto previsto, tutto calcolato. Che ti credevi?»

Si era documentato, aveva studiato la questione a fondo. Sua madre era morta giovane, nella sua famiglia erano morti tutti giovani, anche i genitori, i fratelli e i cugini di sua madre. Insomma nella famiglia materna c'era "oggettivamente" quella tendenza alla morte precoce.

«E io ho preso da mia madre! Non arrivo a cinquant'anni, è sicuro. Morirò all'età di Nietzsche, no, all'età in cui è impazzito... Ora ho già... Diciamo ventotto anni, quasi...»

Sull'età cominciava a diventare misterioso, come sempre, ma i calcoli li faceva lo stesso: quelli della famiglia paterna vivevano a lungo, suo padre per quanto fosse decrepito si manteneva in forma, e sarebbe arrivato almeno a novant'anni. Poi sbottava:

«Sono figlio di un vecchio, 'e capito? Ma perché mia madre si è sposata a 'stu scemo? Lei si è sposata 'o viecchio e a me mi cadono i capelli!»

Comunque suo padre si curava, e sarebbe vissuto esattamente fino a novant'anni, proprio quando lui, Landrò, sarebbe morto. Allora si lanciava in calcoli che scendevano fino ai dettagli più minuti. Sprezzante com'era nei confronti dei soldi, cominciava a invischiarsi in una serie di cifre suddivise per anni, basate sul presunto ammontare della pensione di suo padre, "tanto", sosteneva, "io ho bisogno di pochissimo". L'idea sembrava conquistarlo, ci tornava sopra, e si vedeva che doveva già averci pensato. Eh, il "rimbambito" teneva pure certi soldi da parte, qualche centinaio di milioni, e parecchi dollari, una bella cifra in dollari, mi diceva sogghignando. Ma proprio quando tutto sembrava risolto, e anch'io mi includevo nel "piano per l'eredità" di Landrò, lui cadeva in una sorta di assoluto, disgustato autodisprezzo. Come poteva aver pensato una simile stronzata? Gli tornavano in mente le manie del padre, le sue massime ottuse, il fatto che il vecchio lo "oltraggiava" ogni santo giorno.

«Non è possibile, no! Niente, non se ne fa niente.»

Allora ripiegava di nuovo sull'idea di dover fare "come tutti", di non potersi permettere di essere un privilegiato. Sì, avrebbe fatto il portiere d'albergo, "ma di notte, portiere di notte", così avrebbe avuto tempo, "fin troppo tempo", per dedicarsi alla filosofia.

Il padre di Landrò in realtà non lesinava sui soldi, ma ogni volta che glieli dava cercava di umiliarlo ripetendogli il suo ritornello: «'E ppatane so' bbone cotte» o dicendogli che non andava a messa, non si laureava e voleva pensare? Il risultato era che Landrò aveva quasi meno soldi in tasca di me, cosa che ci rendeva difficile qualsiasi progetto, e soprattutto quello del piano di approfondimento "poetico, scientifico e filosofico".

Da anni giravamo per le facoltà di via Mezzocannone sottoponendo i professori che ci sembravano intelligenti alle domande più contorte e impensate, ridendo apertamente di fronte a quelle che ci sembravano solo – come diceva disgustato Landrò – "meschine fughe dal problema della verità". Ma eravamo odiati da tutti. Una volta a un corso su Platone gli studenti erano insorti contro di noi ("Qua ci dobbiamo prendere una laurea!" "Cafoni!" "Un po' di rispetto!") perché avevamo fatto piangere la professoressa di Storia della filosofia antica mettendo in dubbio che "il suo corpo voglioso" potesse mai essere in grado di capire la teoria delle idee. E a un corso di Logica ci avevano quasi picchiati quando ci eravamo abbandonati a un irrefrenabile attacco di sghignazzi di fronte ai tentativi secondo noi "irresponsabili e meschini" di dimostrare l'inutilità della metafisica. Insomma il progetto di studi comparati non era più attuabile in quella città, e, a detta di Landrò, "forse nemmeno in Italia".

Ci eravamo ormai convinti che la filosofia non era sufficiente a raggiungere la verità, e avevamo progettato un piano di studio che avrebbe dovuto coinvolgere tutte le discipline principali. Come potevamo fare a meno di fisica, chimica, biologia e cibernetica? Avevamo ripreso a studiare la chimica da un libro di liceo, ma Landrò si era arenato alla prima pagina.

«Ma sono nozioni elementari, Landrò.»

«Lo dici tu, la questione invece è profondamente filosofica.»

In realtà aveva cominciato a mettere in discussione "i fondamenti" stessi della materia, per finire poi col "sospendere" la sua fiducia persino nella tavola degli elementi. E lo stesso ci era capitato affrontando i più semplici teoremi di geometria analitica, dove ci eravamo impantanati già sul concetto di linea. Eppure, per quanto considerassimo in fondo la scienza meno rigorosa della metafisica, non potevamo trascurarla. E il progetto doveva includere anche la teologia, le lingue orientali, lo studio dei fenomeni paranormali.

Ma il tempo? Quanti anni o mesi ci volevano per ogni singola disciplina? Il tempo da dedicare al progetto si dilatava oltre ogni possibile prospettiva. E come avremmo vissuto in quei "dieci anni minimo" di studio? Era certo impossibile pensare di lavorare. Così io avevo aderito con vero entusiasmo al progetto di Landrò di vivere alle spalle del padre, progetto nel quale mi ero incluso pensando che in fondo non fosse più assurdo usare i soldi del vecchio Landrò piuttosto che mettersi a lavorare. Il lavoro mi sembrava un'assoluta follia. Credevo ciecamente nelle parole di Rimbaud: Non lavorerò mai! E mi esaltavo quando ripetevo che nei confronti del mondo io ero in sciopero, o quando pensavo a Rimbaud che in un tema alle elementari aveva scritto che non voleva imparare niente perché di "posti" lui non ne voleva: "Vivrò di rendita", aveva detto, e noi interpretavamo alla lettera quelle parole. Eravamo convinti che bisognasse agire però con circospezione, con astuzia, cercando di aggirare alle spalle la realtà. Così la teoria di Landrò diventava ai miei occhi sempre più seducente, e lui stesso, fra alti e bassi, sembrava aver risolto così il problema dell'"entrare nella vita".

Ma la situazione non migliorava, e una sera Landrò mi informò che da quella mattina aveva "completamente rotto" con suo padre.

«'E capito che 'a fatto? È venuto a trovarlo un suo amico, un rincoglionito come lui, uno che ogni volta che mi vede mi dice: "Non ti sei laureato ancora? E quand'è che cominci a lavorare?" Ma tu capisci? 'Sti duie viecchie rincoglioniti stavano là a parlà 'e strunzate, allora mio padre mi ha chiamato...»

Qui cominciò ad alterarsi, proprio come doveva essere successo nella realtà. A lui? Suo padre lo chiamava come se fosse un bambino per salutare quello stronzo che gli diceva sempre la stessa cazzata? Come si permettevano? Ma lui non voleva mettersi contro, doveva essere furbo, più intelligente di loro, perché lui aveva il suo progetto! C'era andato, aveva salutato, si era sentito umiliare come sempre, ma non aveva detto niente, perché voleva resistere. Ma poi era successo " 'o fatto".

«Io stavo uscendo, e vedo che quel citrullo di mio padre vo' accirere 'na mosca... Eh, ma tu 'e capito?»

Quei due vecchi rimbambiti si erano messi a dare la caccia alla mosca, a saltellare, a salire su divani e poltrone, ad appendersi alle tende... L'amico cercava di acchiappare la mosca al volo, ma suo padre aveva preso qualcosa dal tavolo, un libro.

«Le poesie di Trakl! 'E poesie 'e Georg Trakl!»

Quasi si strangolava raccontando, non ci poteva pensare, la cosa era troppo enorme. Come si era permesso quel demente? Trakl? Georg Trakl per schiacciare una mosca? Lui si era precipitato nella stanza e aveva cercato di strappare il libro di mano al padre, ma quello lo sbatteva sul muro cercando di uccidere la mosca, mentre Landrò gridava che sulla copertina c'era un quadro di Franz Marc, e non si doveva permettere di fare le sue stronzate con quello! Il vecchio però, aizzato dall'amico, aveva detto che lui se ne fregava, e aveva continuato a saltellare di qua e di là come uno scemo. Allora Landrò si era fermato di colpo, e aveva detto a suo padre che se usava il libro "pe' scamazzà 'a mosca", lui lo avrebbe ucciso.

«Eh? 'E capito? Io lo uccidevo là stesso, era sicuro!»

Si era veramente sbiancato al pensiero, e tra frasi sconnesse ripetè:

«Come Ivan Karamazov! Come Ivan Karamazov!»

Un furore che non gli avevo mai visto lo agitava facendogli involontariamente sbattere le palpebre. Cominciò a citare Dostoevskij, a dire che suo padre si sarebbe meritato di morire solo per aver pensato di toccare il libro. Poi tornò sul racconto del fatto: il padre aveva scaraventato a terra le poesie di Trakl e lo aveva "insolentito".

«'E capito? Mi ha detto che le mie erano tutte stronzate! E quel coglione dell'amico che gridava pure lui che io ero solo un uomo di niente, che mio padre mi doveva punire severamente! Una punizione esemplare, mi doveva dare... "E che?

Nu figlio che parla accussì al suo vecchio padre dove mai s'è visto?"... 'O strunzo! 'E capito, 'e capito chillu strunzo?»

Lui aveva raccolto il libro da un angolo quasi con le lacrime agli occhi, e era uscito mentre quei due continuavano a inveire e a intervalli, come uno schiaffo, gli arrivava la voce stridula di suo padre che ripeteva: " 'E ppatane so' bbone cotte!".

Non riuscii a calmarlo né quella sera né i giorni seguenti. Del resto mi vedevo la scena davanti agli occhi, e pensavo che questa volta Landrò aveva ragione. Franz Marc e Georg Trakl per schiacciare una mosca! Franz Marc e Georg Trakl mandati a morire alla nostra età, anno più anno meno, in una fottutissima merda di guerra mondiale... E una guerra fatta da chi? Da un pugno di vecchi maniaci rincoglioniti con la bocca piena di "patria", di "onore" e di "moralità"... E quel vecchio bacucco voleva pure uccidere la mosca con le poesie di Trakl! Era la conferma che la realtà girava per un verso sbagliato, o almeno in un modo che non poteva a nessun costo essere il nostro.

Da quell'episodio Landrò cominciò a cambiare il suo atteggiamento verso il padre. Ormai lo evitava, perché, così mi diceva, si sentiva "come Ivan Karamazov", e allora le cose sarebbero finite male, non poteva essere diversamente. Lui glielo aveva anche detto, a suo padre, che aveva a che fare con Ivan Karamazov, e si doveva stare attento. Sì, glielo aveva spiegato, e una volta lo aveva seguito per tutte le scale leggendogli una pagina dei *Fratelli Karamazov*. Ma il vecchio non aveva capito niente, e che doveva capire? E allora era meglio, molto meglio se si evitavano. Il libro di Dostoevskij però glielo aveva messo sul comodino, e con un segno alla pagina giusta.

Spinto dall'episodio di Trakl, o forse perché si era messo a rileggere *I Fratelli Karamazov*, aveva cominciato a fissarsi con le questioni riguardanti l'eredità. Landrò aveva una sorella non ancora maggiorenne che viveva all'estero in una specie di pensionato, una scuola dove secondo suo padre avrebbe imparato le lingue per entrare in una ditta importante, per fare una carriera simile alla sua, la stessa che suo figlio "non era in grado nemmeno di immaginarsi". Ma su questa sorella Landrò era misterioso, e solo ogni tanto si lasciava andare a parlare di lei. Una volta mi aveva raccontato di averle fatto leggere Rimbaud a tredici anni, e che lei aveva capito tutto. Il padre si illudeva, ma si illudeva molto se pensava di farle fare il suo stesso lavoro da coglione! Sua sorella era troppo intelligente per il commercio! Il vecchio rimbambito l'aveva chiamata come sua madre, Giada, ma lei aveva fatto tanto di quel casino contro quel "nome da troia borghese", che alla fine se lo era fatto cambiare anche sui documenti. Sì, figuriamoci se sua sorella stava a sentire a quel rimbambito.

Ma poi si innervosiva se io gli chiedevo ulteriori spiegazioni. Tagliava corto, diceva che sua sorella non la vedeva mai, solo di sfuggita nelle vacanze. E poi lui che cosa c'entrava con sua sorella? Certo, si metteva a rimuginare, suo padre non si arrendeva facilmente. E se lo avesse punito lasciando tutto a lei? E se addirittura li diseredava tutti e due? Ma no, non lo poteva fare... O sì? La cosa era "tecnicamente possibile"? O gli spettava comunque una parte dell'eredità? Di colpo si inferociva.

«La casa è di mia madre! Quel pezzente non ha portato niente, niente! 'E capito? Lo dice pure, 'o scemo, fa l'orgoglioso... Chillu spellecchione fetente dice che lui quando si è sposato non teneva manco 'a cammisa!»

Ma lui non si sarebbe fatto gabbare, no, lui non avrebbe commesso nessuna leggerezza. Si era fatto prestare un volume enorme di diritto privato, e diceva che se lo stava studiando. In realtà si era fermato alle prime pagine del diritto di successione, anzi alle prime righe. Come era sua abitudine, aveva cominciato a contraddire l'autore e a commentarlo al contrario fin dalla prima affermazione, sostenendo che non era ben fondata. Dal diritto privato era tornato poi a sua sorella, convinto che lei non avrebbe mai accettato un testamento che lo diseredava... No, lei non lo avrebbe tradito, e insieme avrebbero fatto passare un guaio a quel pagliaccio, a quel rimbambito! Ma poi si calmava, e si ricordava preoccupato di alcune frasi che suo padre aveva lasciato cadere qua e là. Il vecchio era abile in queste cose legali, non ci si poteva fidare di lui... No! No! Ma mi rendevo conto? No, lo doveva soltanto uccidere, a quello, e sarebbe successo, lui lo sapeva che sarebbe successo.

«È infido, è infido. Lo vedi? Sembra sempre che sta schiattando ma po' tene 'na resistenza 'e cane. Tu non ti puoi neanche immaginare che resistenza ha! È testardo, sì, è pure capatosta!»

«Va be'» gli obiettavo, «ma sei anche tu che lo aizzi. Lascialo in pace e non ti darà fastidio.»

«Non mi darà fastidio? Sei scemo? Tu non conosci assolutamente mio padre!»

«Dovrà pure far qualcosa, no? Tu invece lo vorresti far stare chiuso nella sua stanza dalla mattina fino alla sera.»

«Io? Ma lo sai che cosa ha cacciato fuori? La novità...»

«No, che cosa?»

«Ehhh» faceva Landrò lanciando una sorta di risata cavallina, «ehhh... Dice che deve mettere a posto la casa, da solo... Niente muratori o pittori, no, lui farà tutto da solo! Dice che io mi devo vergognare, 'e capito? Ma lo capisci? Ma che, tu non hai idea...»

Questa storia dei lavori in casa era vera. Le poche volte che in quel periodo andavo da Landrò, ci trovavo sempre suo padre in giro per la casa con un metro e una matita. Misurava, faceva segni sul muro, e a sentirlo pareva che avesse dovuto rifare casa sua da cima a fondo: "Sé, sé... Eh, a parlare sono buoni tutti! No, no... Tutto io, faccio tutto da solo. 'E lampadine? E che? Ci vuole l'elettricista? E io non so' meglio dell'elettricista?" Se non riuscivo a evitarlo mi bloccava, mi prendeva per il braccio e mi portava in giro per la casa. L'impianto di riscaldamento? E che, quello era un impianto? Rifare! Rifare! E la scala interna, chi l'aveva progettata? Gli architetti? Mariuoli! Sanguisughe! E che, lui non sapeva fare niente? Mi faceva vedere, prendeva il martello dalla tasca della giacca e ficcava un chiodo nel muro: "Lo vedi? E che ce vo'? Ah?". Staccava con cura un quadretto della madonna di Pompei che aveva già cambiato di posto più volte, lo baciava: "Io vi rispetto, io vi voglio bene, voi siete grande" e lo appendeva al nuovo chiodo, poi si allontanava per guardarlo, ma non era soddisfatto. " 'O metro, me serve 'o metro per le misure!" diceva, e andava a cercare il metro, dopo aver baciato di nuovo il quadro ed essersi segnato rapidamente ripetendo a mezza voce il suo ritornello preferito.

Questi maneggi, il continuo martellare, schiodare, sbattere di porte, rinchiodare, facevano impazzire Landrò. Con una bavetta bianca all'angolo della bocca mi diceva qualche frase incomprensibile facendomi cenno di entrare nella sua stanza. Ma una volta chiusa la porta non riusciva a mantenersi calmo. Si alzava di continuo per andare a sentire con l'orecchio sulla porta, ogni piccolo rumore lo faceva sobbalzare, e per interi minuti restava muto, con le braccia penzoloni e lo sguardo assente. Allora non restava altro da fare che uscire di casa.

Nell'ottobre di quell'anno cominciammo a vederci io, Landrò e Gala. Gala era un'amica di Landrò che lui aveva sempre evitato di farmi conoscere, e alla quale, anni prima, aveva detto più volte di voler affidare la traduzione "finalmente corretta" dell'opera di Nietzsche. Solo lei, che sapeva tutto del romanticismo tedesco ed era "anche medico", avrebbe potuto fare un'opera "veramente filologica". Però ogni volta che io cercavo di sapere qualcosa di più su questa misteriosa amica, o gli chiedevo di farmela conoscere, Landrò svicolava, inventandosi le scuse più inverosimili. Ma una sera Gala si era presentata a casa mia, e senza neanche salutare mi aveva detto tutto d'un fiato che Landrò non voleva che la conoscessi perché era geloso di lei, che era un pazzo, e lei lo sapeva bene perché era psichiatra, ma che la sua pazzia a volte era grandiosa, e allora bisognava prenderlo così com'era.

Questo me lo aveva detto sulla porta, stretta in un cappotto scuro molto lungo, e con in testa un cappello nero a tesa larga. Poi si era precipitata dentro attaccando a parlare di Hölderlin e di Eichendorff, e del rapporto tra Kleist e Goethe. "Quello schifoso di Goethe! Quell'animale! Lui era forse in grado di capire Heinrich von Kleist? Un von Kleist! Un prussiano dall'anima pura!" Non riuscivo a inserire più di una parola ogni tanto, un cenno di assenso o di sorpresa, mentre lei continuava a parlare senza interruzioni. Goethe in realtà era un verme, un uomo senza coraggio, uno che faceva solo chiacchiere. Si torceva le mani, spiegandomi che cosa aveva dovuto subire il "suo" Kleist da quel "soddisfatto borghesuccio", e mi aggrediva. Che i francesi, i "nostri" francesi, erano gentucola di fronte a Kleist, e lui, così indifeso, aveva avuto un destino che spezzava il cuore... Lo conoscevo il terzo tempo dell'*Appassionata*? Be', quello era per il suo Heinrich, era lui stesso trasfigurato in musica! Ma chi le capiva queste cose? Chi lo sapeva veramente che cosa era successo tra Kleist e la sua amica? Nessuno. Ma lei sì, lei lo sapeva. Come aveva scritto, Kleist? "Ho trovato un'amica la cui anima vola come una giovane aquila... Una donna che comprende la mia tristezza superiore..." Ah, quanto si era sbagliato nel suo entusiasmo per quell'oca di Enrichetta Vogel! Come si era illuso! Quella stupida era solo riuscita a convincerlo ad ammazzarsi, da vera cretina tedesca... Ma Kleist non si sarebbe suicidato se al suo fianco ci fosse stata una donna vera, una come lei! Il dolore non è invincibile, basta avere coraggio, e lei lo avrebbe avuto!

Mi guardava quasi con astio, o così mi sembrava, e cominciai ad avere paura. La voce le si era spezzata in gola, e ripeteva: "Lo avrei salvato, lo avrei salvato!" Non si era tolta né il cappotto né il cappello, e si teneva le mani sulla faccia. A un tratto però si era alzata dalla sedia sull'orlo della quale stava seduta e si era avventata sul pianoforte dicendo: "Sì, perché tutto è possibile se si ama", e aveva cominciato a suonare il finale dell'*Appassionata*. Per qualche minuto pensai che volesse distruggere tutto. In piedi, con ferocia, suonava Beethoven saltando interi passi e picchiando selvaggiamente sui tasti. Poi di colpo, come aveva attaccato a suonare, smise, e cominciò a tenersi le mani sul petto. "Non ce la faccio! Non posso, non posso!" ripeteva, "non posso farlo, non devo suonare, ora sto male, lo sapevo, starò male tutta la notte...

Io non devo mai suonare! Sono medico, le capisco queste cose... Se suono ancora morirò. Scusami, scusami se ora piango..." Io avevo cercato di farla calmare, dicendole che non c'era motivo di agitarsi così, e che la capivo, ma lei scuoteva agitata la testa. Le avevo anche portato un bicchiere d'acqua che aveva appena toccato, togliendosi finalmente il cappello.

Se ne stava rannicchiata sulla sedia, tremando e ripetendo che non era niente, e le scorrevano ancora sulla faccia delle lacrime. Guardava nel vuoto, con i capelli scomposti e gli occhi grandi e distanti. Ma poi rialzò la testa con uno scatto, si rimise il cappello e se ne andò, dopo avermi teso una mano umidiccia e grassottella, fredda come quella di un cadavere.

Quella sera andai a letto spossato, e mi addormentai subito.

Con Gala andammo a molti concerti. Ma quasi mai restavamo fino alla fine. Brahms le faceva venire la tachicardia, Wagner era un pericolo mortale, sulla sorte di Schumann come si faceva a non piangere? Landrò invece scopriva invariabilmente negli esecutori quella che definiva "la malattia del nichilismo".

«Lo vedi? Lo vedi? È inequivocabile: il nichilismo è alle porte!»

Al San Carlo, all'Auditorium, dovunque andassimo era sempre la stessa solfa. Una battuta, un attacco, una frase, scatenavano i nostri commenti.

«Io veramente la musica non la capisco. Anzi, mi dà fastidio.»

«Come! Io non potrei vivere, senza musica...»

E insomma, la musica c'entrava con la verità? Nietzsche aveva detto di no, e questo risolveva la cosa. Ma no, ribatteva Gala, non era vero, e poi senza Wagner come si poteva capire Nietzsche? Allora la discussione si accendeva, ci dimenticavamo completamente di quelli che stavano suonando, e finivamo col suscitare l'ira del pubblico. Era fondamentale l'accusa di Wagner a Nietzsche? E il fatto che Nietzsche fosse vegetariano e scopasse poco o niente, eh? Non era questo quello che Wagner gli aveva rimproverato?

Continuavamo per le scale, in strada, in autobus. Ma da qualsiasi punto partissimo, le discussioni arrivavano sempre a girare intorno alle stesse ossessioni: Cos'era la volontà? Come si definisce il coraggio? E la realtà? Ed era già finita la nostra giovinezza? E Nietzsche era veramente pazzo oppure era tutta una montatura?

«Se aveva la sifilide già da prima, allora la sua filosofia non vale niente.»

«E chi te l'ha detto che ce l'aveva? Non c'è nessun dato scientificamente valido.»

«Ma così allora è tutto ciò che ha pensato, a non essere valido.»

«Anche Baudelaire aveva la sifilide, è una cosa da considerare. E se ci fosse un collegamento?»

Allora io e Landrò cominciavamo a ragionare su questa ipotesi: c'era forse una particolare forza conoscitiva nella sifilide? Quasi certamente anche Van Gogh ce l'aveva, e probabilmente lo stesso Kierkegaard.

«Ma non vorrete sostenere che è necessario avere la sifilide per pensare!»

No, non volevamo dire esattamente questo, ma erano veramente casuali tutti quei segni?

«La volontà è legata al problema della malattia, questo non si può negare.»

«Chi è intelligente è sempre malato. E non vi dimenticate che sono morti o impazziti tutti prima dei cinquant'anni.»

«Sì, ma io so che la diagnosi fatta per Nietzsche era sbagliata.»

«Dove l'hai letto? È una stronzata! Se è per questo qualche coglione ha pure detto che Baudelaire era vergine...»

Ma Gala aveva visto i documenti, e c'erano molti dubbi,

dubbi serissimi, che lasciavano in piedi l'ipotesi più ambigua, e cioè che Nietzsche era impazzito a causa dei suoi pensieri.

«Non vuol dire niente! E comunque quello che è stato scritto su Nietzsche non risolve niente. Sono tutte cazzate Nessuno ha capito niente...»

«E perché, avresti capito tu?»

«Ehhh, lascia stare, lascia stare.»

Le discussioni non avevano mai un punto finale. Si esaurivano perché bisognava andare a dormire, per spossatezza, perché il tempo non bastava, ma ricominciavano ogni volta da capo con accanimento. Landrò si trovava sempre contro qualcosa o qualcuno, e sembrava che la sua massima preoccupazione fosse quella di dire no, di negare qualsiasi possibilità positiva o conclusione. Ma eravamo entrambi in preda a interminabili manie interpretative. Tutti i passi che consideravamo degni di una qualche attenzione venivano scavati fino all'inverosimile. Uno di questi era il verso finale del *Rinnegamento di San Pietro*. Che cosa aveva voluto veramente dire Baudelaire con quel "San Pietro ha rinnegato Gesù... e ha fatto bene"? Era un'ironia da leggere al rovescio o un'affermazione letterale? Secondo Landrò da questo particolare dipendeva l'interpretazione da dare a tutta l'opera di Baudelaire. Che voleva dire "ha fatto bene"? La frase significava forse che San Pietro col suo gesto aveva fatto la volontà di Dio? E poi perché Baudelaire diceva: "Uscirò felice da un mondo dove l'azione non è la sorella del sogno"? Forse il sogno era quello di cambiare il mondo? E inevitabilmente arrivavamo al frammento che diceva: "Viva la rivoluzione! Sempre! Nonostante tutto!".

Quello sì che era un rompicapo. La rivoluzione? Ma se Baudelaire aveva elogiato il reazionario de Maistre, e parlato male della rivoluzione! E poi, a leggerlo per intero, il frammento parlava della voglia di rivoluzione come di una voglia di morte... Chi voleva essere rivoluzionario, lo voleva solo per fare il male, coscientemente, deliberatamente. E quindi la rivoluzione era il male... Sì, forse: ma era salito o no Baudelaire sulle barricate? Aveva gridato o no nel '48: "Andiamo a fucilare il generale Aupick!", il patrigno che lo aveva fatto mettere sotto tutela? Lo aveva detto, sì o no?

«Di sicuro ha esaltato Caino il ribelle contro Abele, il borghese ricco.»

«Sembra, sembra... Ma che vuol dire veramente?»

Certo era che Baudelaire odiava la democrazia liberale che credeva beata nel libero commercio e nel progresso. Non voleva essere gabbato da tutta la merda che si proclamava moderna, ottimista, sicura di sé. E allora era proprio la borghesia che lui odiava: le "bestie feroci della proprietà", come le aveva chiamate...

Ma a questo punto ritornavamo da capo, al cattolicesimo, alla morte di Dio, alla verità. Come si poteva trascurare Léon Bloy per capire quelle cose? Baudelaire, Nietzsche e Bloy erano uguali nell'odio del moderno. Scartavamo insofferenti *Il Disperato* e l'*Esegesi dei luoghi comuni*, sprofondandoci nell'*Anima di Napoleone*, nel *Sangue del Povero*, nella *Salvezza viene dai Giudei*. Landrò si attaccava fanaticamente alla lettera dei testi, e ne ricavava profezie apocalittiche sull'Europa, l'America, l'Asia, la finanza, la religione, la verità, e persino sulla sua stessa vita personale e su suo padre.

Queste profezie disgustavano profondamente Gala, che contrapponeva a quello che definiva "un nebuloso misticismo" la sua concezione della passione e del corpo, il corpo che, come diceva lei, "conosce tutti i nostri segreti". Spesso in queste discussioni Gala si schierava dalla mia parte contro Landrò, facendolo andare in bestia. In questi casi tirava fuori la genetica, la patologia medica, le ricerche scientifiche degli psichiatri, e accusava Landrò di "leggerezza", sapendo che il solo sospetto che lui, proprio lui, che diceva di aver fatto del rigore assoluto "il suo solo metodo", potesse essere accusato di leggerezza, rendeva Landrò feroce.

«Io? Io sono l'unico tra i contemporanei che non può essere accusato di leggerezza!»

«Ma hai mai assistito a un parto? Lo sai cos'è una cellula? E una sala settoria, l'hai mai vista?»

Che non avesse mai visto una sala settoria era un'accusa che aveva il potere di far tacere Landrò a lungo. In quei casi si metteva a borbottare tra sé, gesticolando e guardandoci con astio, o affrettava il passo per staccarsi da noi, fissando con aria piena di sospetto tutte le persone che gli passavano vicino. Così Gala ne approfittava per invitarmi a vederci, a fare una passeggiata per parlare senza quell'esaltato di Landrò. Io tergiversavo, dicevo di sì per prendere tempo, ma poi le telefonavo sostenendo che non mi era stato assolutamente possibile liberarmi, che dovevo finire la tesi, che ero malato, o nervoso, o che stavo scrivendo. Quando ero sul punto di cedere, mi venivano in mente Heinrich von Kleist e Enrichetta Vogel, e resistevo. Ma non potetti durare a lungo con le mie scuse, e alla fine ci vedemmo io e lei da soli.

Gala non perse tempo, e mentre salivamo per Mezzocannone, arrivò subito alla questione.

«Quanto potrà continuare?»

«Cosa?»

«Non fare finta di non capire, Tommaso: questa situazione, voi due, io...»

«Non ti capisco, veramente.»

«Non dire così. Non è giusto. Tu che sei... No, lasciamelo dire, un animo superiore...»

Gala usava abitualmente un linguaggio zeppo di espressioni come "animo superiore", e pronunciava frasi del genere con la più grande disinvoltura. Quella mattina aveva un paio di mezzi guanti ricamati e un cappellino con una rosa gialla che si era calzato appena un poco di sbieco. Io cercai di negare il fatto dell'"animo superiore", lo sapevo come andavano a finire di solito le cose superiori, ma lei mi mise una mano sulla bocca per non farmi continuare.

«Shhh. Non dire cose che mi dispiacerebbero. Sai, la vostra, anzi la nostra... È una situazione senza vie d'uscita... No, io non sono nichilista, come dice Landrò. Io amo la vita, mi piacciono le poesie e tutte le cose delicate... Ma so anche essere forte. Lo capisci? Forte!»

«Sì, lo so... Tu sei una persona straordinaria...»

«Non prendermi in giro. Questo non lo permetto neanche a te!»

Mi guardò con un'aria che forse voleva essere altezzosa, ma io veramente non riuscivo a capire. Ero ipnotizzato dalla rosa finta sul cappello, e rimasi a fissarla. Lei continuò.

«Non posso essere sempre così, così dura... Che cosa sai, tu? Sezionare cadaveri non è facile... Ci sei mai stato in una sala settoria? È là che dovrei portarti, perché se vuoi conoscere la vita devi passare di là...»

«Lo sai che non vorrei altro» dissi senza troppa convinzione. Poi, a un tratto, mi venne come una premonizione: e se ora mi chiedeva di sposarla? L'idea mi attraversò fulminea, lasciandomi a bocca aperta. Cominciai a gettare occhiate sempre più nervose sulla rosa, sui passanti, sulle facciate delle case, e allungai il passo.

«Insomma, cosa pretendete da me? Che stia sempre in guardia, sempre in guerra?»

Io non pretendevo niente. Vedevo solo che si accostava sempre di più, e che il suo sguardo diventava sempre più sfocato e nebuloso, e il tono di voce quasi da moribonda. Intanto eravamo arrivati nello spiazzo davanti a San Domenico.

«Tu sai capire le persone, tu non parli tanto. Tu lo sai, che a volte non c'è bisogno di dire niente. Io voglio molto bene a tutti e due, lo capisci questo?»

Accennai di sì con la testa, tanto per guadagnare tempo.

Lei mi aveva preso la mano di nuovo, e stava dicendo che eravamo buoni amici.

«Io però sono sola. Atrocemente sola. Non ho nemmeno più la musica... Questo lo devi capire...»

Fu allora che ebbi come un'ispirazione. Col tono più persuasivo che riuscii a trovare, le sussurrai:

«Gala... Secondo me, tu hai bisogno di una persona particolare...»

«È vero! È verissimo!»

«... Una persona con cui hai delle vere affinità...»

«Sì, sì.»

«Secondo me dovresti sposare Landrò.»

Sentii che ritirava di colpo la mano, e continuai.

«Lui è fatto per te. No, non negare. Io vi conosco bene, lo conosco bene... Con chi potrebbe stare Landrò? Io purtroppo sono una persona impossibile, e poi per me sei come una sorella...»

Gala era rimasta sbalordita da questa mia uscita, e mi fissò con gli occhi sbarrati, sbattendo le palpebre come in preda a un tic irrefrenabile.

«Sei odioso! Siete odiosi tutti!» sbottò a un tratto, «non vi vergognate?»

«Ma...»

«Non ti vergogni, tu? Lo sai che cosa mi ha detto Landrò? Ieri abbiamo passato due ore al telefono... Lo sai?»

«No, non lo so.»

«No! Non lo sa, il grand'uomo. Lui non sa niente!»

«Gala...»

«Che Gala! Che Gala! Lui mi ha detto che con te sarei stata bene... Ha detto che così potevamo restare tutti insieme, lo sai? Esattamente questo, ha detto.»

Ora aveva cominciato a singhiozzare, senza lacrime, a sussulti.

«Mi ha detto che ti vede in una "situazione terribile", e che per te non ci sono vie di uscita... Se proprio lo vuoi sapere, secondo lui tu stai impazzendo! Ecco, ecco il tuo amico che cosa ha detto!»

«Io sto impazzendo?»

«Sì, tu!... E ha detto che avevi bisogno di trovare un equilibrio, una stabilità... Ma anche, anche...»

Quasi non riusciva a parlare, ora.

«... Ma anche una persona sensibile, intelligente... Dove sei Heinrich von Kleist, dove sei amore mio?»

Gala si era alzata dagli scalini della chiesa e gridava, singhiozzando di rabbia. Cercai di calmarla, ma lei mi respingeva, mentre i passanti mi guardavano ridacchiando. Il maledetto Landrò! Io stavo impazzendo, eh? Così potremo sempre stare tutti insieme, eh?

«Lo vedi? Sei il solito maschio vigliacco! Tu non sai nemmeno cos'è la passione! Tu e quella specie di filosofo da quattro soldi... Vuoi proprio sapere che ne penso di voi due? Che ve ne state là a strepitare e a giocare a chi è più lord Chandos dell'altro! Parlate, parlate, e se uno di voi confessa di avere scritto qualcosa, è almeno dieci anni fa, o quindici, o trenta! E perché no nella culla? O prima di nascere? Certo! Voi avete smesso prima di Rimbaud, molto prima...»

«È Landrò che...»

«Ah, è Landrò, vero? Voi due giocate soltanto! E tu, che hai consigliato a quel ragazzo calabrese di rubare i libri da Guida a piazza San Domenico? "Primo perché è difficile, e secondo perché Nietzsche nella *Volontà di potenza* dice di fare così"... Che dice Nietzsche nella *Volontà di potenza*?»

«Ma lui si era lamentato che non poteva comprarsi i libri, allora...»

«Allora tu parli! Ah, se ci fosse un uomo vero come il mio prussiano!» e mi puntava il dito sul petto, gridando a voce altissima.

«Non sei un uomo, tu! Non ti illudere...»

«Ma Gala, io volevo dirti che Landrò...»

«Impiccatevi, tu e lui! Blok e Belyj, eh? È quello, che voi credete di essere? O forse Rilke e Pasternak, e io sarei Marina Cvetaeva? Mi volete fare uscire pazza come lei, come quei due vigliacchi fecero con Marina...»

«Tu hai un'anima grandissima, e meriti...»

«Ancora? Pagliaccio! Due pagliacci, siete... Lo so io, quello che sei. Che ti credi, che non lo so che a Parigi volevate comprare cento rose rosse per metterle sulla tomba di Baudelaire? E poi come al solito, grazie a te, tutto è finito da miserabili... Avete spogliato la tomba a fianco, quella del generale Aupick, e avete messo i vasi di gerani, i lumini, i mazzolini, tutto sul vostro sifilitico schifoso! Begli eroi! Volete fare i "rivoluzionari del pensiero", ma siete solo due vandali incivili! Due furfantelli! E tu...»

«Ma Gala, che c'entra la rivoluzione? E poi quella volta...»

«Non mentire! Me l'ha raccontato il tuo amico, l'altro grand'uomo... Sì, l'altro vigliacco!»

«Ma Gala, non dire così, io sono sicuro che Landrò ti ama... Sì, sì, non vuole dirlo, lo sai, è orgoglioso...»

«E tu saresti un uomo?»

Insisteva, fuori di sé:

«Heinrich von Kleist, dove sei?»

Le presi la mano, per cercare di calmarla.

«Gala, è vero, te lo giuro. Lui non ha il coraggio di parlare... Ha fatto un sacrificio, ma lo ha fatto per te...»

Gala liberò la mano e mi arrivò uno schiaffo violento in piena faccia, poi si mise a correre. Io la seguii, aveva perso ogni ritegno, e seguitava a sbraitare che Kleist! che la morte è l'unica liberatrice! che basta poco! che la viltà è infinita e nessuno ha il coraggio di vivere fino in fondo...

«Non venirmi dietro!» si girava a gridarmi.

«Non posso lasciarti così» le rispondevo io andandole dietro, ma non sapevo che fare. Mentre scendevamo per Mezzocannone un ragazzino grassoccio si mise a seguirci, imitando i nostri gesti, facendo smorfie e ripetendo "dateme mille lire! dateme mille lire!" Tutti i passanti si voltavano a guardarci, e io cercai di nascondere quanto più potetti la faccia tirandomi su il bavero del cappotto. Maledicevo Landrò, e Gala, e sferrai un calcio al ragazzino, ma non lo colsi. Continuammo a lanciarci frasi mozze, accuse e giustificazioni, finchè Gala non salì nella sua macchina tirandomi in faccia il cappello con la rosa. Dovetti scendere per il Rettifilo a piedi, nella folla che sgomitava ferocemente, augurando a Landrò le peggiori sciagure. Ma come gli era venuta in mente quella stronzata del matrimonio? E comunque, stava fresco, perché il suo progetto deficiente era fallito lo stesso. E poi, pensai mentre salivo sull'autobus, la storia delle rose di Baudelaire avrebbe anche potuto raccontarla meglio.

Con noi allora c'era anche Toni Marciano con un suo amico, – uno che la prima sera a Parigi si era commosso alla vista di una Pizzeria Vesuvio e aveva inutilmente insistito per andarci, – e insieme avevano impedito a Landrò, l'unico che aveva qualche soldo in tasca, di comprare le rose. Ma come, aveva urlato Marciano, non mangiavamo carne da dieci giorni, i suoi pettorali stavano "perdendo tono", andavamo avanti "cu' 'sti cazzi 'e panini francise" e volevamo mettere cento rose rosse su una merda di tomba? Ma come, giravamo con una "borraccia fetente" appesa al collo del suo amico per non comprare nemmeno l'acqua minerale nei locali, e Landrò voleva comprare le rose con lo stelo lungo per un coglione morto un secolo fa? Ci fissava minaccioso col suo sguardo vitreo, slavato come quello di un pesce in una boccia, e quasi si voleva buttare addosso a Landrò. E io, io che gli davo pure ragione, a quel pazzo! Ma allora eravamo proprio stronzi tutti e due, "o pazzi o stronzi", non c'era scampo! Ma Landrò replicò dicendo che lui con i suoi soldi ci comprava quello che gli pareva, e quel "bestione tutto muscoli" questa volta non glielo poteva proibire. Me l'ero già dimenticato che era stato lui a impedirci di andare a Charleville per rendere omaggio a Rimbaud? E quel "culturista del cazzo" che ci costringeva a visitare tutte le stronzate turistiche, che smaniava per le bistecche e per andare sulla Costa Azzurra, voleva pure fare lo scrittore? Sì sì, domani... Ma mentre Landrò parlava mi era venuta un'idea. E così, mentre Marciano e il suo amico si allontanavano di qualche passo, disgustati e facendo finta di non conoscerci, avevamo coperto la tomba di Baudelaire con i fiori e i vasi rubati a quella del generale Aupick. Ma che cosa c'entrava con tutto quello la rivoluzione? Era stato solo un ragionamento logico, togliere a chi aveva troppo per dare a chi non aveva niente... Poteva almeno raccontare le cose con precisione, quel deficiente di Landrò.

Però su Blok e compagni, Gala forse non aveva tutti i torti. "Dire no ai giorni del presente" era un verso di cui io e Landrò ci contendevamo la proprietà, citandolo fino alla nausea. E anche la fissazione per il "triangolo metafisico" fra Blok, Belyj e Ljuba Mendeleev, non era del tutto una falsità. Be', era anche vero che ci chiedevamo seriamente se Ljuba fosse veramente "la bellissima dama" di cui aveva favoleggiato Blok, o solo una troietta incapace di capire le poesie del marito. E insomma Belyj, "il fratello poeta", Ljuba se lo era scopato sì o no? E il profeta del panmongolismo, Solo'ëv, che parte aveva avuto nella storia?

Ero caduto in una profonda fantasticheria, e in ritardo mi accorsi che avevo superato di tre fermate quella dove avrei dovuto scendere. Solo dopo essermi incamminato verso casa, mi resi conto che tenevo ancora stretto nel pugno il ridicolo cappello di Gala, e con un gesto sconsolato lo buttai in una fogna aperta.

Avrei dovuto saperlo bene che Landrò avrebbe sacrificato chiunque alla sua smania di conoscere, a quello che lui chiamava "il mio metodo sperimentale". Dopo la storia con Gala i rapporti fra noi tre diventarono più distaccati, e per molte settimane lei ci evitò, fino a farsi sentire solo per telefono ogni tanto. Landrò sosteneva che era stato uno sbaglio da parte mia rifiutarmi di sposare Gala, che al contrario di me era pure ricca, e che sarebbe stato interessante vedere come sarebbe andata a finire la cosa. E soprattutto, mi rinfacciava, avrei potuto vivere senza lavorare: non ero stato io a teorizzare il matrimonio con una donna ricca per non lavorare? Allora facevo solo chiacchiere? Quello che più lo faceva rammaricare era che il nostro progetto di un piano di studi comune, "poetico, scientifico e filosofico", era svanito.

Ma io non lo seguivo più su questa strada. I miei dubbi sulla "verità" aumentavano sempre di più, e preferivo pensare che solo la bellezza potesse veramente trasformare il mondo. Mi dichiaravo per l'amore assoluto, totale, l'amore che riconosce l'altra al primo sguardo e cambia la vita. Ma Landrò storceva il naso infastidito dalle mie parole, fino a rinfacciarmi che poi, alla fin fine, me la facevo sempre con delle troie. Ed era inutile spiegargli che anche in una puttana si poteva trovare una scheggia della bellezza vera, una rivelazione che durasse sia pure pochi attimi.

In quel periodo giravo con in tasca *I fiori del male* e *Lulu*, ed ero convinto che l'amore, come diceva Baudelaire, non facesse questioni di proprietà. Per Landrò invece, le puttane erano puttane e basta, e per lui io volevo solo indorare la cosa, fare il vizioso e sentirmi anche nobile. Lui sì, mi aggrediva, lui sì che poteva dirmi che cosa è veramente una zoccola: "L'inferno e nient'altro", e per farmi arrabbiare citava la frase di Baudelaire su George Sand che era una bestiona e una latrina, e quell'altra dove sosteneva che le donne non dovessero entrare in chiesa perché che c'entravano le donne con lo Spirito? Se io però gli ricordavo che Baudelaire aveva amato in realtà una puttana, e pure negra, allora mi ribatteva la frase del *Mio cuore messo a nudo* dove stava scritto che solo al bruto gli si rizza bene, e il letterato non sa scopare. E concludeva che avevo fatto un errore clamoroso a non sposare Gala. Poi, per dimostrarmi il suo totale disprezzo per le donne "dallo sguardo voglioso", mi raccontava per l'ennesima volta di quando aveva pagato una puttana per stare a guardare mentre quella si scopava un cafone ("Perché dovevo studiare le loro reazioni... Il mio metodo è scientifico..."), ma l'unica cosa che aveva notato era il culo sporco del cafone che "se la chiavava", o di quando aveva fatto spogliare davanti a lui, che era rimasto vestito di tutto punto, ("pure con la cravatta"), una ragazza splendida, per poi rifiutarla perché era una "troppo intelligente". Del resto, se Gala non fosse stata così intelligente, l'avrebbe già sposata lui da tempo. E quando gli obiettavo che era fissato con il matrimonio, lui si trincerava dietro una serie di misteriosi "eh, ora non posso parlare", rifiutandosi di starmi a sentire, e ripetendo che il rapporto tra Lou von Salomé, Nietzsche e Paul Rée si poteva ancora tentare, ma bisognava essere pronti a dedicarsi completamente alla conoscenza, sacrificando l'attrazione "poco rigorosa" per la bellezza.

Ma io me ne fregavo di questo presunto rigore di Landrò, e procedevo nel buio, a tentoni. Ero ossessionato dalla realtà che mi sfuggiva, e dall'amore che sembrava sempre finire nel suo contrario. Mi perseguitava una frase: che l'amore senza soldi può essere solo un'orgia ignobile o un dovere coniugale. Disprezzavo il denaro, ma sognavo di arricchirmi di colpo, da un giorno all'altro, per miracolo. Era vero, l'amore senza soldi, senza agio, senza lusso, era solo una trappola... E allora, perché lottare? E quando la Contessa, come chiamavo Lea, mi telefonava per invitarmi a casa sua, mi arrendevo come un miserabile, senza sottilizzare con troppi distinguo sull'amore assoluto e quello relativo, sulla rivelazione e i pompini, e mi ripetevo fino a stordirmi le parole di Rimbaud: Oisive jeunesse à tout asservie, par delicatesse j'ai perdu ma vie... Ma quale delicatezza? E quale giovinezza? E dov'era più, la mia vera vita?

Quel Natale la situazione a casa mia peggiorò. Come ogni volta quando si avvicinavano le feste, i miei genitori cominciarono ad asfissiarmi. Avevo quasi trent'anni e ancora non mi trovavo un lavoro? Loro erano anziani, c'era una sorella piccola da sposare, e quando avrei finito di studiare? L'idea che il figlio istruito avesse potuto farsi strada nella vita, dar lustro alla famiglia, quella l'avevano abbandonata da tempo. Ormai si accontentavano anche solo che me ne andassi, ma non come uno sbandato: mi dovevo sistemare, fare quello che fanno tutti, trovare un posto statale e una brava ragazza e sposarmi. Le feste furono penose. Io a tavola non parlavo, e mi ero comprato un paio di occhiali da sole che portavo continuamente, anche di sera. A qualsiasi questione, domanda, minaccia, implorazione, rispondevo con il silenzio più intransigente, e spesso per non sentire per la millesima volta che loro erano "poveri pensionati", e che avevano "lavorato onestamente tutta la vita" e ora avevano "un figlio simile", mi tappavo le orecchie con dei pezzetti di cera, ripetendomi come uno scongiuro: "La vita è altrove"... "Sono in sciopero!"... "Dovunque sia ma fuori di questo mondo!"... Ma invariabilmente, dopo mangiato, mi buttavo sul letto, chiudevo tutte le imposte, e cadevo in un sonno cupo.

Il pomeriggio del trentuno dicembre squillò il telefono. Era Landrò.

«Pronto? Allora vieni, no?... Sì, da don Sesamo, don Sossio Sesamo.»

Aveva scoperto che poco lontano da casa sua abitava un prete, "sottile interprete di Léon Bloy", che si rifiutava di pubblicare i suoi scritti, e in segno di disprezzo per la decadenza del mondo e della chiesa moderna, non usciva più di casa.

«Sì, dicono che conosce tutti i libri di Bloy, e secondo me le sue sono interpretazioni autentiche.»

«E cos'altro fa, questo spregiatore del mondo? Non è che andiamo dal solito reazionario rimbambito?»

«Stai scherzando? Sembra che sia anche un esperto di esoterismo, sì... No, non scherzo.»

Il prete era un esoterista, e un conoscitore "finissimo" del *Tramonto dell'Occidente*. Ma la cosa più interessante, secondo le informazioni "segrete" che Landrò aveva avuto ("No, non te ne posso parlare") era che il prete stava scrivendo un libro profetico.

«Profezie autentiche, su basi scientifiche... Che vuol dire, il rigore lo può avere di più un uomo così che filosofi o poeti. E poi è tutto fondato sui libri di Bloy e di altri...»

«Altri chi?»

«Eh, non so proprio tutto... Però dicono che ha studiato a fondo Weininger, Spengler, Jünger, Nietzsche, e sta scrivendo un libro dove concilierà San Paolo e la lotta per la sopravvivenza di Darwin, Ignazio di Loyola e il liberalismo... No, no, non è un fesso, te lo assicuro.»

Il prete era in realtà quasi stato scomunicato, almeno così si diceva, e invitato al riposo sotto Paolo VI, che lui odiava, insieme all'altro "distruttore della tradizione", che era Giovanni XXIII. Per non parlare di certi ecclesiastici moderni, per lui solo traditori mascherati, lupi vestiti da agnelli, emissari della Bestia dell'Apocalisse... Che ne dicevo, eh? Non era notevole?... No, non era pericoloso, per niente. E poi non avevo detto proprio io che dovevamo essere "disponibili a tutte le esperienze"? Non potevo negarlo! E chi, se non io, aveva detto che "quanto più uno era folle, tanto più aveva qualcosa da dire"? E ora mi volevo tirare indietro?

Per la verità quest'ultima frase era una sua invenzione, ma ormai che dovevo fare? A casa mia la noia mi allegava i denti, non riuscivo a concentrarmi su niente, e dissi di sì: sarei andato anch'io. Landrò era riuscito a ottenere un appuntamento dal vecchio prete per delle vie tortuose, facendo presentare se stesso e i suoi amici da un suo parente come "aspiranti discepoli".

«Ah, a proposito» mi disse alla fine, «verrà anche un mio amico, sì, uno che ho conosciuto in questi giorni... No, si chiama Ciro Morvo. Mi raccomando, l'ho detto anche a Ciro, don Sossio chiamatelo monsignore, perché ci tiene molto... O insomma almeno don Sesamo, senza confidenze, con il massimo rispetto. Non fate stronzate...»

Arrivammo quasi contemporaneamente sul luogo dell'appuntamento tutti e tre. Per la strada di periferia, buia, nessuno parlò. Persino Landrò sembrava essere diventato silenzioso. Io avevo freddo, e più andavamo avanti, più il freddo umido della sera sembrava penetrarmi a piacere attraverso il cappotto e un cappello di lana a strisce bianche e nere. Morvo non mi aveva stretto la mano, ma si era limitato a una specie di grugnito incomprensibile e a un cenno della testa. Alto e robusto, con i capelli rossi tagliati corti, sopravanzava me e Landrò di almeno una testa. Non aveva né cappotto né cappello, ma solo una giacchetta striminzita che sembrava stare appesa come uno straccetto sulle sue spalle da atleta. Finalmente arrivammo alla casa del prete. Fu lui stesso a scendere in giardino per aprirci il cancello, "per i cani", disse. Noi non vedevamo nessun cane, né si sentì abbaiare, ma il prete continuò a spiegarsi fin dentro casa.

«I cani ci vogliono, perché quelli là mi vogliono morto... Hanno delle idee strane su di me... Perché sono l'unico che è rimasto a conoscere la verità di santa madre chiesa!»

«Quelli chi, don Sesamo, se è lecito» chiese Landrò.

«I miei nemici, figlio mio, i miei nemici. Ma è cosa triste, questa. Tutto è decaduto, oggi, marcio, a pezzi... Vogliono fà 'a rivoluzzione!... È sempre vero che la peste è dovunque e non c'è il lazzaretto! Per grazia di Dio, però, io c'ho la salute. E qua ci stiamo noi, e siamo ancora forti.»

«Di chi parlate, monsignore?»

Il prete fece un ampio gesto circolare con la mano.

«'O sud, figlio mio, 'o sud. Questa bella regione nostra... Eh, qua ci stanno tanti bravi giovani. Manca 'o lavoro, è vero, però quella è cosa che si risolve... Ma solo se ci sta la fede!»

La stanza dove don Sesamo ci aveva fatti entrare era stipata di mobili. Era una stanza grande, ma al centro era occupata da un tavolo con molte sedie, e sui lati da buffet, vetrinette, scaffali, colonnine di marmo, campane di vetro con sotto statuette di santi e fiori di plastica, centrini di merletto sui ripiani, polverosi cumuli di libri e immaginette sacre ammonticchiate dovunque. La stanza aveva solo un piccolissimo finestrino molto in alto, protetto da un'inferriata.

«Qua è tutto rimasto come quando era viva la buonanima 'e mammà» disse don Sesamo, e si segnò.

Mentre osservavo la parete di fronte a me, dove erano appese delle fotografie incorniciate di uomini e donne robusti e vestiti di nero, notai che le due porte che la stanza aveva erano rinforzate da fasce di ferro e doppi chiavistelli. Il prete aveva notato la mia sorpresa.

«Mi devo difendere, quelli hanno già tentato di togliermi di mezzo... A me! A me!»

Sembrava essersi irritato al solo pensiero dei suoi nemici, e si sbatté la mano sul petto con un rumore cavernoso. Don Sesamo era ancora più alto di Morvo, una specie di pezzo di legno squadrato, con due mani che sembravano pale.

«Ma voi siete ospiti, non vi voglio annoiare» disse, di nuovo con un tono normale.

«Don Sossio, scusate, mi permettete di farvi qualche domanda?» gli chiese Landrò. E al cenno di assenso del prete, cominciò.

«Don Sossio, noi abbiamo sentito voci particolari, e vogliamo sapere la verità...»

"La verità" pensai io, "è che qui si gela, e io sono più idiota di Landrò perché gli do pure retta." Mi ero distratto per un momento, e sentii ora il prete che stava rispondendo a Landrò.

«... Tutto in quell'anno, l'anno maledetto! Il 1789... Eh, i tre numeri della grande malattia: il sette, l'otto e il nove.»

Don Sesamo continuò a parlare, solenne. Lo sapevamo, no? E chi non lo sapeva? Il male era cominciato tutto da quella "fetenzia" di rivoluzione, e ormai era nel mondo.

«Perché il male ci sta, ci sta, e non si cancella! Tutto è malato in questo mondo...»

La malattia stava nel disordine, nel caos della società moderna, nel relativismo giacobino che non riconosceva "i valori autentici". E dove ci si poteva riparare, dove si poteva trovare la salvezza se non "tra le braccia dell'unica verità"?

Io e Landrò gli chiedemmo allora di spiegarsi meglio. Che cosa intendeva esattamente con la parola verità? Si poteva divinare profeticamente la verità? E lui come considerava la metafisica? E soprattutto: la verità fa sempre bene a chi la cerca? Morvo invece restava ostinatamente zitto, e girava circospetto per la stanza, ridacchiando tra sé per chi sa quale ragione.

«E lo spirito profetico, don Sossio?»

«Shhh, figlio mio, abbassa la voce. Dio non parla che per simboli.»

«Che volete dire, don Sossio?»

«Simboli, simboli: tutto il mondo è un mistero dietro il quale c'è un solo segreto... Eh, il mondo è una rappresentazione, 'nu teatro!»

«Sì, va bene... Ma è veramente possibile prevedere il futuro?»

«Tutto si può realizzare, figlio mio»

«Ma che cosa prevedete, voi...»

Qui il prete fece una pausa e un gesto con la mani rivolte in alto, poi con un tono di voce più basso proseguì.

«Vi voglio parlare chiaro. Tu sei entrato in casa mia e sei un privilegiato. Ma lo sai perché? Perché sei figlio di gente sicura, di gente perbene, se no... Hai mai sentito parlare dei Fratelli d'Italia?»

«I Fratelli d'Italia per il Lavoro e la Morale? Sì, ne ho sentito parlare.»

«Bene, figlio, bene. I Fratelli sono galantuomini, e procurano il lavoro: hai capito? Il lavoro per questo nostro sud martoriato... Se comandassero loro la disoccupazione non ci sarebbe più... E voi vi potete iscrivere, come fanno tanti giovani.»

«Ma è come un partito politico, quello. Che c'entra con la verità?»

«E sì, fanno nu poco 'e politica, che ce sta 'e male? Basta che è politica giusta, con la santa benedizione nostra. Là ci stanno solo bravi ragazzi che lavorano, producono, creano ricchezza... Quelli so' il futuro! E sono sani, sani! La salute è la prima cosa...»

«Ma se oggi tutto è malato, avete detto, come si può essere sani?»

«Ah, eccolo qua, il sofista!»

Il prete scuoteva la testa, contrariato. Landrò con uno scatto si spostò quasi addosso a lui.

«Ma Léon Bloy disprezzava la politica, e odiava il denaro!»

«Va bbuo', 'o ssaccio, 'o ssaccio. Voi volete "conoscere", eh? Non vi bastano i Fratelli, è vero? A voi il lavoro non vi interessa... Volete sapere "la verità", volete vedere "dentro", "dietro", "sotto", eh? È giusto, è giusto...»

«Sappiamo che voi conoscete anche le cose che devono venire. Che sapete "cose segrete".»

«E a voi vi piace 'o segreto, eh? Il mistero...»

Don Sesamo ora aveva alzato il tono di voce a tal punto che la stanza sembrava rimbombare. Io stavo gelando, non mi sentivo più i piedi, e quella voce mi risuonava nel cranio come colpi di martello. Dietro di me sentii Morvo che diceva tra sé "ma 'stu scemo che vvo'? Chisto nun sape niente, ccà stamme sultanto a perdere tiempo".

«Il lavoro è tutto, per la vera chiesa! Questo solo è il mistero: ora et labora! Gli uomini sono malvagi, e si devono sottomettere a lui...»

«A lui chi? Al lavoro?»

«A lui, a lui, giovane. Il lavoro rende liberi! Gli uomini devono rispettare il lavoro come Dio stesso. Lo sapete altrimenti che resta? Le bestie dell'Apocalisse! Ribellione, comunismo e libertinaggio!... No, l'uomo si deve sottomettere a chi lo fa lavorare, e chi lo fa lavorare si deve piegare davanti al santo consiglio della chiesa.»

«Ma il vangelo non testimoniava la fine della politica?»

«Guaglio', l'ordine eterno della chiesa è tutto... Il rispetto della società e della legge non conta niente se non è santificato dall'unica chiesa! Ci stanno soltanto tre regole sempre giovani.»

«Quali, don Sossio?»

«Rispetto e sottomissione ai genitori e agli anziani, rispetto e sottomissione a chi dà il lavoro, rispetto e sottomissione alla santa morale...»

Landrò alle parole del prete arricciò gli occhi e girò la testa di lato, come se non avesse capito bene o fosse disgustato.

«Ma le parole di Cristo... Che è venuto a dissolvere la famiglia, a mettere il padre contro il figlio, che il ricco non entrerà nel regno dei cieli...»

Don Sesamo non mi fece nemmeno finire, e si sporse minaccioso verso di me.

«Guaglio', 'o ssaccio già che vuo' dìcere... 'A pace, 'e poveri in paradiso, gli ultimi saranno i primi, eh? Menzogna e inganno! Esistono solo le tre regole, e poi la grande rivelazione: 'a vita è 'na lotta! Non c'è posto per queste stronzate d' 'o paradiso, d' 'o perdono, dell'ammore! Ma chi capisce, chi? Oggi so' tutti comunisti... Ma verrà, verrà...»

«Che cosa? Che cosa deve venire?»

«La vendetta, figlio! Come dice 'o libro sacro? "Senza spargimento di sangue non c'è remissione dai peccati"... Accussì è 'a legge, e 'a legge è vendetta.»

«Ma Cristo è venuto per perdonare» azzardai io, «e l'amore è il cuore del vangelo...»

«Che vangelo e vangelo! L'ammore è solo carne, carne, carne! 'O ssaccio, a voi vi piacciono le femmine sporche.»

«Ma Cristo perdonò la prostituta...»

«No! La ribellione è femmina! E la femmina è la peste del mondo, l'opera infetta, la fogna dell'universo... Solo la chiesa e il matrimonio, la riscattano... Venite, venite cu' mme!»

Con un'agilità straordinaria il prete si slanciò verso una delle porte, la spalancò e ci fece cenno di seguirlo. Non credevo ai miei occhi. Forse ero impazzito? Di fronte a noi era apparsa una palestra, una enorme palestra abbagliante di neon, rigurgitante di pesi, anelli, punching ball, scale svedesi, e al centro della quale troneggiava un ring. Morvo, le sopracciglia aggrottate, si mise a spingere con la mano il punching ball, mormorando " 'o profeta, 'o profeta d' 'o cazzo".

«La parola sacra è lettera, e va interpretata alla let-te-ra! Sani, sani, 'a salute è 'a primma cosa! E come si mantiene la salute? Con l'esercizio fisico, con il lavoro, con la lotta... L'atleta dello spirito lotta contro la Bestia della disobbedienza!»

«Ma che c'entra la lotta con...»

«Che ma? Che ma? S'adda passà da questa porta stretta per essere iniziati alla salvezza! Faciteme vedé di che siete capaci... E se no, inginocchiatevi davanti alla verità!»

«Don Sossio, ma questi sono simboli profetici o...»

«I simboli sono letterali! La grande prostituta della rivolta deve essere annichilita! E noi saremo pronti, pronti! Avanti, vi do un'altra occasione, l'ultima possibilità... O vi piegate alla verità, o ce stà 'a lotta...» Occupando con la sua mole enorme la soglia della porta, ci indicava con la mano il ring. Landrò si era sbiancato, e non parlava più. Lentamente cercò di farsi indietro, e inciampò nella base di un punching ball.

«Don Sossio... Don Sesamo... Ma voi...»

«Che vi credevate? Che i Fratelli erano ciechi e sordi? Ah, vuliveno sapé! 'O segreto? 'A verità? Ma io so tutto, di voi, degenerati! Saccio tutto, fetienti, voi nu' tenete moralità! Mo' scegliete, avanti, mo' dovete scegliere... Tenete 'o libero arbitrio, scegliete...»

«Ma chisto fà overamente? Allora è scemo! Ma c'avimma scegliere?»

«E noi che c'entriamo, don Sossio?»

«Che don Sossio, che don Sossio? Io sono la giustizia! Dal

male viene il bene, fetenti! Mi volevate abbabbiare con le chiacchiere, eh? E sì, vuie nu' vulite faticà, voi "volete pensare"! Volete fare 'a rivoluzzione! Sì? E allora forza, vigliacchi, femmenielli, fatevi sotto...»

In quel momento si sentì la voce farfugliante di Morvo.

«Ma i' l'acciro, a chistu strunzo! Pre-e-e-te ricchione de-e-el ca-a-azzo! Mo' basta!»

Balbettava, paonazzo, brandendo una pistola a tamburo che aveva cavato dalla tasca dei pantaloni.

«Ahà! Che ddice mo'? 'A bestia 'e soreta! 'A lotta 'e chi t'è muorto! Ti i-im-picco a st'anielle d' 'o cazzo! Eh? E mo' zompa! Zompa!»

Sparò un colpo, poi un altro, era eccitatissimo.

«Avanti, profeta! A vulimme fernì? Ccà avimma fà l'uommene! Uno, doie e tre! Zompa!»

Sparò un altro colpo, il prete cominciò a saltellare, rosso in viso e sudato. Si buttò in ginocchio, prese a balbettare anche lui.

«Non toccare la vecchiaia! Non ne avrai il co-coraggio... Il peccato sarà e-enorme...»

Ma Morvo aveva buttato la pistola, si era tolto la giacca e stava gridando a squarciagola.

«Io so' omme! Chi vince se ne va! Viene ccà, ti sfido, viene ccà!»

Si avventarono uno addosso all'altro dandosi pugni feroci, calci, testate, senza nessun rispetto per alcuna regola. Volevo prendere la pistola, ma chi si fidava? Morvo e il prete ora si stavano rotolando a terra e l'enorme don Sesamo stava sbattendo la testa di Morvo sul pavimento. Li scavalcai e mi buttai dietro a Landrò, di nuovo nella stanza. Nella foga facemmo crollare le pile di libri, le campane di vetro si ruppero, uscimmo per una scala in un lungo corridoio, ma era sbarrato da una grata. Tornammo indietro in tempo per vedere Morvo che chiudeva a chiave la porta della palestra e ci seguiva. Avevamo sbagliato scala, e insieme infilammo a precipizio quella giusta. Ma quando sbucammo nel giardino si aprì una finestra e nella luce apparve gridando il prete.

«Agnello! Gerusalemme! Spirito!... Sbranate i miserabili!»

I cani! Latrando ferocemente e sbavando, si avventarono contro di noi tre enormi mastini napoletani.

«Di qua! Sull'albero e poi sul muro, là non salgono.»

«Azzannate! Sbranate i ribelli! Vendetta! Vendetta!»

Il prete si sgolava alla finestra, nel giardino non si vedeva niente, ma riuscimmo in qualche modo a salire sul muro, tirandoci dietro Landrò appena in tempo. Sul muro Morvo lanciò un grido di vittoria, cavò di nuovo la rivoltella e cominciò a sparare gridando:

«T'accire! A te e a 'sti piezze 'e mmerda! 'O spirito, 'o pate e 'o figlio! Ammèn! Ammèn!»

E si mise a sparare prima addosso ai cani, poi verso la finestra. Lo tirammo giù, ma non voleva sentire ragioni, e gridava che dovevamo ritornare dentro... "L'ho preso! L'aggio pigliato!" gridò, e veramente non si sentiva più la voce del prete, solo i mastini che parevano impazziti e la finestra nel buio illuminata e vuota. Dovevamo soltanto andarcene, era tardissimo, ma Morvo insisteva che no, che bisognava tornare dentro, "far fuori la trinità", ammazzare tutti! E a un tratto, nel cielo nero, cominciarono a brillare i primi fuochi. Era la sera dell'ultimo dell'anno e ce ne eravamo completamente scordati.

«'O falò! 'O falò!»

Ora Morvo voleva appiccare il fuoco alla casa, e smaniava che il prete e i cani li dovevamo inchiodare alla scala svedese o strangolarli con le corde del ring. Facemmo tutta la strada con lui che ogni dieci passi tirava fuori la rivoltella e ci minacciava, ci voleva far tornare dal prete, perché lui "non era un cagasotto". Passammo sotto alle prime case, era cominciato il finimondo, anche se ci avessero sparato nessuno ci avrebbe fatto caso. Razzi, colpi di carabina, tracchi, botte a muro, bombe, girandole, fumo... Al primo incrocio ci separammo, Morvo sembrava essersi dimenticato del prete, si allontanò saltando e agitando la rivoltella scarica, imitando con il suo balbettamento gli scoppi, mimando le rose degli spari, i bengala sfrigolanti, i razzi...

A casa sua, ormai in salvo, invece di rispondere alle mie domande sul prete, Landrò voleva a tutti i costi "chiarire la posizione" di Morvo. Non dovevo lasciarmi ingannare dalle apparenze, avrei commesso "una grave leggerezza". Morvo non era quello che sembrava, non era "un bruto insensato", ma l'ideatore di una teoria scientifica "originalissima". Lui, non aveva ancora capito se Morvo era un genio o uno scemo, ma non potevamo certo giudicarlo con la nostra "schizzinosità da esteti". Lui, Landrò, non poteva permettersi di trascurare "nessuna ipotesi": glielo imponeva il suo metodo.

«Il prete, Landrò, il prete!» lo aggredii. «Che cazzo me ne fotte di Morvo e del tuo metodo! Mo' 'e parlà! Mo' devi dire tutto quello che sai su quella fetenzia di prete!»

Landrò si contorse, agitò una mano, disse che non dovevo lasciarmi annebbiare dall'irritazione, ma poi cominciò a parlare. Sì, don Sesamo non era così isolato come mi aveva detto al telefono. Scriveva regolarmente su "Spirito Futuro" e "Lavoro Santo", i giornali nazionali finanziati dall'*Opificium Dei*, sostenendo che il cristianesimo e il libero mercato alleati erano il futuro: e si firmava "Il disperato" e "L'uomo povero", in omaggio a Léon Bloy. Si diceva anche che una cordata di banche locali fosse molto interessata a un suo progetto, la costruzione di una rete di scuole private gestite dai Fratelli. Ma, secondo Landrò, quelle erano tutte stronzate. I Fratelli d'Italia per il Lavoro e la Morale erano solo delle mezzeseghe, e lui lo sapeva bene perché anche suo padre era iscritto ai Fratelli. Era per questo che non me lo aveva detto, perché se c'era di mezzo suo padre, poteva essere solo "una grande cazzata".

«Ma non hai detto che tuo padre e il prete stanno nella stessa associazione? E se fosse stato proprio lui a chiedere a don Sesamo di parlarti? Tu che ne sai?»

Si era dimenticato che il prete ci voleva fare iscrivere ai Fratelli, proprio come gli aveva già chiesto mille volte di fare suo padre? E comunque c'era il fatto della pistola di Morvo: e se il prete era morto, o anche solo ferito, e ci denunciava? E come me la spiegava quella sceneggiata della palestra?

Ma Landrò non prese nemmeno in considerazione l'idea che nel comportamento di don Sesamo ci fosse qualcosa di strano, o che suo padre e il prete fossero in grado di fregarlo. Su questo, potevo stare tranquillo: suo padre e don Sesamo erano solo "due rimbambiti" fissati con il lavoro e tutte le altre stronzate. Anche se girava pure un'altra voce, su don Sesamo... Si diceva che il prete, che da giovane aveva fatto il pugile, avesse creato una specie di organizzazione semi-segreta: gli S.S., i Salutisti per la Salvezza, che si riunivano nelle loro palestre private ed erano il "braccio armato" dei Fratelli. Ma quelle erano "tutte fantasie", anche se – e Landrò ridacchiava scrollando la testa e agitando le braccia – se quelli c'erano veramente, e don Sesamo era morto o ferito, allora a noi ci facevano veramente passare un guaio...

Si erano fatte le quattro di mattina. Non si sentiva più niente, né automobili né spari né voci: niente. Avrei voluto strangolare Landrò là, in quel momento, senza pensarci oltre. Mi sarei svegliato da quell'incubo ridicolo e disgustoso. Ma mi sentivo svuotato, e non avevo neanche la forza di muovere un dito. Landrò intanto aveva ripreso a parlare. E se avessimo buttato la colpa della morte di Sossio Sesamo sulle spalle di Morvo? La colpa era tutta di quel "pazzo sfrenato", di quel "fetente", di quell'"idiota". E non potevamo telefonare ai carabinieri e dire che Morvo faceva parte di un gruppo rivoluzionario? No, così era peggio, non ci saremmo più potuti nascondere dietro l'ignoranza, e poi di gruppi rivoluzionari ormai non ce n'erano più...

Quando decidemmo di separarci, e di restare lontani da casa qualche tempo per farci dimenticare, faceva quasi chiaro. Landrò disse che sarebbe andato da "un'amica", ma non mi poteva dire da chi, era "un segreto". E finalmente ci lasciammo. Nella foschia dell'alba dell'anno nuovo, gelato e affamato, mi feci a piedi gli otto chilometri che mi separavano da casa mia.

Non mi avevano lasciato nemmeno un rimasuglio, una fetta di pizza con le scarole, un piatto di spaghetti freddi: niente. Racimolai mezza fetta di panettone sbocconcellato e il fondo di una bottiglia di spumante caldo. Ormai a casa mia mi consideravano un'ombra, un fantasma. Quelli mi avrebbero denunciato al primo offerente, e mi venne in mente che mi restava una sola possibilità: 'O Tolomeo. Mi misi a frugare da tutte le parti per trovare qualcosa di soldi, ma ormai i vecchi e mia sorella erano diventati abilissimi a nasconderli, e non riuscii a rubare che una manciata di biglietti da mille lire. Quando mi trovai fuori sapevo dove sarei andato. Salii su un autobus e mi lasciai cadere su un sedile. Ero l'unico passeggero. Nel dondolio della corsa cercai di pensare a come mi avrebbe accolto 'O Tolomeo dopo tanto tempo, ma dopo un poco le scosse e i sobbalzi del mezzo mi gettarono in uno stato di assopimento a occhi aperti, abbrutito e vuoto di pensieri.

Quando arrivai a casa di 'O Tolomeo era mezzogiorno, ma stavano dormendo tutti. Mentre aspettavo che qualcuno venisse ad aprirmi, pensai apaticamente che non avrei dovuto essere là, anche se non mi ricordavo più perché era finita la nostra amicizia. 'O Tolomeo, più grande di me di quasi dieci anni, sposato da tre anni con una tedesca ricca, si era dileguato poco prima del matrimonio, con l'eccezione di un biglietto di auguri a Natale e una telefonata in cui invocava il mio perdono per il suo comportamento in quella e in un'altra storia e, nello stesso tempo, quasi mi minacciava, ingiungendomi di lasciarlo lavorare.

'O Tolomeo restaurava cimiteri, e aveva una ditta specializzata in restauri e pose di monumenti funebri. Cappelle, angeli e mausolei erano la sua specialità, ma non rinunciava per questo a considerarsi un genio che la vita aveva deviato dal suo vero lavoro: scrivere. Da quello che mi aveva detto, avevo concluso che si era sposato con la tedesca solo per soldi, in modo da poter lasciare il lavoro e vivere di rendita con i soldi della "vacca tedesca". Ma non mi aveva invitato al matrimonio, e aveva accuratamente evitato di farmi conoscere la moglie. Sapevo però che abitava nella vecchia villa paterna di via Tasso, e non aveva lasciato il lavoro. E questo era tutto. Ma proprio mentre ripensavo a tutta la storia, mi sentii chiamare

«Tommaso! Tomma'... Aspetta un momento che scendo!»

Si era sporto da una delle finestre della villa per un attimo, ed era sparito. Dopo qualche minuto lo vidi uscire dalla porta di casa e venirmi ad aprire il cancello.

«S'è scassato 'o coso meccanico... 'Sti cancielli elettronici so' 'na munnezza» borbottò mentre apriva. Poi in mutande e canottiera com'era, mi abbracciò con un teatrale: «Tommaso! Sali, sali!». Cercai di informarlo subito della situazione, ma lui sembrava non sentire. Diceva sì sì, e intanto mi stava già raccontando tutto quello che gli era capitato in quei due anni.

«I tedeschi ti credevi che erano seri, no? Tu! E pur'io... E no, niente. Ci ha fottuto Nicce a noi, è stato quello. 'A tedesca teneva due fratelli più piccoli, e insomma uno me lo sono dovuto accollare io. 'E capito? Io che figli non ne volevo, m'aggia tené a chisto. E poi ci stanno quegli altri due, di fratelli, i miei: Zaccariello e 'o Baronetto. Mannaggia 'a morte... E tanto per concludere in bellezza, la troia tedesca non era nemmeno così ricca come diceva... E mo'...» e allargò le braccia in segno di sconforto. Ma si vedeva che esagerava, e che nemmeno questo era riuscito a atterrarlo. A un tratto si alzò e corse per il corridoio: apriva le porte e le prendeva a pugni, gridando come un ossesso.

«Mangiafranchi! Sbafatori! E non facciamo finta di dormire! Qua vi dovete alzare quando io mi sveglio, è chiaro? Tede', e tu? Komm hier, alza il culo! Eh, me ne fotto se non si dice! Schnell, schnell!»

Poi si attaccò a un campanello e ci sbatté più volte la mano sopra, bestemmiando. La moglie sbucò da una porta, con gli occhi pesti e i capelli disfatti, e gli disse qualcosa. Allora lui scattò infilandosi in una delle stanze e cominciò a sbraitare.

«Cominciamo bene! È il primo dell'anno e non ci alziamo, eh? Ti faccio morire di fame, ti faccio.»

«Ma che vuo', famme durmì» rispose una voce impastata di sonno.

«A me? A me che sono tuo fratello maggiore, che vuo'? Ma io t'acciro!»

«Ma vaffanculo...» ribatté la voce impastata. Era quella di Zaccariello, uno dei fratelli di 'O Tolomeo. Lui allora non ci vide più, si buttò rabbioso addosso al fratello, e cominciarono a picchiarsi gridando e bestemmiando. Era sempre la stessa canzone anche quando li frequentavo anni prima. Zaccariello faceva infuriare enormemente 'O Tolomeo, rifiutandosi per principio di obbedirgli. Quando doveva accompagnarlo al lavoro, invariabilmente si fingeva bronchitico, seminando attorno al letto una barriera fatta di sputi catarrosi provocati dai pacchetti di sigarette che si fumava a letto. Del resto i tre fratelli avevano tutti l'abitudine di sputare a terra, nella speranza che uno degli altri due ci finisse a piedi nudi sopra. Ma ogni volta che si fingeva malato, Zaccariello, esile e molto più debole del fratello, le prendeva. Lui però "non si sottometteva", ed era comunque contento di far incazzare 'O Tolomeo.

«Mi arrendo! Gesù, chisto me vo' accidere! Madonna, madonna bella!»

Era lui che adesso invocava pietà, con un tono lagnoso da sgozzato. 'O Tolomeo si alzò da terra dove teneva bloccato il fratello e venne verso di me.

«Ha avuto la sua parte. Mo' si alza.»

Quando uscimmo sentimmo il raschio inequivocabile della gola di Zaccariello, e 'O Tolomeo fece appena in tempo a chiudersi la porta dietro le spalle che si sentì il rumore molle dello sputo che si spiaccicava sul legno.

«Stronzo, e pure lento» commentò 'O Tolomeo.

Intanto la casa si era svegliata. Si sentivano forti odori di cucina, e fu proprio là che 'O Tolomeo si diresse, per controllare se stavano seguendo le sue istruzioni. In cucina c'erano un arabo, Amal, e "una negretta", come disse 'O Tolomeo. Il nome non lo capii, ma 'O Tolomeo mi informò che lui la chiamava Assuntina, tanto "chella llà" la voce del padrone la capiva lo stesso.

«Forza, lavorate, che c'è pure un ospite.» Poi si rivolse a me. «Li tengo apposta, a questi qua. Perché accussì 'a tedesca schiatta. Io veramente volevo pigliare due ebrei, però so' difficili da trovare.»

Si accese una sigaretta e si sistemò su una sedia, facendomi cenno di sedere sull'altra.

«Tomma', 'a tedesca è pure pazza. Non parla, e quando parla lo fa pure in tedesco perché sa che non lo sopporto. Poi è fissata, che la "servitù", come dice lei, "sputa nella tazzina del caffè". 'E capito tu? Dice che così facevano alla corte di non so chi, e glielo ha raccontato la zia, "fräulein Eva", che è "stata dama di compagnia" a questa cazzo di corte... E poi dice che lei la roba toccata con quelle "mani nere" non la mangia... 'E capito? Assunti', quante volte ti ho detto che lo devi cuocere prima col vino, 'o purpo affugato?... La devo educare, per forza. Ma oggi c'ho pure una sorpresa per te...»

«Che sorpresa?»

«Mo' vedi, aspetta, aspetta.»

'O Tolomeo si alzò, schiacciò il mozzicone in un piatto con delle olive e sbadigliò.

«Questi qua mi vogliono atterrà a me... lloro! Ma io li vedo tutti morti. Vieni, vie'.»

Si vestì in fretta, mentre io lo aspettavo nella sala da pranzo che sua madre non aveva usato per anni. 'O Tolomeo odiava quella stanza con tutti i mobili antichi e le porcellane che sua madre ci aveva faticosamente accumulato dentro. E ora che la madre era morta, mi spiegò quando si fu vestito, lui lo faceva per sfregio a mangiare là, così ogni volta avrebbe rotto qualcosa, e quella stanza del cazzo alla fine si sarebbe polverizzata. Poi prese un'aria solenne.

«È l'ora del saluto, mo' è pure il primo dell'anno, e ci vuole una cosa speciale.»

Mi fece cenno di entrare in una stanza proprio là vicino, dicendomi che sarebbe stata cosa di pochi minuti. Era il suo studio, e su una parete tutta bianca faceva spicco un enorme ritratto del padre, con sotto un fascio di fiori che sembravano colti di fresco e una lampada perpetua, di quelle che si usano nei cimiteri.

«È argento ottocento, questa, mica è come quelle che vendono nei negozi: argento massiccio! E guarda qua 'stu quadro... Guarda, guarda: ci sta 'a faccia 'e papà a rilievo, e quella è tutta d'oro, oro zecchino!»

'O Tolomeo non credeva in niente. Anzi, se avessi dovuto usare per lui una definizione esatta, avrei detto che non credeva nemmeno di non credere in niente. Ma ora lo vidi che si inginocchiava davanti al ritratto del padre, addirittura segnandosi.

«Papà, state bene? Voi siete un grande uomo, papà. E io vi benedico dove state... Voi dovete sempre stare bene, no comme a chella schifosa!»

Si alzò con uno scatto spostandosi verso la porta. E solo allora mi accorsi che a terra, su un riquadro del pavimento, c'era come inciso un piccolo ritratto della madre di 'O Tolomeo. Lui si avvicinò e ci sputò sopra, poi sfregò il piede sul pavimento borbottando.

«Tie', tie'! Questo ti meriti e questo avrai!»

Poi ritornò al ritratto del padre, e gli si rivolse con un tono di profondo rispetto.

«Papà, vi faccio dire pure la messa cantata. A voi sì, ma a quella no, che tanto sta all'inferno... Mo' me ne devo andare, poi oggi vi faccio venire a spolverare da Assunta, eh? Tanti auguri, papà, e buon anno.»

Quando ci sedemmo mi spiegò che in tutta la casa, nei punti di passaggio, c'erano sul pavimento questi ritratti di sua madre, per disprezzo: così tutti quanti ci camminavano sopra, e lui quando andava a lavorare usciva di casa più contento.

«Ma come va il lavoro?»

«Eh, va, va... Però ci stanno sempre i problemi... Guarda questo progetto: è bello, no? È 'o faro di Alessandria, una torre che sarà centodue metri di altezza e con un fuoco vero tenuto sempre acceso.»

«Ma è assurdo, è la tomba di un demente.»

«No, e pecché? Ci stanno gli inservienti che controllano il fuoco... Due marocchini quanto ti credi che costano? Se il committente vuole un faro, io glielo costruisco... Tomma', svegliati! Coi soldi si fa tutto.»

C'era qualche problema, però. Il faro avrebbe disturbato con la sua luce il vicino aeroporto, e allora i tecnici del comune avevano avanzato dei dubbi. Ma 'O Tolomeo rideva.

«Si risolve, si risolve... Costa un poco di più, ma chi i soldi ce li ha gli sfizi se li deve togliere.»

E questo non era tutto. 'O Tolomeo aveva messo insieme un gruppo di artisti, una banda " 'e muorte 'e famme" che lavoravano per lui ai progetti. Così si toglieva il capriccio di comandare a questi "artisti del cazzo" e di fargli fare delle cose di cui si vergognavano. Perché gli artisti si dovevano vergognare, dovevano capire che senza "questi", e faceva con il pollice e l'indice il gesto di indicare i soldi, "non si cantano messe". Non erano tutti come me, mi aggredì, che non volevo crescere.

«Tu stai fuori dal ciclo produttivo, Tomma'... Scusami, ma tu non esisti.»

«Lo so, sono uno spettro.»

«Nooo! Ti piacerebbe essere uno spettro, uno che infesta i sonni di noi "borghesi", eh?... No, tu proprio non ci sei, non esisti... E te lo dico per amicizia.»

«E tu che sei sempre uguale, e sei ancora perseguitato dai tuoi genitori al punto che gli hai fatto un sacrario?»

«E che c'entra questo? I genitori... Cioè mio padre, è quello che è, e non ti permetto di offendere! E chella llà è 'na schifosa... Tu non capisci la vita, quello è. Tu fai 'o contemplativo, ma quanto può durare?»

«Durerà, durerà. E poi, non lo so.»

«Lo vedi? Non lo so. Nicce però alla fine parlava di volontà di potenza, o no? L'unica cosa seria che ha detto... C'è solo quello, e basta.»

«Ora non vorrai usare Nietzsche contro di me!»

«E perché no? Fosse solo tuo o di quel tuo amico pazzo? Non l'hai detto tu che "i pensieri non sono di nessuno", ma solo "di chi se li prende"?»

«Sì, ma l'ho detto a diciott'anni...»

«E che fa? Bello mio, il tempo non esiste, e se pure ce stà è l'eterno ritorno, no? Ma mo' è pronto, è meglio che iammo a mangià.»

Proprio in quel momento squillò il citofono, e 'O Tolomeo si precipitò a rispondere.

«Sì, sali! Ti mando Amal, sta scassato 'o comando elettronico... No, aspetta, mo' scendo io.»

Quando risalì, era in compagnia di quello che lui mi presentò come un suo amico.

«Chiamalo pure Maestro, perché lui è veramente un maestro.»

Il Maestro era di statura regolare, e si muoveva, al contrario di 'O Tolomeo, con un gesticolare misurato e lento. Non sembrava volersi affrettare in niente, mi strinse sorridendo la mano, e si toccò leggermente la testa. Aveva i capelli rasati come un forzato, le tempie solcate da vene visibili come fiumi su una mappa e la faccia che ricordava uno di quegli idoli lignei scolpiti dai primitivi, insieme infantile e fuori del tempo.

«Tutti a tavola» disse 'O Tolomeo, e ci avviammo verso la sala da pranzo che lui usava come estrema forma di disprezzo verso sua madre. Mancava uno dei due fratelli di 'O Tolomeo, ma lui evitò le solite scenate, perché, come insinuò

Zaccariello, tanto 'O Baronetto non si poteva toccare, e "si sapeva che c'erano le preferenze..."

I pranzi da 'O Tolomeo avevano da sempre la caratteristica di sembrare, se pure preparati in anticipo e con grande spreco di mezzi, assolutamente casuali e improvvisati. Almeno questo era l'andazzo quando era ancora viva sua madre e lo costringeva a mangiare in cucina per non sciupare "la stanza buona". Ma questo pranzo di capodanno non sembrava presentarsi sotto una diversa forma, perché fin dall'inizio 'O Tolomeo cominciò a gridare che si erano scordati di preparare l'antipasto, che lui li avrebbe licenziati tutti, e che la tedesca non era buona a niente. Così furono portati a tavola i barattoli con le olive, un prosciutto enorme che 'O Tolomeo cominciò a tagliare senza nemmeno toglierci la cotica, un vaso enorme di alici ancora da dissalare, buste di taralli col pepe e di noccioline, vasetti di maionese, e un'anguria.

«L'anguria? L'anguria? Vi avevo detto il mellone! Quello di pane!»

«Ma non ti agitare» disse il Maestro, «sono sciocchezze.»

«Sì, sì, è vero» borbottò lui, cominciando a mangiare rumorosamente accompagnandosi con un'enorme fetta di pane. Il Maestro invece non toccò niente, limitandosi a sfiorare con un dito l'anguria. Poi furono serviti gli spaghetti.

«Vermicelli coi frutti di mare... Mi so' costati cari, ma è roba di prima scelta, mangiate, mangiate!» disse 'O Tolomeo, e, in piedi a capotavola, cominciò a fare i piatti dalla zuppiera. Ma già ai primi bocconi cominciò a trovare che i vermicelli non erano cotti bene: o forse avevano sbagliato misura e avevano preso gli spaghetti sottili? C'era qualcosa che non andava.

«L'olio!... 'O ssapevo, è colpa tua, è! Ci hai fatto mettere l'olio di semi, perché ti devi mantenere la linea, eh? E dici 'a verità! E parla...»

«Tolò, io non parlo con i tuoi servi.»

«Non sono servi! E non sono miei, e non mi chiamare Tolò!»

«Ich...»

«Parla italiano! Te l'ho detto un milione di volte che devi parlare pulito!»

«Papà, mi semprano puoni i spachetti...»

Era il fratello di Elsa che aveva parlato, timidamente. Ma 'O Tolomeo aveva sentito.

«Tu nun parlà!... I spachetti! E non mi chiamo papà! Io non ti sono niente, a te, te lo vuoi mettere in quella testa di nazista?»

Intervenne la moglie, aggressiva.

«Non spaventare il piccolo Hans!»

«Il "piccolo Hans" tene diciassett'anni, e non fa un cazzo dalla mattina alla sera. E non vuole nemmeno venire sul cantiere...»

«Certo, se tu e i tuoi fratelli lo trattate da schiavo!»

«Schiavo? Io? E che c'entra, lui si deve fare le ossa, deve fare la gavetta, 'stu vichingo... Guarda là, tutto muscoli e poeti tedeschi.»

«Cosa vorresti dire?»

«Ma statte zitta, e mangiamo che ci stanno gli ospiti.»

«E poi, se lo vuoi sapere, sono io che gli ho detto di chiamarti papà, perché pensavo che ti faceva piacere...»

«A me? A me? Ma tu si' scema, allora.»

Intanto era arrivato a tavola anche il Baronetto, che si sedette senza salutare nessuno e si tirò subito davanti la zuppiera con il resto dei vermicelli.

«Barone', salutiamo» disse 'O Tolomeo, ricevendo dal fratello un cenno della testa che si poteva anche scambiare per un no.

«Ci stanno i raccomandati» disse allora Zaccariello. Ma 'O Tolomeo fece finta di non sentire e ordinò ad Amal di preparare la frittura, e di portare insieme anche il polipo affogato, la spigola al forno e le patate e piselli, perché poteva darsi che qualcuno le voleva. E non si scordasse l'insalata mista coi finocchi e i rafanielli. Intanto la tovaglia di fiandra del corredo di sua madre, come 'O Tolomeo sottolineò sghignazzando, si era già riempita di macchie.

«Fate, fate! Tanto chi se ne fotte? S'adda distruggere!» diceva lui a ogni bicchiere versato, felice per le macchie di olio e le sbrodolature. Il Maestro fumava svogliatamente, limitandosi ad assaggiare di tanto in tanto qualcosa con aria assorta. 'O Tolomeo lo invitò a buttare la cenere per terra, o se gli piaceva su un mobile, e pure la sigaretta se voleva la poteva spegnere tranquillamente sulla tovaglia.

«Mae', ma nun tiene famme? Assaggia 'stu vino... Eh, che dici? Chesto è Falierno!»

Ma il Maestro, dopo aver assaggiato il vino di 'O Tolomeo, gli disse ridendo che quello era tutto tranne Falerno. 'O Tolomeo allora si imbestialì, che lo avevano fatto fesso, e che domani stesso andava dal grossista dove l'aveva comprato e lo metteva "c' 'a capa dint' 'o Falierno d' 'o cazzo".

Con l'arrivo della frittura di gamberi, calamari e triglie, 'O Tolomeo si calmò, e attaccò a dire che la volontà di potenza lui ormai l'aveva capita a fondo.

«Si deve solo leggere quello che ci sta scritto. Che so' tutte le interpretazioni? Palle. È solo che uno vuole fottere l'altro... È la legge del più forte...»

Il Maestro lo stette a sentire scuotendo la testa, e poi disse:

«È solo ideologia, la tua. Lo sai bene.»

«No, non lo so. Io non so niente. E tu sei solo un idealista marcio, questo so.»

«Signore, io portare anche porpo?»

«E che ti avevo detto? Porta tutto! No, il mondo non cambierà mai... Ci possiamo solo divertire... Comandare, fottere e mangiare.»

«Ma questa è disperazione, nient'altro.»
«La mia? Me ne frego.»
'O Tolomeo era diventato tutto rosso, e cominciava ad avere la voce spessa di chi ha bevuto. «Voi non avete capito niente» sentenziò.
«Può darsi. Ma il fatto è che tu stravolgi le cose. E poi sei letterale, non riesci a guardare le cose con distacco.»
«È vero. Sembra che tu abbia un affare personale con l'universo.»
'O Tolomeo stava per replicare quando Amal entrò portando le vivande che lui aveva ordinato. Ma 'O Tolomeo andò di nuovo in bestia: mancava la pizza con le scarole, e a lui che gliene importava se si mangiava prima o dopo? A tavola, doveva stare a tavola!
«Ma Tolò, un po' di ordine ci vuole» intervenne la moglie.
«Che ordine e ordine! Come dice Nicce? "Il mondo è caos e solo caos per tutta l'eternità"! E allora che caos sia! Portate tutto... Sì, scemo, pure i dolci, e l'insalata! E le paste, ci stanno le paste?»
Non c'erano le paste! 'O Tolomeo voleva prendere a coltellate Amal, poi gli lanciò dietro un piatto e lo maledisse.
«Nun ce stanno 'e babbà? Nun ce stanno 'e sciù c' 'a crema? Nun ce stanno 'e cannuole 'a siciliana?»
Non c'era niente, allora. Anche Zaccariello si unì alla protesta.
«È colpa della tedesca!»
«Io non capisco questi modi...»
«E quanno mai! Che capisce chesta? Nu cazzo!»
Il Baronetto lasciò sfuggire qualche parola sconnessa su certa gente straniera che prima dice una cosa, e poi frega la gente onesta.... E anche sull'età, sull'età mica 'a tedesca aveva detto la verità...
«Che vuoi dire, tu?» saltò su Elsa. «Io non sono come voi napoletani! Io non mento... Io ho principi morali!»

Sì, va bene, continuarono a dire i fratelli di 'O Tolomeo, la sapeva lunga, la canzone. E poi pure sulla questione dei soldi c'era da dire, e parecchio, ma loro erano troppo signori, e ci passavano sopra.

«Che vuol dire questo? Che vuol dire? Ti chiedo una spiegazione!»

Elsa si era infuriata. 'O Tolomeo sembrava imbarazzato, ora. Disse solo a mezza voce:

«Non è niente, so' guagliune. Elsa, fa' 'a brava, iammo!»

«No, ora mi devi dire le cose in faccia. Non ti dimenticare che sono ancora proprietaria di tutto... I soldi te li ho solo prestati: e come li hai avuti li puoi anche perdere.»

«Ti minaccia, Tolome', 'e capito?»

«E ci offende sempre, fratello... Mette 'o zucchero 'ncoppa 'a muzzarella, pe' sfregio! Ci vuole offendere, 'sta tedesca...»

Era il Baronetto, che stava mangiando una fetta di pastiera che gli impiastricciava tutta la bocca. Zaccariello gli dette man forte.

«Fai cumannà a 'na femmena? Sei finito, fratello, sei finito.»

«Finito? Io? Basta! Ora vi dovete stare zitti tutti quanti!»

Elsa ubbidì con l'aria sdegnata, e così anche i due fratelli. La tavola era ingombra fino all'inverosimile, e i due fratelli di 'O Tolomeo continuavano a mangiare senza sosta. Il Baronetto si fece anche portare la pentola delle braciole "c' 'o ragù" avanzate da alcuni giorni, perché ci doveva spugnare il pane dentro. Il fratello lo prendeva in giro e lo chiamava maiale, cercando di mettergli nella salsa i pezzi di capitone fritti. Ma il Baronetto se ne infischiava, toglieva i pezzi, li buttava sotto il tavolo e continuava a mangiare. Zaccariello si era fatto portare una scodella di latte e caffè e ci stava spugnando dentro una fetta di panettone.

«Basta, io me ne vado. Siete disgustosi!» sbottò allora la tedesca. Si alzò e fece un cenno a Hans che la seguisse: «Barbari, barbari napoletani!» sentii che mormorava il ragazzo uscendo. Ma Zaccariello gli fece uno sgambetto che lo mandò a sbattere sullo spigolo di un mobile a vetrinetta. Poi alzò le mani e disse:

«Io non so niente, eh, è caduto lui... Perché non guarda dove cammina?»

«Noi che ci possiamo fare si tene 'a capa dint' 'e nuvole?»

Il ragazzo, che sanguinava da un labbro, non disse niente, e andò dietro alla sorella. Ma poi dovette ripensarci, perché riapparve nel vano della porta e, tutto rosso in viso, balbettò un misto di parole tedesche a cui si mescolavano ogni tanto pezzi di frasi comprensibili: la legittima, i testatori... Non si è fatto in regola, vendere tutto... Resterete nudi... Non era legale... Mia sorella ci penserà, prima o poi... Ingenua, era stata... Barbari, barbari che non cambiano mai...

Ma nessuno gli dava retta. I due fratelli di 'O Tolomeo continuavano a mangiare buttandosi la roba nel piatto, cercando di mettere il sale nel vino o nel latte e caffè, sghignazzando con le loro voci stridenti.

«Sì, fa così poi si calma. Ci penso io dopo» disse tranquillo 'O Tolomeo.

«Sì sì, dopo ci sta il letto, eh?»

«Il fratello ci pensa lui a sazià 'a tedesca.»

«Però si deve impegnare assai, eh?»

«E non lo vedi? Guarda, si sta abbuffanno comme a nu ruospo.»

Ma 'O Tolomeo non li sentiva più, o faceva finta di ignorarli. Perché stava rispondendo a una osservazione del Maestro sui popoli protestanti che erano forse i soli ad aver fatto una rivoluzione. 'O Tolomeo negava recisamente la cosa.

«Voi non capite niente, e nemmeno tu, Mae'. Il futuro è dell'Italia, un paese cattolico. Non sarà l'efficienza che salverà il mondo... Amal, porta 'o ccafè. Che vi credete? Solo lo spreco ci può salvare.»

«Lo spreco sta distruggendo l'uomo, lo sta svuotando.»

«No, no. Niente ascesi, niente protestantesimo. Il rigore fa male, fa male. E sapete che vi dico? L'Italia del sud si deve mangiare 'stu nord democratico, efficiente, attivo e calvinista...»

«Ma quale nord?»

'O Tolomeo fece un gesto ecumenico.

«Tutto 'o nord. Perché mi sono preso la tedesca, eh? Per i soldi, pensate voi. No! Me la sono presa per distruggerla, per corromperla, per farla diventare un'infiltrata.»

«Ma che stai dicendo! Se non vuoi nemmeno farla parlare.»

«E che c'entra? Io la educo, che vi credete. Ah, lei è luterana? Si deve arrendere, perché io sono la controriforma... Io, sì, io da solo: tutta una controriforma!»

«Tolomeo, questo è un paese finito da tempo, guardati attorno.»

«Io guardo, io ci vedo bene, Mae'. Cumannà, fottere e magnà: vedo questo. E vedo pure che a questi qua non li distrugge nessuno, questo popolo di gente che chiagne e fotte non lo arrende nessuno... Lo sai che vuol dire, no? Piange e ti frega... Non vuole l'ordine, lo rifiuta. E poi su che cosa ti credi che viviamo tutti quanti? Questo è un universo di vendere e comprare... E come può durare se non c'è lo spreco?»

«Te l'ho già detto che lo spreco darà l'ultimo colpo alla natura.»

«E chi ti ha detto che la natura deve durare per tutta l'eternità? Glielo ha ordinato il medico? Ce sta 'na legge?»

«Mio fra-fratello ha ra-ragione!» gridò Zaccariello ormai ubriaco, sbattendo il pugno sul tavolo. «Niente legge! Io aggio pure arrubbato!»

«Ah sì? E che hai rubato, le caramelle?»

«È vero, che ha rubato. E che ce stà 'e strano? Devono rubare solo i poveri? Nu furto, ha fatto nu furto dentro a 'na villa. E allora? "La strada dell'eccesso conduce al palazzo della saggezza"... Uhé, chisto è William Blake...»

«Ma non dire cazzate! Che c'entra Blake con un furterello?»

«I contrari si toccano! Io a mio fratello Zaccariello mo' 'o sto facenno studià legge, 'e capito? Mae', tu non capisci. Si ce stà 'a legge, ci deve stare pure chi ruba! Lo sviluppo è così, ci deve stare tutto. E cchiù criminalità ce stà, più vuol dire che ce stanno i monèi, i soldi... 'E capito? Eh! William Blake c'entra, c'entra.»

«Allora per essere coerente, dovresti finanziare la camorra, la mafia, e tutte le attività criminali...»

«E chi ti dice che nun 'o faccio già?»

'O Tolomeo ora si era messo a ridere, con l'aria di voler prendere la cosa a scherzo.

«Però è giusto, che se dovessi essere coerente... Ma cheste nun so' cose per voi. Voi di questo non capite un cazzo.»

«Io capisco che tu vuoi che tutto resti sempre uguale. Tu sopra, e gli altri sotto.»

«E se sono capace di farlo? Se tu sei meglio di me, fallo tu: io ti dico che per me va bene. 'O ssai che dice William Blake? " 'A stessa legge per il leone e il bue è oppressione"... 'E capito o no? Mae', tu si' 'n'idealista, tu duorme a uocchie apierte! La vita è una lotta. Scetate!»

«Ma tu non dicevi che si doveva fare la rivoluzione? Non eri tu che andavi ai cortei degli autonomi col pugno alzato e sputavi sui borghesi? E chi diceva che le Brigate rosse dovevano ammazzarli tutti?»

«Eh, robba vecchia, cose 'e guaglione... E poi è tutta esperienza, no? 'A vita non è quella che sta scritta nei libri, belli.»

«Tu però scrivi. Vuoi fare un libro.»

«E con ciò? Ci metto dentro la vita, io! Non le vostre stronzate.»

«Quale vita? La vita non si scrive. Si può solo vivere.»

«La vita è altrove...»

«Eh, sì! Sempre cu' 'stu Rimbó! Che vi credete di fare? Lui era comme a mme. .»

«Come te? Non mi far ridere, Tolome'. Non dire cazzate.»

«Mio fra-fra-fratello ha ra-ra-ragione...»

Ora il Baronetto si era addormentato con la testa sul tavolo, e Zaccariello gli versava il vino lungo il collo per farlo svegliare. Ma il Baronetto russava sonoramente, e non si muoveva. Zaccariello cavò di tasca un pacchetto di stagnola, delle cartine, e cominciò a prepararsi una canna.

«Rimbó è andato in Africa, no? Pecché coi letterati comme a vuie steva a schiattà... Quella è la verità: l'Abissinia, le marce, l'avorio, la fatica... Va bbuo', si voleva arricchire, ma per sputare in faccia a tutti quanti! Ma mo' non ne voglio discutere.»

«Perché hai paura.»

«Paura? Paura? 'O Tolomeo tene paura? Tu, tieni paura! Ti tengo fatto, a te! Chi ti credi di essere, Dorian Gray? Tu tiene paura che 'a giovinezza è fernuta... Ma chella è veramente fernuta, e non te ne sei accorto!»

«La mia non finirà. Tutto il resto è una merda. E Rimbaud si è suicidato a vent'anni... L'altro, quello dell'Africa, era solo un cadavere ambulante.»

«Ah sì? E che capisci, che capisci tu 'e Rimbó? 'O ssaccio io solo, io solo!»

E 'O Tolomeo si sbatté la mano sul petto più volte.

«Io! Io solo! La noia, la noia atroce di quel deserto di merda, il commercio, la fatica inutile... Che ne volete capire, voi?»

«Era solo un fallito, in Africa, uno che si era arreso. E si odiava... È l'odio per se stesso che gli ha fatto venire il cancro alla gamba.»

«Ah, la conosco la tua canzone, che la società ci deforma, che non siamo liberi di esprimerci... E poi che bisogna ribellarsi, aizzare i poveri contro i ricchi... La dialettica, la tua stronza dialettica. Mae', so' cazzate: i poveri devono restare poveri, ma non troppo... Questa, è dialettica!»

«Sì, perché se no non possono comprare e sprecare, e la società non va avanti.»

«Proprio così. È inutile che fai l'ironico... E ci vuole il caos, il caos sempre! L'anarchia! Con l'anarchia funziona tutto perché c'è lo spreco... "Passa con l'aratro sulle ossa dei morti", dice William Blake... Eh? È lo spreco, coglioni! E che vulite fà cu' 'st'ecologia, e 'o risparmio, e le virtù? Tutte stronzate! L'economia è 'na zoccola... Ci vuole solo il caos, e se nascevo povero, o mi fottevo o andavo a rubare. È normale, è tutto normale! La vita è qua! Sta qua!»

La stanza era immersa in una nube di fumo che faceva bruciare gli occhi. Zaccariello stava gettato riverso sulla sedia, con il pantalone sbottonato e il tovagliolo appeso al collo, e cercava di colpire con le noci un soprammobile di Capodimonte che stava su una mensola, ripetendo meccanicamente:

«'A femmena, 'a femmena, 'a femmena.»

Il Maestro non parlava più, e ascoltava sorridendo 'O Tolomeo. Mi sentivo cascare dal sonno. La notte l'avevo passata in bianco, e mi tornavano in mente don Sossio, Morvo, i cani. Sentivo a malapena quello che 'O Tolomeo stava dicendo, in modo sconnesso, come in un incubo.

«'O futuro è chisto! "La strada dell'eccesso porta al palazzo della saggezza"... Eh! William Blake 'o ssapeva, bisogna eccedere, abbondare.. E pure Goethe, eh, 'o Goethe vuosto, non diceva che la natura vive dello spreco?.. 'A tedesca però è 'na troia... Io m'accatto sempre fazzulette e sigarette 'e contrabbando, accussì i soldi vanno alla camorra, va tutto alla camorra... Niente stato, niente legalità: solo libertà! La gente vo' 'a libertà... L'ha detto Rimbó, 'a gente deve avere sport e comfort, e deve consumare, io devo produrre, si deve vendere... Pigliatevi un altro liquorino, è bbuono... 'O ccafè s'è fatto friddo, fa schifo...»

Sentii di nuovo la voce semisinghiozzante di Zaccariello.

«Mio fra-fratello dice so-solo cazzate.»

Ormai vedevo come attraverso un velo. Nessuno aveva pensato di aprire le finestre per cambiare l'aria, o chi sa, doveva essere stato un preciso ordine di 'O Tolomeo. Non si respirava. Il vino che avevo bevuto mi teneva inchiodato alla sedia, e non sarei riuscito a muovermi nemmeno se fosse scoppiato un terremoto. Entrò Amal con un ruoto di alluminio traboccante di quella che mi sembrò una torta, ma 'O Tolomeo scandì trionfante:

«Ah! Buono... È arrivato 'o timballo 'e maccarune. Amal, piglia pure 'a pasta e fasule ammiscata con i frutti di mare, e nun te scurdà 'a vodka...»

Le parole "timballo di maccheroni" sembrarono avere sul Baronetto un effetto elettrizzante, si tirò su sveglissimo, servendosi una porzione che usciva fuori dal piatto e affondandoci le dita grassocce per ficcarsi in bocca grandi manate di pasta. Intanto 'O Tolomeo descriveva il timballo, che era fatto nella crosta di pane, "come una volta", con la sugna e le interiora di pollo, però non era riuscito a procurarsi certe salsiccette che si facevano con gli intestini di pecora. Zaccariello dette una pacca dietro alla testa del Baronetto, facendogli finire la faccia nel piatto. Il Baronetto si ripulì con un lembo della tovaglia e continuò a mangiare il timballo dicendo solo: «Figlio 'e zoccola, ce lo vediamo dopo».

«Mio fra-fratello dice so-solo stronzate» ripeté Zaccariello, senza riferirsi a nessuno in particolare. 'O Tolomeo si era messo a fumare, e con voce da ubriaco continuava a rivolgersi al Maestro che lo stava a sentire sorridente.

«Tu sei un fallito, non avete fatto nemmeno una rivoluzione, e mo'? Eh, è tutta questione di chi è il più forte... A ribbellione? 'E barricate? So' strunzate, Mae'... È finito tutto... Guarda qua, guarda... Questo è "Newsweek", guarda!» e sbatteva la mano su un giornale che aveva pescato da una mensola.

«Senti qua, statte attiento: "La rivoluzione capitalistica ha ragionevoli prospettive di affermarsi su tutta la terra"... 'E capito? "La rivoluzione capitalistica"... E pure tu, Tomma', che vuoi fare?... Sì, lo so già: "Dire no ai giorni del presente e disperatamente sperare nell'avvenire"... Nell'avvenire? Sperare nell'avvenire? Ah, ma allora si' scemo veramente...»

Il Baronetto era di nuovo sprofondato nel sonno, con la testa nel piatto. 'O Tolomeo continuava a parlare, ma ora veramente non lo capivo più. Avrei voluto gridargli che era uno stronzo fottuto di imprenditore, che io sui suoi soldi ci sputavo sopra, e che piuttosto di vivere in un mondo come quello che stava costruendo lui, mi sarei sparato. Cercai di gridare "La vita in bellezza! La vita in bellezza!", ma mi uscì solo un raschiare indeciso che finì in uno sbadiglio. Zaccariello si era messo a piangere, senza dire niente, solo scuoteva la testa avanti e indietro, seguendo il ritmo dei singhiozzi. Misi la testa sul tavolo e mi addormentai.

'O Tolomeo ripeteva ossessivamente che lui non si poteva permettere di stare fermo. Se lui non lavorava, non mangiavano gli operai. Non era come noi, che potevamo stare con la "panza al sole" a pensare cazzate, lui pensava camminando, girando, producendo. Ma camminare, per 'O Tolomeo, voleva dire andare in macchina. Cominciai così a seguirlo nei suoi spostamenti di lavoro insieme al Maestro, in giro per l'enorme periferia napoletana. 'O Tolomeo non badava ai chilometri, se ne ubriacava, e era diventato ormai una sola cosa con la sua macchina. A suo dire aveva sviluppato una tecnica particolare per cui negli spostamenti da un cantiere all'altro, riusciva a pensare al suo libro e a scriverne intere pagine. Ci fece anche vedere un piccolo registratore da tasca, che aveva pensato di usare per dettare in viaggio idee che gli venivano, ma poi il sistema non lo aveva soddisfatto, e si era messo a "registrare direttamente la realtà". Nel portaoggetti del cruscotto c'erano *Così parlò Zarathustra* in un'edizione rilegata e *Viaggio al termine della notte*. Insieme a questi libri aveva anche un maltrattato volumetto di poesie di Majakovskij, e ogni tanto se ne usciva a declamare "Bello, ventiduenne" o "Hallô, mamma! È primavera, vostro figlio è magnificamente malato, ha un incendio nel cuore", per concludere che lui se ne fregava delle contraddizioni, e se pure aveva quasi quarant'anni e non era bello, teneva il diritto di recitare tutto quello che gli pareva. 'O Tolomeo aveva cantieri aperti quasi dovunque, e altri contava di aprirne, e per tutto gennaio e febbraio ci facemmo su e giù infinite volte Barra, Ponticelli, San Giuseppe Vesuviano, Sant'Anastasia, Marano, Calvizzano, Giugliano, Sant'Antimo, Afragola, Secondigliano, Poggioreale, San Giorgio a Cremano...

I posti per i quali giravamo avevano a volte l'effetto di ammutolirmi per ore. Non riuscivo nemmeno più a pensare che erano brutti, insensati, atrocemente disumani. Mi afferrava una sorta di spavento, e persino 'O Tolomeo si azzittiva. Ma il suo silenzio non durava a lungo. Ci diceva che eravamo schizzinosi, e che quella era la vita. E poi, sosteneva, "ccà ce stà ll'oro!" Secondo lui proprio quei posti osceni, come sopravvissuti a un'esplosione innominabile, erano miniere d'oro. Noi ci credevamo forse che la gente non se ne accorgeva di stare dentro alla fetenzia? Se ne accorgevano, se ne accorgevano! Ma continuavano a spararsi in bocca l'uno con l'altro, e godevano e fottevano come animali lo stesso. E allora si volevano assicurare un po' di pace e di ordine almeno nell'altro mondo.

«Pagani autentici, questi qua. E quando loro cominciano a sentire la voglia segreta di durare, di tranquillità, di una vita più di lusso, allora ci sto io.»

Quando entravamo nei cimiteri, a dare un'occhiata ai lavori, 'O Tolomeo si entusiasmava.

«Guardate qua! C'è ordine, pace, silenzio... Vogliono durare? Vogliono tombe di lusso, monumenti spropositati, angeli di bronzo con la fiaccola? E che male ci sta? Li avranno, li avranno. Se ne fottono dell'uguaglianza, questi, vogliono la tomba più bella, il monumento più esclusivo... E che problema c'è? Ci penso io, a loro.»

Con i piedi calzati in larghi stivaloni di plastica ci squadernava davanti i suoi progetti più belli. Non c'era veramente niente che avesse risparmiato ai suoi artisti.

«Guardate, fatevi gli occhi... Questa è la piramide di Cheope: uguale, no? Solo su una scala più ridotta, ma le proporzioni, eh, ho preteso che si rispettassero... Maestro, guarda questo: questo è il tempio di Apollo che stava a Delfi: è tale e quale, eh? Lavorano bene, i miei artisti.»

Il Maestro gli diceva ridendo che lui era un impresario teatrale, un venditore di oppio dell'oltretomba. Ma 'O Tolomeo non si offendeva, anzi prendeva queste osservazioni del Maestro come complimenti, se ne lusingava, e concludeva dicendo che noi delle tombe così non ce le saremmo mai potute permettere, e che quello non era ancora niente. A me invece quei cimiteri, e peggio ancora i progetti, sembravano già essere andati oltre ogni possibile realtà. Erano delle vere città, ormai a più piani, a livelli diversi, giganteschi termitai costantemente in crescita. I loculi per i meno ricchi facevano venire in mente le celle degli alveari, o i cassetti di un mobile da ufficio. E quando tornavamo di sera dal giro passando per la Tangenziale, alcuni di essi balzavano davanti ai nostri occhi in tutta la loro grandiosa bruttezza. Illuminati a giorno, alti come grattacieli, robusti da sembrare in grado di sfidare i secoli, quei cimiteri toglievano il respiro. Allo sfascio e alla fatiscenza che scrostava le case dei vivi, dissolveva gli intonaci, ne arrugginiva o scoloriva i cancelli e le inferriate facendo colare le acque lungo gli infissi di alluminio anodizzato, i cimiteri opponevano le loro luci perpetue, la loro geometria cementizia e un ordine veramente definitivo.

Ma un pomeriggio 'O Tolomeo ci portò in una zona che non avevamo mai ispezionato prima. Era dall'altro lato della cintura napoletana, verso Caserta. Per vari chilometri ci allontanammo dai centri abitati, fino ad arrivare in aperta campagna. Attorno c'erano filari di viti alte e campi coltivati a tabacco, e nient'altro. Ma proprio al centro di questa sorta di piana, davanti a noi, si apriva uno scavo che ingoiava i campi e le viti in un buio terroso. Lo scavo pareva abbandonato da pochi giorni. C'era ancora una scavatrice immobile, con le mandibole in aria, mucchi di sabbia e terra di riporto.

«Questo qui sarà il mio capolavoro» disse 'O Tolomeo.

«Ma questa non è la vecchia zona archeologica che era chiamata " 'O Castiello"?»

«Esatto. Perfetto, perfetto. È proprio quella.»

«E dove sono finiti i recinti, i pavimenti a mosaico, le mura di perimetro delle stanze?»

«Eh, no, Maestro. Non sei informato, vedo. Non ti aggiorni! Qui *c'era* tutta l'anticaglia, ma poi... Com'è come non è, è sparito tutto. Niente, nun ce stà cchiù niente!»

«E le fotografie? E i libri?»

«Eh, le fotografie spariscono, sono roba deperibile... E i libri, chi ci crede ai libri? I libri so' fantasie di scrittori...»

Anche io avevo sentito parlare di quella zona archeologica, ma il Maestro sembrava molto informato. Ora aveva lanciato un'occhiata a 'O Tolomeo e stava girando attorno all'enorme scavo guardando e cercando di trovare qualcuno dei resti che aveva nominato.

«Sì, guarda, guarda. Non ci sta neppure un coccio piccolo come un microbo. Tutto pulito, un lavoro magnifico... Sapete, il fatto è che bisogna innovare, cambiare, anticipare i tempi. Come dice Rilke, no? "Bramo il cambiamento!"»

«Sei pazzo» disse il Maestro.

«No, al contrario.»

Gesticolando e invitandoci a guardare, ma a guardare attentamente, 'O Tolomeo cominciò a spiegarci che cosa aveva in mente. Sì, i soldi della tedesca non lo avevano arricchito, ma perché? Perché aveva fatto una società, "ma per finta", tanto aveva tutto lui in mano, per comprare l'intera zona: e fece un gesto che inglobava oltre allo scavo anche i campi attorno. Lui guardava avanti, lui non si poteva fermare a quello che fanno tutti, la volontà di potenza vuole pure dire qualcosa!

«Qui sorgerà la Necropoli di 'O Tolomeo» mormorò con gli occhi che gli brillavano.

I suoi artisti erano al lavoro da mesi, anche se uno stronzo di assessore aveva cercato di fermare i lavori, e per ora c'era pure riuscito, ma alla fine non poteva certo competere con gli interessi della collettività, no?

«È vero, Mae'? Non lo hai sempre detto tu che conta la comunità? E io che faccio, mi fermo di fronte a uno che parla senza capire che il passato è solo una cosa morta? Eh? E la gente non deve lavorare, secondo voi? La bellezza...» ora si rivolgeva a me: «La bellezza è ciò che è moderno... Bisogna essere assolutamente moderni! Non lo diceva Rimbó? E com'è quell'altra stronzata?... La bellezza sarà convulsa o non sarà... Sì? E io sono moderno, modernissimo! E pure convulso...»

«Tu sei pazzo. Hai sottratto reperti archeologici, vuoi costruire qualche delirio da mentecatto qui. Hai violato almeno un centinaio di leggi. Ti potrei denunciare.»

«Ho sottratto, ho violato... Ma per la co-mu-ni-tà... E le rivoluzioni non si fanno per il bene collettivo? E poi non mi denuncerai. Alla fine ti verrà qualche scrupolo, sei un contemplativo, come lui... E poi non ci sono prove, niente. Tutto re-go-la-re, amici cari. Ma venite, venite a vedere.»

Da una tasca interna della giacca a vento tirò fuori una specie di enorme carta stradale, che una volta spiegata a terra si rivelò un progetto per un edificio. 'O Tolomeo ci indicava e spiegava il disegno con un entusiasmo infantile. L'idea gli era venuta una notte, pensando a dove avrebbe voluto essere seppellito lui. Su quella superficie si sarebbe estesa una gigantesca necropoli completamente sotterranea. Vedevamo? Lo scavo era progettato per una profondità di centodieci metri: un lavoro grandioso. Non era ancora tutto risolto, naturalmente.

«A una certa profondità si trovano le falde acquifere, e dopo i quaranta metri il piperno... Ma quelle le possiamo prosciugare, e il piperno si può utilizzare sul posto. Era il problema dello spazio che non mi faceva dormire. Come razionalizzarlo? E allora mi è venuta l'idea... 'E tombe, 'e corridoi, 'e mausolei, 'e vasi funerari, 'e monumenti... Tutto sotto, cchiù sotto, sempe cchiù sottoterra.»

Si era alzato un vento gelido che spazzava la piana, e sollevava la grande mappa facendone svolazzare gli angoli. 'O Tolomeo la fissò con delle pietre, e continuò. Il vento soffiava senza una direzione precisa, e il sole stava calando.

«Ma non è superato, il vecchio sistema? Sempre in verticale, sempre soltanto in alto... E poi così il terreno non è utilizzabile tutto, no? E allora i cimiteri io li faccio sottoterra, e 'ncoppa ci costruisco nu centro residenziale con negozi, uffici, giardini, infrastrutture...»

Guardai il Maestro. Non parlava, e fissava la mappa immobile. 'O Tolomeo continuava a parlare.

«È chiaro, no? Sopra ci vivono e sotto ci muoiono, è normale! E poi ho risolto il problema degli scoli, dei liquami... Il problema così non esiste, perché va a finire tutto sottoterra. E ci saranno le zone a seconda del prezzo, per tutte le tasche... E la comodità di avere i defunti sotto casa, proprio subito sotto 'o garage? Chi ci potrà rinunciare? E questo centro si chiamerà come me: La Tolomea... La Tolomea, ah, è grande!»

«Ma chi vuoi che venga qui ad abitare? Non c'è niente.»

«Ora, perché tu non hai fantasia. Ma quando cominceranno i lavori? E partirà la campagna pubblicitaria? Non sarà difficile farci passare vicino l'autostrada, sono solo trentacinque chilometri a ovest... E una volta arrivata l'autostrada...»

«Ti dovrebbero solo ammazzare. Qualcuno ti dovrebbe ammazzare.»

Era il Maestro che aveva parlato, come tra sé. Ma 'O Tolomeo aveva sentito.

«A me? Allora veramente nun 'e capito niente. Mi saranno riconoscenti! E questo sarà solo 'o progetto pilota... Che ti credi? Che sto fermo? Sto già facendo fare qualche prova, degli esperimenti... Se si possono sfruttare le falde senza prosciugarle, perché costa troppo. E poi, se ci sono case per tutti, ci devono essere pure tombe per tutti. 'O popolo tiene pure il diritto di morire, o no? Io so' democratico! E i poveri non si potranno permettere né mausolei né nicchie, e nemmeno le casse zincate... E allora li mettiamo in un sacco di plastica speciale, resistente all'acqua, e li ammucchiamo nelle falde... 'E capito? Accussì 'e pariente li possono pure guardare e riconoscere, perché le acque le teniamo dietro uno schermo. Insomma come un acquario... Eh, i miei tecnici stanno già facendo qualche prova.»

Mi balenò il pensiero che 'O Tolomeo fosse veramente impazzito, o che volesse farci uno scherzo. Lui liberò accuratamente la mappa dalle pietre e la piegò in una grossa fisarmonica fino a farsela entrare in tasca. Sui campi e sullo scavo era sceso un silenzio profondo, interrotto soltanto dalle raffiche di vento. Di colpo si era fatto buio.

«Fà friddo, però» disse 'O Tolomeo tirandosi su la cerniera della giacca e avviandosi verso la macchina. Guardai di nuovo lo scavo, ma ora non si distingueva più niente, tutto era disceso in un vago nerume di pece.

«Saglite, uhé! Fà friddo!» ci gridò 'O Tolomeo dalla macchina. Noi lo seguimmo dentro, dove aveva già piazzato nello stereo una cassetta del "più tosto dei musicisti, una bomba, un vero anarchico"... E la via del ritorno la facemmo tutta con il *Requiem* di Mozart in sottofondo. Noi restavamo zitti, ma 'O Tolomeo era allegrissimo, e continuò a sviluppare il suo progetto. Gli era venuto in mente proprio stasera che sopra alle mansarde si potevano costruire delle piattaforme a palafitta per le pire, per chi lo chiedeva nel compromesso del contratto. E anche le "torri del silenzio", come le costruivano i babilonesi per farci sbranare i cadaveri dagli uccelli da preda... Sì, c'era il problema di trovare gli avvoltoi per divorare i cadaveri, ma niente era impossibile. E questa idea almeno ci doveva piacere, no? Non era ecologica? Dopo restavano solo la cenere o gli scheletri, e così si guadagnava spazio. Eh, bisognava accontentare tutti, ci aspettava una società multirazziale, l'offerta doveva essere diversificata... Lui le rispettava le credenze degli altri, era de-mo-cra-ti-co, lui! E poi nella Tolomea si poteva trovare un lavoro adatto anche per noi. Potevamo aprire una libreria nel centro residenziale, per i testi specialistici: *Il libro dei morti* egiziano, il *Bardo Tödöl*... E *Psiche* di Erwin Rohde, il *Talmud*, la *Bibbia*... E poi *Morte e pianto rituale*... No, non doveva mancare niente. Eravamo perfetti, noi, per quel lavoro, lui ci vedeva.

«Eleganti, raffinati. Io vi vedo bene. E poi si guadagnerebbe, vi posso fare un prestito, questo non è un problema... Sì, *Il libro tibetano dei morti* non ci deve mancare in questa libreria... E i libri illustrati? Là vi fate i soldi a sacchi... Le tombe cinesi, quelle dei primitivi, degli scandinavi, gli ipogei, le catacombe... E poi i poster, gli adesivi, le magliette. L'indotto, no? E sarebbe cultura, ma utile però, con uno scopo serio...»

L'idea gli piaceva, la arricchiva, ci ricamava sopra. A furia di parlare era diventato roco, si raschiava la gola, giurò che non avrebbe fumato più, che sarebbe tornato in forma. E in quel momento il maestro attaccò a ridere. Una risata quasi senza rumore, ma così irrefrenabile che lo scuoteva tutto, e che sembrava non dover mai finire. 'O Tolomeo taceva, e si sentì per qualche minuto solo la spaventosa risata e la musica del *Requiem*. Il Maestro scese poco dopo, e ancora rideva asciugandosi le lacrime che non riusciva a trattenere. Ci fece un gesto con la mano e si allontanò, ingoiato dalla strada male illuminata. 'O Tolomeo non commentò nulla, limitandosi a passarsi più volte la mano sul cranio semicalvo. Neanche io parlavo, e a un tratto mi vidi: competente e affabile servivo i clienti nella libreria dell'oltretomba, scivolando discreto come un'ombra tra gli scaffali di ebano.

La vita a casa di 'O Tolomeo era impossibile. Soprattutto la domenica, quando 'O Tolomeo non usciva, e quindi anch'io restavo in casa. Sempre seminudo nella casa surriscaldata, si chiudeva nella sua camera da dove si sentiva arrivare un ticchettare di tasti. Era una vecchia macchina da scrivere che secondo lui era uguale a quella di Hemingway, e che avrebbe dovuto favorirlo nell'ispirazione. Ma si interrompeva di continuo, ora perché la macchina che era cadente si inceppava, ora perché si era ricordato che doveva "dire una cosa ai servi", ora per comunicarmi la sua ultima trovata. Pretendeva che la moglie allestisse dei pranzi sontuosi, ma rigorosamente napoletani, o al più meridionali, ma poi si alzava a metà pasto per ributtarsi a pestare sui tasti, gridando che quello non era mangiare da cristiani, e che lui lo sapeva che i tedeschi erano buoni solo a fottere gli ebrei, e che ci si poteva aspettare da una zoccola del nord? I fratelli di 'O Tolomeo la domenica dormivano fino a dopo l'ora di pranzo, arrivavano a tavola in pigiama e pretendevano dall'assonnato Amal che ricominciasse daccapo a servire. Si picchiavano tra loro, poi picchiavano il fratello di Elsa, ma di nascosto, sostenendo che si era fatto male cadendo, e che "teneva 'a capa nelle nuvole". Allora 'O Tolomeo usciva dalla sua stanza per dargli una lezione, e i tre cominciavano a picchiarsi di santa ragione, con Elsa che gridava: "Basta! È orribile!" e finiva col correre in camera da letto dove si chiudeva a chiave con il fratello per proteggerlo. Il Baronetto e Zaccariello si calmavano per un po', ma poi ricominciavano. Anche loro dicevano di star scrivendo un libro, e giravano allora nel pomeriggio con i computer portatili che il fratello gli aveva regalato, cercando un posto adatto per sistemarsi a scrivere.

«Non è bbuono. Mio fratello non è bbuono» mi diceva confidenziale Zaccariello.

«E è pure invidioso, che noi scriviamo meglio.»

«Chi scrive meglio? Barone', statte zitto!»

E i tre ricominciavano a beccarsi su chi fosse lo scrittore più bravo. Poi 'O Tolomeo usciva di nuovo dalla stanza e andava a prendere i fogli che i fratelli avevano scritto, per riderci un po' sopra. Ma invece di ridere, finiva con l'andare in bestia. I fratelli gli copiavano le idee! Frasi intere no, quello no: ma gli imitavano lo spirito, gli copiavano "il tono"! Allora diceva che avrebbe chiuso tutto a chiave, li avrebbe fatti morire di fame, e che per lui potevano già ora cominciare a chiedere l'elemosina.

«È tutt'invidia!» replicava Zaccariello. E il Baronetto con la sua voce spessa argomentava:

«Tene quasi quarant'anni, 'e capito, Zaccarie'? Il suo problema è che si deve vedere superato dai giovani.»

«È finito, chisto è 'o fatto. Perché sta sempre a chiavarsi 'a tedesca, si no chella se piglia 'n'ata vota i soldi indietro. Lui chiava, e 'o cervello si esaurisce.»

'O Tolomeo allora replicava che se lui si scopava la tedesca, loro si facevano le seghe guardando. Non li aveva visti a spiare da dietro la tenda della finestra? E tenevano venticinque anni uno e venti l'altro! E poi, lui non aveva ancora quarant'anni, e la testa gli scoppiava di idee. Invece loro, loro sì che si stavano svuotando il cervello a furia di seghe, questa era la verità! Non gli bastavano le zoccole che si portavano sopra? Non c'era una mattina che non li trovasse col coso in mano a trastullarsi sotto le coperte! Ma lui li faceva morire di fame, lui li buttava in mezzo a una strada, lo giurava e lo avrebbe fatto. Il Baronetto allora si impressionava, e diceva che non era stato lui a cominciare, ma che era stata un'idea di Zaccariello, "quant'è vero Dio!" piagnucolava, e concludeva mettendosi una mano sul cuore e levando l'altra per aria. Zaccariello negava indignato, ma poi si gettava sul fratello minore chiamandolo Giuda, e ricominciavano. 'O Tolomeo li separava tirandoli per i capelli o prendendoli a calci, ma più spesso li lasciava là che si picchiavano e ritornava alla sua macchina da scrivere.

Ognuno aveva il suo televisore, e gli apparecchi stavano accesi dalla mattina alla sera. Tutti allora cercavano di sentire meglio aumentando il volume, per cui il frastuono era feroce. 'O Tolomeo se ne disinteressava, perché era convinto che il rumore lo aiutasse a concentrarsi. E poi, se l'ispirazione cresceva, allora era il momento del *Requiem*. Lo stereo di 'O Tolomeo aveva delle casse così grandi che occupavano quasi tutta la sua stanza, e quando lui lo metteva al massimo del volume sembrava che le pareti della stanza stessero per scoppiare, le porte e i ninnoli cominciavano a vibrare, e il pavimento di tutta la casa tremava sotto i piedi. Allora era impossibile udire qualsiasi cosa, e la musica stessa, distorta, del *Dies Irae Dies Illa* ripetuta sempre da capo, diventava un solo blocco di rumore e di scosse, come un terremoto.

Assuntina e l'arabo correvano avanti e indietro, chiamati ora da questo ora da quello per i motivi più insensati. 'O Tolomeo spesso li prendeva da parte e gli parlava all'orecchio, come lui mi disse, per metterli contro alla tedesca, sobillandoli a portarle le cose sbagliate e a rispondere in modo sgarbato. Voleva a tutti i costi che si leggessero le *Istruzioni alla servitù* di Swift, perché là c'era da imparare. Si metteva a compitargliene delle frasi e gliele traduceva in un fantasioso afro-napoletano, aggiungendo che se una notte avessero tagliato la gola alla padrona, chi li avrebbe presi? Chi li trovava più in mezzo a tutti gli altri negri come loro? Si dovevano pigliare i soldi liquidi e i gioielli e filarsela. Che pericolo c'era? Non pigliavano mai a nessuno, i poliziotti, e non vedevano quella schifosa di nazista come li trattava? Sempre sprezzante, dall'alto in basso... E che, erano bestie, loro? Forse non erano uomini coi loro diritti? Nel sonno, la dovevano sgozzare nel sonno, così non strepitava... E pure a quell'altro stronzetto tedesco gli dovevano fare il servizio, zac! Però si dovevano stare attenti, perché 'a tedesca teneva il sonno leggero, e loro non dovevano fare bordello, ma una cosa fine fine, pulita e senza rumore.

Io per lo più stavo senza fare niente, fingevo di leggere o di pensare chiuso in camera mia, ma mi distraevo facilmente, mi mettevo a sentire le voci, e seguire il filo di qualche straccio di pensiero in quel marasma non era facile. Alle volte scendevo a passeggiare in giardino, ma l'inverno era freddo, umido, e dopo un poco dovevo risalire di sopra. Di uscire per strada a piedi non mi fidavo. Avevo sentito Landrò, e le notizie non mi sembravano buone. Lui diceva che era meglio far calmare le acque. Il prete forse era rimasto ferito, ma non aveva sporto denuncia, niente: muto come un pesce. Ma chi ci assicurava che i Salutisti per la Salvezza non ci stavano cercando?

«Allora è sicuro?»

«È quasi sicuro. È una setta di fanatici mezzo esoteristi, e fanno anche politica... Sì, così dicono. No, di sicuro non si sa niente. Io mi devo guardare le spalle... No, no, tu fai come vuoi.»

Fai come vuoi? Non avevo nessuna voglia di essere massacrato da una banda di idioti, e di tornare a casa mia ancora meno voglia. Nemmeno da 'O Tolomeo la vita era facile, ma almeno ero al sicuro. Con Landrò decidemmo che avremmo fatto passare ancora un paio di mesi, e poi ci saremmo visti a casa sua. Aveva grandi novità da annunciarmi, ma non me le poteva dire per telefono. C'entrava anche Morvo, sì, e la sua teoria "sull'universo vero". Ma avremmo avuto tutto il tempo di parlarne, concluse.

La verità, sempre la verità. Ma di che? E a che scopo? E se pure Landrò avesse avuto la verità in persona tra le mani, chi gli garantiva che quella non lo avrebbe fatto a pezzi? Erano pensieri che mi venivano all'improvviso, e che non riuscivo a concludere. Sapevo che la bellezza ormai mi aveva disertato, ma ero convinto, contro ogni logica, che l'avrei ripresa di nuovo, per i capelli o per un lembo del vestito. Ma quando?

Della necropoli di 'O Tolomeo non si parlò più. Lui stesso, sempre così loquace, evitò di tornare sull'argomento. E i giri in auto, le discussioni, le visite ai cantieri ripresero. Forse però da qualche giorno 'O Tolomeo si trovava in una situazione non facile, o aveva meno lavoro, perché queste ispezioni diventarono meno frequenti. Ma uscivamo lo stesso ogni mattina all'alba, passando a prendere il Maestro come se facesse parte integrante del lavoro di 'O Tolomeo, e le discussioni riprendevano, interminabili.

Insieme a loro cominciai a rendermi conto che di quella che avevo sempre definito con disprezzo "la cosiddetta realtà", conoscevo ben poco. L'avevo rifiutata e la rifiutavo con un gesto assoluto: ma sapevo veramente che cosa fosse, ciò a cui dicevo di no? Il Maestro e 'O Tolomeo mi apparivano come dei veri cacciatori di realtà, anche se ognuno di loro vedeva una realtà opposta a quella dell'altro. Il Maestro aveva nello sguardo ironico qualcosa che ricordava il sacerdote di una religione scomparsa, e nei movimenti una sorta di nervosa pigrizia. Anche a fissarlo a lungo, non si riusciva a dargli un'età, e quanti anni avesse veramente non lo sapeva nemmeno 'O Tolomeo.

«E chi 'o ssape? Una vita fa una mia amica lo prese per uno 'e cinquant'anni! E allora 'o Maestro quanti anni poteva tenere? Venti, ventuno... E mo', invece, se fa sempe cchiù giovane... E 'o schifuso piace pure 'e piccerelle, 'e capito?»

Il Maestro vestiva in modo anonimo, apparentemente trascurato, ma ogni cosa che indossava risultava su di lui quasi elegante. Di rado, svogliatamente, lasciava cadere qua e là accenni e mezze frasi che rivelavano una profonda conoscenza di profumi e vestiti, cuoi per scarpe e lane, cosmetici e norme dell'etichetta. Ma queste cose erano come smussate sotto un velo di trasandata distanza, e liquidate inesorabilmente con l'appellativo di "fantasticherie per ricchi". 'O Tolomeo era affascinato esattamente da questa misteriosa noncuranza, e cercava di batterlo moltiplicando il numero dei suoi vestiti, sfoggiando un'eleganza vistosa che lo faceva apparire ancora più grassoccio e tarchiato, un sileno mercuriale che in fondo si sentiva a suo agio solo in canottiera e mutande.

Anche la rivoluzione, le rarissime volte che il Maestro pronunciava questa parola, in bocca a lui smetteva di essere un fatto o una teoria per diventare di colpo, discretamente ma recisamente, qualcosa di misterioso. 'O Tolomeo lo accusava di essere un fallito, di dover ammettere che le sue teorie erano solo aria fritta, che il prossimo millennio ne avrebbe fatto solo polvere e cenere, e meno ancora. E se pure avesse avuto ragione, a chi faceva paura? Le teorie "non le cacava nessuno", se ne voleva rendere conto? Ci voleva la realtà, la pratica. E il fucile il Maestro non era capace di prenderlo, no, la lotta non era cosa per lui! A tutte queste accuse, il Maestro opponeva spesso solo un sorridente silenzio, al più accompagnato da un gesto della mano che aveva il potere di far salire al culmine l'irritazione di 'O Tolomeo.

Il Maestro sembrava aver letto la cronaca di tutti i giornali passati e futuri. Proprio come 'O Tolomeo, collegava fatti che sulle prime apparivano lontanissimi tra loro, ma che poi cominciavano, nel disegno che lui accennava, ad apparire vistosamente intrecciati. Io che non guardavo la televisione né leggevo i giornali ormai da anni, avevo a volte l'impressione che avesse passato tutto il suo tempo davanti a un televisore. Un fatto criminale accaduto in Sicilia per lui andava collegato con una notizia di cronaca rosa che riguardava un paese microscopico del Canada, e la notizia di uno sciopero a Parigi era da connettere con un film a puntate che la televisione aveva dato l'anno scorso. Sembrava contento di tutte le esagerazioni di quella che chiamava la "restaurazione integrale" del capitalismo, perché "solo l'esagerazione è vera" sosteneva. Ma a chiedergli spiegazioni, ecco che metteva in discussione quello che aveva appena detto, affermando che forse, dopo tutto, la sua era solo una concezione visionaria della realtà. Un'altra volta aveva spiegato che lui non poteva dire apertamente le cose, perché le idee sono usabili da chiunque, e bisogna parlare cancellando qua e là alcune parole. Dove tutti guardavano ipnotizzati lo stesso spettacolo bisognava negarsi, secondo lui, il piacere di apparire "compiuti". Chi era ormai in grado di contraddire quello che avevamo sotto gli occhi? E così, diceva, "ciò che è" si contraddice da solo, impersona tutte le parti, recita in tutti i ruoli. Quello che contava per il capitalismo era che le persone dimenticassero anche la sola possibilità di "qualcosa di diverso". Lui non poteva apertamente istruire nessuno, perché qualsiasi cosa sarebbe stata usata poi al rovescio: e se avesse parlato di liberazione, l'organismo che ci dominava avrebbe ribaltato anche quella liberazione in prigione.

Giravamo per i paesi della camorra cercando di indovinare nelle facce delle case informi, nelle strade dissestate e senza progetto, la fisionomia di ciò che le aveva come partorite da un incomprensibile ventre. 'O Tolomeo godeva nell'addentrarsi in quel labirinto insensato ripetendoci che quella era una vera prova di resistenza. E poi, ci gridava, non li vedevamo? Fuori alle pizzerie abusive, con le mani unte, sbafandosi in mezzo agli scarichi delle macchine panzarotti e polli allo spiedo morti da anni? L'oppressione, la disoccupazione, lo sfruttamento? Ancora con queste cazzate? Ma non li vedevamo i ristoranti aperti fino all'alba, con i tavolini in mezzo alla strada, la gente in fila, gli ingorghi?

«So' disoccupati, eh? Però accattano 'o stesso! E magnano, vonno magnà!»

Quella era la magia dell'economia, ma noi che ne potevamo capire? Gli idealisti del cazzo come noi davanti a quella "munnezza" che proliferava tenace, a quella malaria "benedetta d' 'o Pataterno", a quelle case abusive che spuntavano in periferie brulle come deserti, si dovevano solo inginocchiare! 'O Tolomeo esaltato citava Nietzsche.

«Il deserto cresce! Il deserto cresce!»

Quella era la vita, e ce la dovevamo tenere. Il resto erano solo parole, parole, parole.

«La vita, belli! 'A vita! Questi qua manco la bomba atomica li distrugge, Mae'! E tu, Tomma', con la tua bellezza... Ma qua' bellezza? Io vi faccio vedere la realtà carnale, ve la sbatto in faccia! Scetatevi!»

Ma anche il Maestro, in un suo modo obliquo, si esaltava a quello spettacolo. Conosceva bene, come 'O Tolomeo, tutte le fabbrichette abusive di scarpe negli scantinati tra Grumo Nevano e Aversa, i sottoscala dove si lavorava fino alle nove di sera per quattro soldi, e sapeva anche che chi lavorava là sotto non si rendeva nemmeno conto di essere ridotto all'estrema infelicità: quella dello schiavo contento. E secondo lui quello non era ancora niente. Un cambiamento spettacolare era in cammino, e solo un cieco poteva in mezzo a tanti segni non accorgersi di nulla. "L'organismo che ci domina" usava ancora dei riguardi verso gli sfruttati, non si era ancora liberato dalle tracce di scrupoli di altri tempi, da precauzioni ormai inutili. "Quelli" avevano distrutto il vecchio mondo, ma gli assoggettati credevano di viverci ancora dentro, e l'illusione era così forte che anche gli stessi distruttori erano esitanti.

«Ci credono anche loro, loro che pure sanno bene che il mondo di carne e terra, le "cose di una volta", non ci sono più, perché sono loro che le hanno massacrate... È l'ultima contraddizione. Quando però i veri padroni si accorgeranno che possono agire liberamente...»

Qui si fermava, lasciando girare la mano nell'aria come a significare che sfruttamento, miseria e distruzione dei sensi sarebbero andati al di là di ogni possibile immaginazione... "L'emergenza sarà la regola, per quelli che stanno sotto", sosteneva. E lo stupore che molti fingevano o provavano davvero pensando che tutto questo fosse ancora possibile alle soglie di un nuovo millennio, ora che erano crollati i muri e le vecchie ideologie, era tutto fuorché una possibilità di scampo. Aveva ragione 'O Tolomeo, concludeva, il progresso non esisteva, o se c'era serviva solo a murare viva ogni ribellione.

E comunque aveva parlato troppo, e sicuramente a vuoto: probabilmente era anche lui solo una specie di chiacchierone sorpassato dalla nuova epoca, che discuteva per occupare un po' di tempo, come tutti.

Ma questo suo continuo tentativo di sminuire le proprie affermazioni, con 'O Tolomeo non sempre riusciva. A un tratto, come inventate da lui al momento, nei discorsi di 'O Tolomeo comparivano frasi e teorie che avevo già ascoltate dal Maestro, a volte copiate letteralmente, altre leggermente modificate. Così 'O Tolomeo ripeteva spesso, imitando persino il gesto del Maestro, che "tutti i colpi decisivi verranno portati con la mano sinistra", o che "le idee non sono altro che l'espressione ideale dei rapporti materiali", e le sue teorie sullo spreco come libertà e risoluzione di tutti i problemi, si mescolavano di espressioni come "l'immane potenza del negativo" o "le condizioni di vita degli uomini sono casuali". 'O Tolomeo però finiva sempre con la conclusione che l'unica vera rivoluzione permanente era quella dei soldi, e che ormai tutto quello che succedeva gli dava ragione, potevamo sfiatarci a contraddirlo quanto ci pareva. Quello che era importante era la comunità, il benessere di tutti, e sì, il Maestro diceva pure bene, qualcosa la indovinava, ma in lui purtroppo la realtà era capovolta, e bisognava rovesciare il suo pensiero: solo così, dietro le sciocchezze, si poteva trovare qualche brandello di verità.

Una mattina però il Maestro non si fece trovare all'appuntamento solito, e lo stesso accadde nei giorni successivi. 'O Tolomeo si infuriò, dicendo che faceva sempre così, ma che lui lo sapeva dove si rintanava, sicuramente a fare qualche cazzata delle sue, o a vivere alle spalle di qualche troia. E a pezzi e a bocconi, inframmezzata dalle sue divagazioni, uscì fuori la storia del Maestro. Lui, 'O Tolomeo, non sapeva tutto, questo no. Ma sapeva che il Maestro era da anni in rotta assoluta con la sua famiglia, gente ricca.

«C'hanno i monèi, c'hanno. E assai, ma proprio assai! Quello prima non lo sapeva nemmeno che cosa vuol dire lavorare, faceva 'o signore, s'atteggiava a dandy.»

Ma poi aveva dovuto trovarsi un lavoro, e glielo aveva procurato proprio lui, 'O Tolomeo. Il Maestro per qualche anno aveva insegnato in un istituto privato femminile, e 'O Tolomeo si scompisciava dal ridere solo all'idea: era stato come affidare "le pecore al lupo". E infatti il Maestro alla fine si era fatto cacciare. Le ragazzine scrivevano il suo nome nei cessi, e sul suo armadietto era stata cancellata più volte la scritta I LOVE ANDRÉ. Questo collegio tranquillo, di bravi cattolici e di ricchi, era diventato pian piano una specie di vulcano pronto a esplodere. E lo sapevo io che ci faceva là dentro il Maestro?

Lezioni su Hegel e sul fascino... Mi rendevo conto? Si metteva a sconsigliare i jeans e le scarpe da ginnastica, e diceva che quella era una protesta arretrata, superata, già ingoiata dal sistema. E che si dovevano curare e profumare, e se mettevano i collant Kant non lo avrebbero mai capito. La rivoluzione doveva essere erotica, incantare e profumare, frusciare e carezzare, danzare e appassionare. Sì, ma a chi voleva fare fesso, il Maestro? Secondo 'O Tolomeo la "rivoluzione amorosa" era tutta una scusa, e con le ragazzine il Maestro si voleva solo spassare. Ma quando lui gli aveva proposto di organizzare una festicciola insieme, il Maestro si era messo a ridere, e gli aveva pure detto che era il "solito borghese represso". Insomma, il Maestro era un egoista e un corruttore, e queste ragazzine con la divisa e il collettino si erano presto trasformate in rivoltose al cui confronto Robespierre era un chierichetto.

'O Tolomeo lo aveva salvato dal licenziamento più volte, ma un giorno era successo quello che doveva succedere. Una di quelle piccerelle si era imparata a memoria il discorso del marchese de Sade: *Francesi, ancora uno sforzo se volete essere repubblicani*, ed era stata pescata dalla preside mentre lo declamava di fronte a uno sconvolto professore di religione. E insomma avevano scoperto negli zainetti delle ragazze *La philosophie dans le boudoir*, i *Carnets* di Saint-Just, *Le Nouveau Monde amoureux*, i *Manoscritti economico filosofici del 1844* e *I Canti di Maldoror*, ed era scoppiato un putiferio. Quelle avevano mezzo devastato l'educandato, inciso sui muri LUXE CALME ET VOLUPTÉ, scritto per i corridoi che bisognava liberarsi dalle catene e tutte le altre stronzate che il Maestro gli aveva messo in testa. Erano intervenuti i genitori, si era parlato di inchiesta, di corruzione di minorenni, di carcere. Ma 'O Tolomeo era riuscito a far finire la cosa lì, le ragazzine erano tornate a scuola almeno in apparenza pentite, e il Maestro se l'era scampata. Del resto nessuno stava a posto, commentò 'O Tolomeo, e lui aveva ricordato ai gestori della scuola certe vecchie storie di licenze e tasse, e non si era parlato più né di polizia, né di inchieste. Il Maestro era rimasto senza lavoro, e ora era sparito del tutto. Ma quello là, secondo 'O Tolomeo, non era facile da eliminare, e sì, che ci credessi o no, non era così perbene come fingeva di essere, e sicuramente ora viveva sfruttando qualche ragazzina, era il tipo di farlo, perché era un immorale. Ci doveva essere per forza qualcosa di losco sotto, i rivoluzionari del cazzo come il Maestro erano capaci di qualsiasi cosa, lui li conosceva bene, era inutile che insistessi, lui lo sapeva, lo sapeva, volevano fare la rivoluzione, ma era tutta una finta.

La mattina del primo maggio fummo svegliati da uno scampanellare frenetico. Era ancora buio, e 'O Tolomeo, che aveva fatto staccare tutti i telefoni per dormire fino a mezzogiorno, bestemmiava per il corridoio, maledicendo la moglie, i fratelli, i servi, che non erano "buoni a niente", e doveva pensare lui a tutto, e quella storia prima o poi però doveva finire. Dall'atrio vennero le voci di due operai e la sua che si intrecciavano tra loro, incoerenti.

«Dotto', dovete correre subbeto!»

«Dotto', 'o 'ngignere 'a ditto che sta succedenno 'nu disastro!»

«Ma che cosa? Mi venite a svegliare per una cazzata! E che lo pago a fare, a quel coglione laureato? Ci pensasse lui!»

«Dotto', escono fuori...»

«Ma che cosa? Dove? Fuori da dove?»

«Vicino 'o lago, dotto', addó ce sta 'o cantiere...»

«Ma che cazzo dici? 'O cantiere 'ncopp' 'o Fusaro? E che esce?»

«'E ssalme, dotto'... 'E muorte!»

'O Tolomeo alla fine doveva aver capito di che cosa si trattava. Disse agli operai di avviarsi, che lui veniva subito. Io ero già pronto, ma aspettammo ancora perché 'O Tolomeo pretese che con noi venisse pure Zaccariello. Lo estrasse letteralmente dal sonno, gli mise in mano le scarpe e un cappotto, e se lo tirò dietro. Nel viaggio in macchina non riuscii a cavargli fuori che delle parole smozzicate, incomprensibili. Ogni tanto si girava per dare uno schiaffone a Zaccariello, che si doveva "scetare", ma quello ricadeva dopo un secondo in un sonno ebete. 'O Tolomeo era così eccitato che sbagliò strada, finimmo a Pianura, poi a Quarto, e dovemmo passare per la Montagna Spaccata, Arco Felice, il lago d'Averno e scendere poi al Fusaro. Pioveva già dalla sera prima, una pioggia fitta e umida fuori stagione, e quando arrivammo al cantiere, verso le otto, non si vedeva quasi niente. Il cantiere si trovava alla periferia estrema del Fusaro, verso Cuma, ed era stato aperto, come aveva detto una volta 'O Tolomeo, per ampliare e modernizzare un vecchio cimitero non più in uso. Scendemmo dalla macchina e ci venne incontro quello che doveva essere l'ingegnere.

«Dottore, è successa una cosa imprevedibile... Chi se lo poteva immaginare?»

Venne finalmente fuori la verità. Quel cantiere era proprio il posto dove 'O Tolomeo faceva gli esperimenti di inumazione nell'acqua di cui ci aveva parlato.

«E allora? Che è successo?»

«È successo che qualcosa non ha funzionato... Non capisco, avevamo controllato il livello di pressione delle acque, e poi, all'improvviso, pare che siano fuoriusciti alcuni involucri...»

I sacchi trasparenti in cui 'O Tolomeo aveva fatto inumare i cadaveri sperimentali erano usciti, non si sapeva come, dal complicato sistema di chiuse e livelli ideato dall'ingegnere.

«Sì, va bbuo', ma se stanno fuori si mettono sotto 'n'ata vota...»

«Il fatto è che sono finiti nel Fusaro... Due cadaveri nelle coltivazioni di cozze...»

«Dentro il lago? Dint' 'o Fusaro?»

'O Tolomeo aveva afferrato per il bavero l'ingegnere.

«Non si preoccupi, sono stati recuperati... È tutto a posto, solo che...»

«Solo che cosa? Che cosa?

«... Solo che ne stanno uscendo degli altri... La pressione è venuta meno, e c'è il risucchio...»

«'O risucchio? Ma io ti metto a te dint' 'o lago! C' 'a capa sotto!»

L'ingegnere fece cenno al custode di avvicinarsi, e cominciò a interrogarlo. Il custode, un vecchio dalla faccia ascetica, si rivelò ubriaco fino alla cima dei capelli.

«Lo vede? Non si riesce a spiegare... Parla di due angeli, è ubriaco...»

Il custode rideva beato, borbottando qualche frase sconnessa. Ma nemmeno preso a calci da 'O Tolomeo riusciva a parlare. Allora 'O Tolomeo tornò alla macchina, fece scendere Zaccariello, e da sotto il sedile cacciò fuori una mezza bottiglia di cognac chiusa in una scatola di polistirolo. La fecero bere al vecchio, e quello cominciò a parlare e a spiegare che cosa era successo. Erano arrivati due "signorini", gli avevano regalato un paio di "belle bottiglie"... Sì, e poi si erano messi a fare una cosa che lui non capiva... Avevano certi pali alti un paio di metri, come se fossero stati aghi... Sì, sì, "proprio accussì", aghi... E con gesti precisi li avevano conficcati nel terreno, e lui che ne capiva che "stevano a ffà?" Quelli poi si erano scritti certe cose su un quaderno, e litigavano fra di loro.

Il guardiano aveva capito poco, si ricordava solo la parola "energia", e "guarire", e che poi se ne erano andati... Uno era "nu poco 'nzisto", sì, se lo ricordava: robusto, alto, coi capelli rossi... E l'altro era magro, biondino, con i capelli da donna e gli occhialetti: però occhiali d'oro, da signore.

Andammo tutti dove il custode ci aveva indicato, e nel terreno scoprimmo tre pali aguzzi di quasi due metri piantati nel terreno per tutta la lunghezza. Ora l'ingegnere capiva.

«Devono aver fatto una quantità di buchi, e hanno forato qualcuna delle chiuse. La pressione ha fatto rompere le protezioni e le salme si sono messe in movimento...»

«Sì, a spasso! Ma come sono finite nelle cozze?»

«Be', forse... Non dobbiamo aver calcolato la pendenza proprio bene... Gli operai, si sa...»

«Non si sa niente, io ti pago! E ti pago bene!»

«Può darsi che ci sia un cunicolo, sì, si diceva... Una specie di passaggio che arriva fino al mare, cioè fino al lago... Che risale all'epoca dei romani. Si diceva, ma come vuole che andassi a pensare a una leggenda...»

'O Tolomeo a questo punto si buttò sull'ingegnere, e caddero tutti e due nel fango.

«Ma tu si' nu chiavico! Tu si' nu chiavico! I' t'acciro, 'e capito?»

Lo sbatteva con la testa nel fango, digrignava i denti, sembrava veramente fuori di sé.

«Munnezza, tu si' 'na fetenzia... Tu da qua non esci vivo... 'A prospezione, 'o geologo... E mo'? E mo' te ne vieni c' 'a leggenda? 'E bonifici 'ncoppa 'a banca però t' 'e pigliave, chiavico!»

«Ma io che c'entro, dottore? Mi lasci...»

«Non sono dottore, 'e capito? Nun so' niente!»

Gli aveva messo le mani intorno al collo e stava stringendo. Mi gettai su di lui per cercare di farlo smettere.

«Lo ammazzi! Sei impazzito?»

Ma Zaccariello, col cappotto più grande di lui che trasudava acqua da tutte le parti, strepitava agitando i pugni.

«Ammazzalo, a 'stu vigliacco! Fratello, fratello, ammazzalo!»

«L'aggia accidere!»

«Sei scemo, ti arresteranno... Come lo spiegherai?»

«Ammazza, ammazza, è nu vigliaccone! Tie', Tie'» e Zaccariello prese a dare calci nelle ginocchia dell'ingegnere. «Mi vuole comandare, a mme! Che sono tuo fratello... Munnezza, tie'! tie'!»

«Finisci in galera, stronzo!»

Di colpo 'O Tolomeo si rialzò, borbottando che non ne valeva la pena. Si era fatta mattina avanzata, ma la pioggia non accennava a calare. Il cantiere era ormai un enorme pantano, si affondava a ogni passo nei buchi fatti dai pali, e l'acqua ci scorreva sulla faccia accecandoci. Zaccariello stava ancora girando attorno all'ingegnere, ogni tanto gli mollava un calcio, lasciava andare uno sputo, ripeteva "vigliaccone, vigliaccone", quando in un punto, più in basso di dove eravamo, il terreno smottò e da una improvvisa fossa emersero due o tre sacchi di plastica. Erano le salme sperimentali.

«Ce ne dobbiamo solo andare, restare qua è inutile» disse 'O Tolomeo, e ci avviammo verso la macchina, seguiti da Zaccariello. L'ingegnere si era alzato in piedi, ma era subito ricaduto in ginocchio.

«Vi denuncio... Io vi denuncio tutti... Io non c'entro, non sapevo niente... Mi avete rotto la gamba!»

Si rialzò di nuovo, veniva barcollante verso di noi, allora Zaccariello prese uno dei pali che stavano ficcati nel terreno e lo minacciò che lo infilzava, e se non si stava zitto lo faceva guarire subito lui, per sempre. 'O Tolomeo dovette spingerlo a forza nella macchina, ma non prima che Zaccariello fosse riuscito a colpire l'ingegnere con una sassata. Quello continuava a gridare di nuovo in ginocchio, ma non lo sentivamo più perché 'O Tolomeo aveva già avviato la macchina e ci stavamo allontanando dal cantiere. Zaccariello si era ripreso la bottiglia di cognac, e si stava scolando quello che ne restava. 'O Tolomeo, nonostante la pioggia, andava oltre i cento, e sembrava in preda all'ira più cupa. Io non avevo un centimetro di pelle asciutto, e maledicevo silenziosamente 'O Tolomeo, il cantiere, le salme sperimentali e me stesso. Ma 'O Tolomeo si era già ripreso. Ora sghignazzava, dicendo che la pioggia avrebbe rovinato la festa a quegli "stronzi di sindacati", e che li voleva vedere, a fare i cortei con quel diluvio.

«Guarda che acqua! Li deve affondare... Ma che tengono da festeggià 'sti quattro spellecchioni? Che ce stà 'a festeggià, eh? 'A festa dei lavoratori? Io sì sono un lavoratore, c'ho le responsabilità, chisti ccà nun vonno fà niente! Sì, sì, compagno... Tu fatiche e io magno...»

Poi ritornava all'argomento cantiere, che qualcosa si sarebbe fatto, aveva una giornata quasi intera avanti. Chi se ne sarebbe accorto dei morti nei sacchi di plastica? Solo c'era il pericolo delle cozze, che quelli dei vivai le andavano a pigliare nella mattinata... No, questo no, era impossibile, perchè quel lavoro di raccolta lo facevano il giorno prima... E comunque, i sindacati del cazzo non capivano niente. Ma sì, che volevano fare quei quattro pezzenti che protestavano? Il popolo? Il popolo voleva solo fottere e mangiare.

«'O popolo vo' 'e cozze! A zuppa, c' 'o limone, 'a 'mpepata... Che vonno fà? 'A rivoluzzione cu' chisti ccà?»

Mi indicava i venditori di cozze, vongole e taratufi per strada, a ogni angolo, sotto agli ombrelloni, nella pioggia battente... Il primo maggio? Sì, per quelli era solo una giornata dove si abboffavano fino a schiattare, e era bene così... Se ne stavano tranquilli, a lui non gli davano fastidio, e faticavano più contenti: il Maestro era solo un illuso. Saltò su anche Zaccariello.

«Pezzenti! Spellecchioni! Mio fratello ha ragione, devono morire tutti!»

Si affacciò dal finestrino, sporgendo tutto il busto fuori.

«Do-ve-te mo-ri-re tutti! Mezzeseghe! Miserabili! Froci...»

Si era allungato quasi tutto fuori e gridava con la sua voce isterica.

«Plebe siete e plebe rimarrete, e froci! Ricchione, ricchione... Nun fà finta 'e nun sentì, sì, proprio tu... Sei ricchione e pezzente, e sei pure cornuto, tie', tie', tiene 'e ccorna! Sì, sì... Te l'aggio fatte ieri, ieri sera! Mo' vai al primo maggio? E va', va'! Cornutone! Tie', tie'! E pure tu, che guardi, eh? Ce le hai grosse accussì, 'e ccorna, comme 'o cervo!»

Faceva segno con le due mani, con la testa, roco, sul punto di cadere fuori dal finestrino. 'O Tolomeo rideva, lo incitava, faceva apposta a passare nelle pozzanghere per schizzare i passanti di melma. Poi sembrò ricordarsi l'affare del cantiere, ritornò silenzioso per un poco, borbottava. Zaccariello si era messo lungo disteso sul sedile di dietro, e dormiva o fingeva di farlo. Eravamo arrivati a Miano. 'O Tolomeo si fermò fuori a un casermone popolare per comprare un pacchetto di sigarette di contrabbando. Quando risalì in macchina avevo deciso, e gli dissi che io me ne andavo.

«Eh, hai ragione. A te la cosa non ti riguarda, a te. Tu non ce le hai le responsabilità, tu non produci... E che ti manca? È facile per te. Ma io mo' sparisco un poco, forse vado in Germania qualche giorno, e tutto si aggiusta. L'ingegnere? Quello si piglia un poco di soldi e diventa muto. Ma tu che ti credi? Quello il progetto è buono, è buono!»

Cominciò a spiegarmi che se non era per i due stronzi con gli aghi e per quell'incompetente di ingegnere non sarebbe successo niente. Aveva speso "un pozzo" di soldi per il progetto, per i materiali speciali, per il sistema di chiuse e canali che regolava la pressione. Non avevo visto ancora niente, oggi. I sacchi erano sottovuoto, ci avevano risucchiato l'aria per occupare meno spazio, così la fibra plastica aderiva proprio al corpo... E ora per colpa di quel coglione incompetente si erano gonfiati, e potevano pure scoppiare, e allora veramente erano problemi cogli allevamenti di frutti di mare...

Non pioveva quasi più. Quando lo salutai, 'O Tolomeo mi ripeté che non mi dovevo preoccupare, che lui c'era abituato a " 'ste cose ccà", e se la cavava. Lui era "uno buono", e al mondo c'erano sempre abbastanza fessi: " 'A mamma d' 'e fesse è sempe prena", e allora che problema c'era? Ma ero proprio sicuro che non volevo andare in Germania con lui? Sbagliavo, sbagliavo! Là sì che si poteva lavorare alla grande, ma io non volevo proprio capire la vita...

Ripartì sgommando e pestando sul clacson, mentre io mi avviavo a una fermata dell'autobus. Ero stanco, e l'unico posto dove ormai potevo andare era la casa dei miei genitori. Per me, potevano anche ammazzarmi, gli S.S. di don Sesamo. Basta che mi facevo una dormita al caldo.

Passai proprio sotto un palco che doveva servire a un comizio per il primo maggio. La stoffa trasudava l'acqua di tutta una mattinata, e due bandiere rosse pendevano afflosciate come strofinacci. Non c'era ancora nessuno. Allora, come un sonnambulo, senza quasi rendermene conto, alzai il pugno della mano sinistra non sapevo nemmeno io se per salutare qualcosa o per riderne, ma mi vergognai subito di quel gesto che mi avevano insegnato a disprezzare fin da bambino, e mi ficcai di nuovo la mano in tasca.

Non ero neanche entrato, che mia madre mi assalì. Dov'ero stato? Ah, allora li volevo proprio far morire di paura! Si erano dovuti stare zitti, come avevo scritto nel biglietto, ma una telefonata la potevo pure fare, no? O loro non erano più nessuno?

«E almeno un lavoro, l'hai trovato, un lavoro?»

No, ma che me lo domandava a fare? Lei lo sapeva che ero senza coscienza. E ora capitavo là all'improvviso, dopo tre mesi, con l'aria di chi non ha fatto niente di strano.

«E il cappotto? Guarda qua, Gesù! 'O cappotto buono... I sudori miei, i sacrifici miei... Tieni quasi trent'anni, lo vuoi capire?»

Io volevo solo andarmi a buttare sul mio letto, ma lei mi tratteneva, tirandomi per la manica, palpando il bavero, torcendosi le mani.

«Qua cade tutto addosso a me, tutto... Lo sai com'è tuo padre, sta di là, con quella televisione accesa dalla mattina alla sera, e non vuole sapere niente... Solo la televisione e il mangiare... E io sono sola, sola!»

Non riuscivo a capire che cosa volesse, erano anni che non diceva tante parole tutte insieme. In pratica da tempo io con loro ci parlavo a gesti, e loro si erano abituati a non farci quasi caso. E poi avevo veramente sonno, e le feci un cenno per dire che volevo solo dormire. Ma lei si torse di nuovo le mani, fece una smorfia, e ricominciò.

«Ah, non parli, non vuoi parlare, ti vergogni di noi... E ti abbiamo fatto studiare, e papà ti aveva pure trovato un posto... Ma no! Lui deve pensare, lui non si può abbassare a lavorare... E mo' vivi sulle spalle di due poveri pensionati!»

Non le risposi, mi divincolai dalla stretta al bavero e attraversai il corridoio, spingendo la porta della mia stanza.

«Chi è? Chi è?... Uhé, sei tu! Mi hai fatto pigliare uno spavento!»

Era la voce di mia sorella, e all'inizio pensai di aver sbagliato stanza. Ma la mia stanza non esisteva più. Un grande letto matrimoniale ne occupava più della metà, le pile di libri erano sparite, c'erano dei parati nuovi, e alla finestra pendevano delle tendine rosa confetto con la mantovana coperta di merletto celeste. In mezzo al letto, seduta, c'era mia sorella, e dall'altra parte, lentamente, si stava svegliando Alfonso Taúto, il fidanzato.

«Che c'è? Che guardi? Ti piace? Abbiamo fatto qualche modifica, la stanza era troppo scura... Dici la verità, Tommaso, ora è più luminosa, più calda. È vero?»

«Si può dormire, almeno i giorni di festa? O da questa casa me ne devo andare?» grugnì Taúto da sotto la coperta ricamata.

«Te ne stai là... Non dici niente alla tua sorellina? E dici almeno che è una bella camera, mo'! Senza le mie modifiche faceva schifo... E lo sporco! Per pulirla non ci sono bastate due settimane, lo sai? E quei libri pesantissimi! Per portarli nello scantinato che c'è voluto...»

Mia madre intervenne con tono conciliante.

«Non è niente, non è successo niente... E che dovevamo fare? Mica Tommasino non capisce, lui è moderno, è vero Tommasi'?»

Ma Taúto la interruppe:

«Io non mi devo giustificare con nessuno. E sia chiaro, che se le cose non vi vanno bene così, lo dovete solo dire... Patti chiari e amicizia lunga!»

Mia sorella e mia madre si precipitarono a dire che no, che si stava sbagliando, e non doveva prendersela a male. Andava tutto bene, e Tommaso, si sapeva, era un ragazzo evoluto... E poi dove se ne voleva andare? Perché, da loro non stava bene, non era servito e riverito come sua maestà in persona?

«Come il prete all'altare! E te lo meriti, te lo meriti.»

Taúto era emerso dalle coperte, si era acceso una sigaretta, e stava a sentire le scuse delle due donne fumando e lisciandosi ogni tanto i baffetti sottili o tirandosi i peli riccioluti che gli coprivano il petto.

Era ridicolo, pensai, era tutto troppo ridicolo. Che potevo fare se non riuscivo ad arrabbiarmi? Ad alta voce dissi:

«Me ne frego delle vostre stronzate. Io voglio solo dormire.»

Non avevo finito di dire che o mi facevano dormire o gli rompevo la faccia a tutti e due, e già mia madre si era interposta: ci pensava lei, ci pensava... E non ero più suo figlio? L'avevo abbandonata, sì... Ma "Tommasino suo" ora era tornato... E ci pensava lei, ci pensava lei a tutto. Mi tirò di nuovo per la manica, che mi dovevano scusare se ero così sgarbato, ma ero sempre stato strano fin da piccolo... Chiuse la porta, ma si sentivano lo stesso le voci dei due dentro.

«Ora mi alzo e me ne vado! Io non sono abituato a queste cose! Chi si crede di essere? Ma lo sa che non lo spezzo in due solo perché t'è fratello a te? Eh?»

«Alfonsino, non fare così.»

«Faccio, faccio. Faccio quello che mi pare! Io sono una persona seria, io non mi vado spassando, io lavoro!»

«Ma lo so, è che lui è strano, lo devi scusare... Amore mio, allora non ci amiamo più?»

«Non è questo. È un fatto di principio! Non si parla così, non si dice "me ne frego" a Alfonso Taúto... A me! A me!»

«Alfonsino, non ci pensare più, ci penso io a farti scordare tutto... Bello, cuore mio...»

«Se dice ancora una parola... Me ne vado!»

«No, no... Vieni qua, vieni da me che ti faccio dimenticare le brutte cose...»

Mia madre mi tirò via per il corridoio, e poi si fermò vicino alla porta dello sgabuzzino.

«Sta già tutto preparato... Vedi, entra... Ci ho messo la branda buona, quella vecchia, come le facevano una volta.»

Si dava da fare a prepararmi il letto, e intanto parlava senza interruzione: che io ero moderno, no? certe cose le dovevo capire... Lillina aveva questo fidanzato da tanto tempo, ora che dovevano fare?

«Io sono cattolica, e tu lo sai. Cattolica cattolica, eh! Ma oggi pure la Chiesa dice che si deve capire... I giovani non devono essere umiliati... Vabbe', non sono sposati ancora, ma è cosa prossima, eh, un bel matrimonio coll'abito bianco...»

Io mi ero spogliato e infilato sotto le coperte. La branda si ingobbiva al centro, e il materasso di gomma sintetica era molle e bozzoluto, e mi rigirai più volte. Sapevo che sarebbe stato inutile cercare di far smettere mia madre ora che aveva cominciato, ma avevo così sonno che mi sarei addormentato dovunque.

«Pure tuo padre, non parla... Dice che me lo devo piangere io, che lui non vuole sapere niente... "Io non vedo e non sento", dice. Ma io lo so che poi tutta la colpa è mia se le cose non vanno come devono andare.»

Dalla parete sulla testa del letto venivano gli applausi di un programma televisivo, le risate, gli squilli del telefono. Mia madre mi spiegava che Lillina nostra era brava, e poi che quello là non era un cattivo ragazzo, no, no... Teneva un "posto d'oro", un posto sicuro, statale... Eh, non si voleva sposare se non era tutto pronto e come diceva lui, ecco tutto. E i genitori di una ragazza che dovevano fare? Taúto e Lillina dicevano che vivendo in casa con loro avrebbero risparmiato, e così si potevano comprare "i mobili di marca", e non c'avevano ragione pure loro? I mobili buoni durano di più, ed è meglio cominciare bene... Lei e papà gli avevano offerto la loro camera da letto, il salone... Ma lui diceva che gli piaceva assai la luce della mia stanza, la finestra sul poco di giardino... E in famiglia non ci dovevamo aiutare l'uno con l'altro? E se non capivo io che avevo letto tutti quei libri, chi doveva capire? Taúto mangiava con loro, c'era una bella spesa da fare, ma così almeno Lillina era contenta, e i genitori non si devono sacrificare?

Gli applausi, poi la partita, le voci impostate che parlavano della giornata di festa, del grande concerto... Lillina, Taúto, mia madre... "Sì, è polemica tra gli schieramenti"... "Ha ancora un senso una giornata così?"... "Ormai dobbiamo entrare nella nuova epoca, leggeri, senza la vecchia ossessione del lavoro sicuro"... E lavoro, lavoro, lavoro, fu l'ultima parola che mi risuonò in testa prima di affondare nel sonno come un pezzo di piombo nell'acqua.

Quando aprii gli occhi la prima parola che mi venne in bocca fu: 'o terremoto! Colpi come sacchi che cadevano, il pavimento che ballava, voci pesanti, uno stridio feroce. Saltai giù dal letto e uscii nel corridoio. Era tutto pieno di polvere, e un uomo che doveva essere un operaio mi passò davanti tirandosi dietro una sacca di cemento. Ma che stava succedendo? Dalla direzione opposta a quella da dove era venuto l'operaio, spuntò mia madre.

«Tommasino, è pronto, vieni... Ti sei svegliato, eh? Si dorme bene su quella branda, è vero? Ci ho messo pure il materasso nuovo... Vieni, vieni che è pronto.»

Mi vestii e andai in cucina. Tutta la parete che dava su un piccolo giardino era stata buttata a terra per metà, e un operaio sul balconcino stava sfondando il pavimento con un martello pneumatico. Mia madre, per farsi sentire, doveva gridare.

«Pigliati la zuppa di latte, Tomma'! Ci vuoi i biscotti? No? Il pane?»

Mio padre stava guardando il televisore portatile, e intanto si inzuppava nel latte un grosso tarallo. Fece finta di non avermi visto, e non ci salutammo. La tazza col latte sobbalzava sul tavolo, e era difficile anche evitare di batterci i denti o di centrarla con la fetta di pane.

«Stiamo facendo qualche modifica... Un'idea di Alfonsino, sì... La casa era piccola, la allarghiamo un poco... Non sei contento? Così pure tu starai meglio...»

Venne fuori che avrebbero costruito nel fazzoletto di terra che stava dietro la vecchia casa. Ma si doveva sfruttare lo spazio razionalmente, fare delle modifiche importanti, che sarebbero durate tutta l'estate.

«Lillina vuole la cucina grande... È giusto... E poi il salone buono, su due livelli, come si porta adesso.»

Ma le cose non erano proprio semplici. I vicini avevano già bloccato tre volte i lavori. Eh, gli invidiosi ci stavano sempre, e sempre per pensare a male. E che, sua figlia non doveva tenere una casa? Abusivo, abusivo, dicevano... E pure che la cubatura era fuori legge... E che voleva dire? Loro erano gente onesta, li conoscevano tutti e lo potevano dire. E allora uno non si poteva fare una casa sulla sua proprietà, non era padrone in casa sua? E che volevano, togliere la proprietà alla gente? Comandavano già i comunisti? Intanto mio padre aveva alzato al massimo il volume del televisore, e si era messo con la faccia proprio sopra, incurante delle proteste della moglie. L'operaio sul terrazzino ogni tanto smetteva col martello pneumatico e si incantava a guardare anche lui lo schermo.

«Sì, vabbe', il doppio della cubatura consentita... E non siamo a casa nostra? Non è proprietà nostra, dei nostri sudori? Che c'entra la legge?»

Mia madre continuava a spiegare che cosa aveva fatto. Lei

"non si era stata ferma", e pure Taúto, che aveva uno zio che era una persona importante, si era dato da fare. Avevano lavorato di nascosto una notte intera, gli operai, e così alla mattina già c'erano lo scavo e i pilastri. E che voleva il comune? Li voleva far stare stretti, a quei figli suoi? Per le spese avevano dovuto ricorrere "alla libretta della posta", e stavano quasi senza soldi, ma ora però si costruiva. Solo che, per guadagnare spazio, la casa di Taúto e di mia sorella doveva cominciare dal lato dei balconi, era una cosa tecnica, che lei non capiva. Dovevano buttare a terra metà cucina e il terrazzino, per metterci i pilastri di cemento armato per il pericolo sismico.

Avevo capito. Ma ormai mi ero già fatto in testa una specie di piano. Così mi sistemai gli occhiali da sole sul naso e lasciai là mia madre mentre malediceva "quella zoccola di fronte" che ogni volta che vedeva un pilastro nuovo portava la spia ai vigili.

I pasti in comune si svolgevano in un fracasso continuo. Ci eravamo spostati nella stanza da pranzo, ma il rumore delle betoniere, i colpi di martello, le voci, arrivavano anche là. Io mangiavo senza dire una parola, sempre con gli occhiali da sole sul naso. Meno li vedevo e meglio era. Mia madre, rassicurata dal fatto che non le avessi mosso nessuna obiezione, aveva smesso di parlarmi, o lo faceva solo per lamentarsi che c'erano certi figli che non capivano i sacrifici, e si credevano che il mangiare cade dal cielo, e a quasi trent'anni non hanno ancora un lavoro. Ma di solito era troppo occupata con il futuro genero, per interessarsi a me. Taúto, magro come un'acciuga ma atletico, sempre vestito in modo accurato, trovava da ridire su ogni pietanza. La pasta era poco cotta, nella salsa c'era troppo sale, la frittura di calamari era dura, l'olio sapeva di olio di macchina, e quella ciofeca imbevibile la chiamavamo pure vino? E poi dentro al vino ci voleva la gassosa, lui, perché così era abituato a casa sua. Eh, casa sua sì che era una casa, una famiglia vera, non come certe famiglie moderne che conosceva. Lui era cattolico, da piccolo aveva pure servito messa, e certe schifezze non le poteva vedere.

«E che ti fai a fare rossa? Tu che c'entri?» diceva a mia sorella, e lei allora gli allungava una timida carezza sulla manica della giacca, attenta a non sciupare la stoffa.

Taúto faceva continue allusioni al "mondo". Lui lo conosceva bene com'era schifoso, come erano tutti ladri e imbroglioni. Ma a lui, Alfonso Taúto, non lo fregava nessuno. Il posto statale ce l'aveva, e poi come libera professione faceva il fiscalista. Era un benefattore, lui, perché la gente lo ringraziava pure. E che, mica lo stato si doveva mangiare i soldi che uno aveva guadagnato onestamente! Lui le ingiustizie non le sopportava, e allora dava una mano a tutti per pagare "il giusto", perché lui la legge la sapeva meglio dei giudici nei tribunali. E che li aveva letti a fare tanti libri certa gente oziosa che conosceva lui, se poi "si puzzava di fame"? Lui invece era un tipo pratico, studiare aveva studiato giusto quello che serviva, e anche a scuola, modestamente, aveva sempre "fatto fessi a tutti quanti".

Mia madre e mia sorella lo interrompevano solo per dire che sì, che aveva proprio ragione, o per chiedergli se il pranzo era andato bene, se voleva un altro bigné, se il caffè era "bello forte" come piaceva a lui. Mio padre non diceva niente, limitandosi a fare un grugnito o un cenno caso mai volesse qualcosa, e mangiava con il piccolo televisore portatile proprio davanti al piatto. Io non riuscivo a staccare lo sguardo dal dente d'oro di Taúto, un canino che lui si stuzzicava di continuo con l'unghia del mignolo che portava lunga e arricciata. Osservavo attraverso gli occhiali neri il suo modo schifiltoso di rovistare nel cibo che aveva nel piatto facendolo diventare alla fine una poltiglia, e dichiarando ogni volta che solo a casa sua sapevano cucinare veramente, e mi incantavo a guardare come appollottolava le molliche di pane sotto le dita fino a farne delle sudice palline nerastre.

Ma che cosa aveva a che fare tutto ciò con la bellezza o con la conoscenza, questo non riuscivo a capirlo. Io uscivo di mattina presto, e con i soldi rubati da un cassetto o da una borsa riuscivo appena a pagarmi il viaggio per la Biblioteca Nazionale, o dovunque potessi leggere senza comprarli i libri che secondo 'O Tolomeo il Maestro leggeva e rileggeva. Tornavo solo di sera, quando le biblioteche chiudevano, e proprio quando mi sembrava di essere vicinissimo a una rivelazione definitiva. Perché quello che cercavo era sempre lo stesso, lo stesso che con Landrò avevamo cercato in Nietzsche o in Rimbaud: qualcosa che cambiasse la vita, che modificasse insieme il cervello e il corpo, dalla cima dei capelli fino alle unghie dei piedi. Tornando a casa sballottato dall'autobus che ogni volta sembrava dovesse andare in pezzi nelle voragini che si aprivano nell'asfalto, mi ripetevo le frasi che mi erano rimaste inchiodate nella memoria: "L'uomo si sente libero soltanto nelle sue funzioni animali"... "Al posto di tutti i sensi fisici e spirituali è subentrata la semplice alienazione di tutti questi sensi"... "Quanto più l'uomo produce cose spirituali, tanto più egli diviene privo di spirito"... "Il lavoro produce cose dello spirito, ma per l'operaio solo idiotaggine e cretinismo"...

Insieme a me i pochi sfessati che ritornavano a casa dal lavoro non dicevano niente, e forse non pensavano nemmeno. Tutti tacevano, e nelle scosse dell'autobus, nelle luci accecanti dei fari, si limitavano a sbattere le palpebre o a tossire. Solo qualche marocchino e le negre chiacchieravano fittamente, ridendo. Io che non avevo mai lavorato in vita mia, mi ripetevo quelle schegge di frasi spesso incomprensibili dove il lavoro ritornava ossessivamente, aggirandomi smarrito tra frasi come "l'arcano della forma di merce consiste dunque nel fatto che tale forma, come uno specchio, restituisce agli uomini l'immagine dei caratteri sociali del loro lavoro" o come "quel che qui assume per gli uomini la forma fantasmagorica di un rapporto tra cose è solo il rapporto sociale determinato che esiste tra gli uomini stessi". Non riuscivo a sottrarmi al potere di frasi monche come "la magia del denaro", e mi perdevo in un circolo misterioso di "forza-lavoro", "valore di scambio", "circolazione delle merci" e "plusvalore". Improvvisamente mi veniva in mente Taúto, o mia sorella Lilla, che in realtà si chiamava Carmelina, e si era cambiata il nome perché Lilla era più "fine". Un nesso tra tutte queste cose ci doveva pur essere, mi ostinavo a pensare. Ma mi afferravano scoraggiamenti profondi, che mi afflosciavano sul sedile come un sacco vuoto: si poteva cambiare solo la vita? O, come si era lasciato sfuggire il Maestro, bisognava anche cambiare il mondo? E cosa aveva a che fare tutto ciò con "la vita in bellezza, la vita in bellezza!", l'unica cosa che per anni mi era sembrata capace di trasformare le cose attorno a me? Ora leggevo che "quanto poco c'è un brutto che sia tale e basta, tanto poco c'è un bello che sia bello e basta"... Sì, pensavo io, e Taúto? E Sossio Sesamo? Non erano forse il brutto e il male assoluti?

Quando scendevo dall'autobus dovevo farmi a piedi ancora un paio di chilometri, in mezzo a case coi sette nani e le dee dell'Olimpo in gesso colorato, passando vicino a cappelline con le madonne di Pompei, di Fatima, di Montevergine, badando a tenermi lontano dai cancelli dietro cui balzavano feroci enormi cani da guardia. Evitando nel semibuio dei lampioni scialbi le pozzanghere e i basoli semidivelti, mi ripetevo che "l'identificazione dell'arte col bello è insufficiente", ed ero sicuro di trovarmi solo a un passo, appena un piccolo passo, dalla rivelazione.

Ma quando arrivavo a casa, quello che mi sembrava di

aver capito si confondeva di nuovo in una nebbia. La cena in comune, quando arrivavo in tempo, e nello sgabuzzino se facevo tardi, mi risprofondava in un torpore ottuso. A tavola tutti ripetevano ossessivi "lavoro", "soldi", "ricchezza", "comprare", "bello", "futuro", e io cominciavo a confondere queste parole con quelle che avevo letto nei libri. In fondo che differenza c'era? Taúto non parlava forse con tono convinto di "diritti", di "suo", di "proprietà"? Tutto si univa nella mia testa come in uno spettacolo di fantasmi, e quando mi lasciavo cadere sulla branda in cerca del sonno, l'ultima parola che mi percuoteva il cervello era sempre quella: "lavoro". E subito, come in un'evocazione magica, sentivo il martello pneumatico che mi stritolava il ventre con i suoi colpi frenetici, copriva con il suo singhiozzare ossessivo persino le voci del televisore, gli squilli del telefono, gli applausi e le risate, e disgustato di me e di tutto mi arrendevo al sonno.

Una sera di giugno arrivò a casa mia Landrò. Era isterico come sempre, e ripeté più volte che aveva dovuto venire a piedi perché non c'erano autobus e il padre non gli voleva comprare una macchina. Comunque, dovevamo assolutamente andare da Ciro Morvo, era inutile che dicessi di no, la cosa era importantissima: mi avrebbe spiegato tutto per strada. Quando gli accennai, cautamente, a cosa avessi pensato in quei mesi, ascoltò impaziente senza togliermi gli occhi di dosso per tutto il tempo, per concludere poi che lui quelle cose le aveva già pensate "anni prima": ormai erano superate. Ora il vero problema era agire, agire nella realtà, in qualsiasi modo: ma mi rendevo conto che lui era dovuto venire a piedi perché non aveva la macchina? E che suo padre lo umiliava in continuazione? E fino a quando poteva continuare a vivere così? Poi, con un vago roteare della testa, si affrettò a liquidare le mie domande su don Sesamo e gli S.S. dicendo che era tutto a posto e non mi dovevo preoccupare.

«Non posso parlare troppo. Devi capire a volo.»

Per la situazione a casa sua ebbe come unico commento una smorfia, e sputò per terra in segno di massimo disgusto. Io tra l'altro avevo una mia idea su chi fossero i due che il guardiano del cantiere di 'O Tolomeo aveva visto piantare gli aghi giganti nella terra, e glielo dissi. Landrò non affermò né negò, limitandosi a una risatina e a un gesto della mano che poteva voler dire qualsiasi cosa. Mentre prendevamo prima un treno e poi la metropolitana per arrivare dalle parti di piazza Cavour dove abitava il suo amico, cominciò a spiegarmi chi fosse "veramente" Ciro Morvo. Io gli dissi che mi era sembrato solo uno scemo, ma Landrò insorse.

«No... sembra, sembra. È rozzo, questo sì, però forse sa qualcosa che io e te non sappiamo... Te lo dico una volta per tutte: io non mi posso permettere di trascurare niente... Niente!»

Ma quelli di Landrò erano accenni vaghi: che Morvo avesse una teoria nuova, questa sembrava l'unica cosa chiara. E poi che questa teoria era costruita su basi matematiche, e voleva collegare la matematica alla psicologia e anche a fenomeni "seriamente paranormali". Lui, Landrò, l'aveva evitato per qualche settimana, perché erano successe tra loro certe cose fastidiose. Il fatto era che Landrò gli aveva dato da leggere *L'Idiota*, e per questo Morvo un giorno lo voleva buttare sotto le ruote della metropolitana.

«Sì, sì... Diceva che l'avevo fatto apposta, 'e capito? Che lo volevo far diventare " 'nu pazzo", ma che lui allora se era pazzo mi buttava sotto al treno! E mi rideva in faccia, hai capito? E poi gridava che era meglio se si buttava pure lui, e anzi che ci dovevamo buttare tutti e due... Non c'era nessuno, mi aveva preso per il braccio e me lo stritolava, ero sicuro che mi buttava!»

Io scoppiai a ridere, e non riuscivo a frenarmi.

«Tu ridi, non ti rendi conto! Quello è veramente pericoloso, è un pazzo...»

«Ma non aveva una teoria geniale?»

«Non vuol dire niente, che vuol dire? Si era messo a dire che gli volevo far scoppiare il cervello con quel libro, che l'avevo fatto apposta, e "mo' devi morire" mi urlava... Sì, ridi tu, stronzo.»

«E tu che gli hai detto, al pazzo?»

«Eh, che gli dovevo dire? Proprio mentre stava arrivando il treno, gli ho detto che se moriva non poteva completare la teoria, e nessun'altro ci sarebbe riuscito... Allora si è calmato, si è calmato di colpo.»

Ci inoltrammo alle spalle di piazza Cavour, per la salita Stella e poi lungo San Nicandro, finché non arrivammo fuori alla casa di Morvo. Abitava al terzo piano di un condominio fatiscente, e quando bussammo alla porta fu proprio lui ad aprirci.

«Ahà! State qua! Trasite, trasite!»

Con il suo balbettìo che si mangiava le frasi e le finali ci spiegò che veniva proprio allora da lavorare, e aprì la porta di una stanza. Seduto dietro alla scrivania c'era un ragazzino di dodici-tredici anni, con la radio accesa, che pareva stesse studiando. Morvo spiegò che era il fratello, e che tenevano una sola stanza perché loro erano una famiglia di operai. Poi cominciò a blandire il ragazzino, a dire che la stanza gli serviva, che gli avrebbe dato poi qualcosa domani, ma "mo' te ne devi andare" gli ripeteva. Il ragazzino non voleva accontentarsi delle cinquemila lire promesse dal fratello per il giorno dopo, ne voleva dieci, e le voleva subito. Allora Morvo gli mormorò qualcosa a bassa voce, e un attimo dopo si stavano accapigliando sul pavimento. Il fratello di Morvo era robusto, ma dopo un minuto di lotta si trovò spalle a terra e con le ginocchia di Morvo che lo immobilizzavano premendogli le braccia. Morvo gridava:

«T'arrienne? Ti vuoi arrendere o no?»

Il fratello ribatteva che non si arrendeva, e cercava di morderlo, e Morvo a ripetere: «T'arrienne? 'E perzo! Ho vinto! Ho vinto, e 'a stanza è 'a mia!». In un angolo, Landrò osservava con una smorfia disgustata e impaziente la scena, alla quale doveva già avere assistito altre volte. Poi Morvo si sollevò di scatto, prese il fratello, lo sbatté nel corridoio e chiuse la porta a chiave. Quello tempestò per qualche minuto la porta a calci e pugni, poi si stancò e se ne andò, lanciando alla porta un ultimo calcio che la fece scricchiolare. Morvo intanto aveva spinto la scrivania sotto la finestra, e da un armadio aveva tirato fuori una pila di scatole di scarpe. Era là, ci spiegò, che teneva schedati i fogli con le dimostrazioni della teoria. Aprì le scatole e cominciò ad ammucchiare tutto sul pavimento, dove ci dovemmo sedere per poter seguire le sue spiegazioni. Per qualche minuto girò ancora intorno alla questione della lotta col fratello, dicendo che quello non voleva mai ammettere di essere stato vinto in una "lotta leale". Ma era logico, no? La stanza era una e loro invece due, e allora quando non si accordavano c'era solo la lotta come via di uscita. Ma lui, Morvo, vinceva sempre, e senza trucchi, lo potevano vedere tutti che la lotta era stata alla pari: non era così? Poi, senza alcuna transizione, passò a spiegare le modifiche che aveva fatto alla sua teoria sull'universo. Si mangiava mozziconi di parole e di frasi, incagliandosi nel parlare e sprofondando in vuoti di parole, che sostituiva con gorgoglii della gola e manate sui fogli che di volta in volta rimetteva e tirava fuori dalle scatole di scarpe. Io lo capivo a stento, perché più si addentrava nella teoria e più si faceva concitato e balbuziente. Landrò doveva di continuo tradurmi le frasi e persino i gesti di Morvo, che a lui sembravano essere ben noti.

La teoria, disse subito con disprezzo Morvo, era "completamente scientifica", e dunque per noi ignoranti "letterati e filosofi" sicuramente impossibile da capire. La base di tutto era la teoria della relatività e quella dell'inconscio collettivo. L'energia fisica di cui parlava Einstein, e questa era la scoperta di Morvo, era strettamente collegata all'energia psichica di Jung. Jung aveva sostenuto che massa e velocità, come risultava dalla formula dell'energia cinetica, erano concetti in qualche modo collegabili alla psiche: ma si era rifiutato di ammettere che dei "fattori fisici" potessero essere applicati alla psiche in modo diretto.

«È sbagliato! Tutto sbagliato!» gridava Morvo brancicando i suoi foglietti, da cui ci leggeva brani estrapolati da libri, formule fisiche e equazioni. Jung si era fermato troppo presto. Eppure proprio " 'o svizzero" aveva scoperto che l'inconscio collettivo non aveva una natura "esclusivamente psichica"! E poi l'identità "relativa o parziale" del continuum fisico l'aveva ammessa... E allora? La psiche non faceva parte del continuum fisico? Certo che sì! E dunque la verità era che la psiche aveva certamente un aspetto quantitativo.

«È Jung! 'O ddice Jung... Liegge ccà! Stateme a sentì: "Se queste quantità fossero in qualche modo misurabili, la psiche dovrebbe apparirci un che di mobile nello spazio al quale applicare la formula dell'energia"... Eh? La formula dell'e-ner-gi-a, è chiaro? La psiche è energia fisica! E l'energia non è misurabile? E come no! L'energia è uguale alla massa per la costante al quadrato!»

Morvo sbatteva trionfante il pugno sul pavimento, rimescolava i foglietti, non trovava più quello che cercava.

«Addó stà? Ah... State a sentì: "Questa ipotesi presuppone però una psiche che in qualche modo tocca la materia"... 'E capito? Tocca la materia! E po': "E viceversa presuppone una materia con una psiche latente!". Eh? Avite capito?»

Ma Jung era stato "nu vigliacco", e si era fermato là. Anzi, si era fermato perché non capiva niente di matematica e di fisica. Perché la teoria della relatività diceva proprio che l'energia poteva essere racchiusa in qualsiasi oggetto.

«Pure ccà! Dint' 'a 'sta capa!» E si prendeva a schiaffi la testa, indicando che là dentro, in quell'oggetto, valeva la stessa legge dell'energia che valeva nell'universo. E insomma la massa, ora che diventava energia, non era più un qualcosa di indistruttibile, ma si poteva trasformare in altre forme di forza...

«'A particella? E che vi credete... 'E particelle si distruggono, ma resta l'energia cinetica di tutto, più l'energia 'e tutte 'e masse! O no? Eh? Che dicite?»

In pratica, a suo dire, in tutto l'universo c'erano solo spostamenti di energia, e la materia spariva, non c'era più: al suo posto restava solo l'energia della psiche, e con la forza della psiche si poteva controllare la materia.

«E Mach? E 'a teoria dei campi? E 'a quantistica?»

Sempre più esaltato, Morvo si sprofondò a parlare della teoria dei quanti e del fatto, su cui ritornava ossessivo, che tutto l'universo era legato in una sola connessione, e le cose infinitamente insignificanti e quelle grandissime erano strettamente correlate. Intanto alla porta aveva bussato sua madre per dirgli che era pronto a tavola, ma lui aveva aperto solo per dirle che non lo doveva scocciare, e poi a lui " 'e ppatane" non gli piacevano.

«Fanno sempe 'e ppatane! Patane, patane...» ripeté disperato per qualche minuto, poi si alzò e corse in cucina. Lo sentimmo gridare a sua madre che la doveva finire, e che lui voleva " 'e maccheroni", sì, pure la sera, sempre! E se non glieli faceva lui non mangiava, e se poi si stufava buttava tutta la cucina con la madre dentro in mezzo alla strada.

Tornato nella stanza attaccò con i fotoni, cominciando a scrivere sul retro dei fogli già scritti, perché nella stanza non si trovava più un foglio pulito. Che se l'energia di una particella *m* si poteva scrivere E = mc2 su radice quadrata di 1-v2 fratto c2, allora si poteva dimostrare pure che E per la radice quadrata di 1-v2 fratto c2 era uguale a mc2... E questo che voleva dire? Non ci rendevamo conto? Eh, ora veniva il bello! E cioè che se quello era così, e quell'altro tendeva a zero, allora *m* era uguale a zero! Si era spiegato?

«'A massa è uguale a zero! A zero!»

Voleva dire che i fotoni avevano la massa nulla. "Niente massa, niente materia!" ripeté Morvo, con un gesto come a indicare una bolla che fosse scoppiata.

Bussarono di nuovo alla porta. Era sua madre, che gli aveva portato "almeno nu poco 'e patane c' 'a sarza", perché non mangiava da ieri, e lo vedeva sciupato. Allora Morvo prese il piatto e senza neanche guardarlo lo buttò nel corridoio, minacciando che se non lo lasciavano in pace faceva una strage, e che più tardi gli doveva fare 'a pastina, se no lui non mangiava e non mangiava. Si era spiegato bene? Chiuse di nuovo a chiave la porta, ma ormai aveva perso il filo delle dimostrazioni matematiche, e ritornò sul collegamento tra la psiche e l'energia. Jung era solo un "chiachiello", un fesso, un pagliaccio! Sì, se non ci fosse stato lui a scoprire l'energia psichica forse non sarebbe mai nata una nuova scienza, ma poi? Jung si era "messo paura", e ora toccava a "Ciro Morvo in persona" andare avanti. Landrò gli fece notare che però in un passo Jung aveva già sostenuto che spazio e tempo di per sé non erano materiali, e quindi dovevano essere di "natura psichica"... Ma Morvo non lo fece continuare. E che si credeva, Landrò, che lui non se lo ricordava? Jung era stato grande, ma ora bisognava andare oltre, e tutto si doveva "scrivere con la matematica", perciò non era cosa per noi. Lui ormai era sicuro: mettendo insieme Jung e Einstein si apriva la possibilità di agire direttamente sulla materia, e senza più bisogno di strumenti e laboratori.

«Con questa qua! Con questa qua!» e si toccava con le due mani la fronte senza riuscire a fermarsi. Perché lui, Ciro Morvo, aveva anche scoperto uno che aveva già pensato quelle cose. E lui davanti al maestro, davanti al "grande Luigi Fantappiè", si poteva pure inginocchiare! E proprio mentre si era veramente inginocchiato, si accorse che nella scatola apposita non c'erano le schede su Fantappiè, e cominciò a bestemmiare. A quattro zampe com'era prese a girare per la camera, ficcandosi nell'armadio, dietro la scrivania, lungo disteso sotto i letti, senza riuscire a trovare le schede.

«'E schede 'e Fantappiè! Aggio perzo 'e schede 'e Fantappiè!»

Ma in quel momento la porta fu presa di nuovo a manate.

Morvo balzò in piedi ad aprire e sulla soglia comparve suo padre, che cominciò a inveire contro di lui e contro di noi. Il figlio era "nu zuzzuso", lui aveva solo buttato i soldi per farlo studiare, e noi che ci stavamo a fare sempre là a casa sua? Quella, fino a prova contraria, era ancora casa sua! Ce ne dovevamo andare, e subito! Perché se no lui faceva un macello! Poi cominciò a scambiarsi feroci accuse con Morvo, mentre sua moglie cercava di tirarlo indietro ripetendo che Ciro era " 'o criaturo" suo...

Io e Landrò ci infilammo per la soglia lasciata libera da Morvo e, con un saluto appena abbozzato, ci precipitammo fuori. Prima di buttarci di corsa per le scale sentii Morvo che accusava il padre di avergli nascosto le schede, e che adesso dovevano solo fare la lotta, se no la cosa non si poteva risolvere lealmente.

Da casa di Morvo arrivammo di nuovo a piazza Cavour, di corsa per riuscire a prendere l'ultima metropolitana. Per un po' non potemmo parlare, prima per la corsa per i vicoli e poi per l'affanno. Ma volevo capire se quello che avevo sentito, metà con le mie orecchie metà tradotto da Landrò, aveva anche un seguito. E chi era quel Fantappiè di fronte al quale un pazzo esaltato come Morvo sentiva il bisogno di inginocchiarsi? Ma Landrò era pensieroso, e mi rispondeva a monosillabi. Poi tacque completamente, dopo avermi chiesto se potevo andare a casa sua, dove mi avrebbe spiegato tutto. Scesi dal treno dovemmo farci anche i cinque chilometri che separavano la stazione dalla villa di Landrò. La strada che portava a casa sua era periferica, con delle lampade oscillanti nel vento caldo che facevano cadere sull'asfalto tutto avvallamenti e crepe una luce mortuaria, e a un tratto mi vennero in mente don Sossio Sesamo e i Salutisti per la Salvezza, ma scacciai subito il pensiero.

A casa sua Landrò entrò come un ladro, a piccoli passi silenziosi, per non farsi sentire dal padre, che altrimenti avrebbe cominciato la solita litania. Una volta nella stanza di Landrò ci buttammo sulle poltrone dando fondo a una scatola di biscotti che stava su un tavolino, e mentre ancora masticava, Landrò disse che Fantappiè sembrava veramente "un pensatore notevole". La sua idea era che questo universo non può essere spiegato completamente se non immaginando un universo più ampio. Ma immaginare, come sosteneva anche Morvo, non era il termine giusto. In realtà erano stati soprattutto i fenomeni paranormali a spingere Fantappiè verso la sua concezione. Servendosi della teoria matematica dei gruppi, Fantappiè aveva cercato di classificare tutti i mondi possibili oltre il nostro. L'autore di *Nuove possibilità di inquadramento dei fenomeni paranormali* aveva parlato di un "io spirituale" che era in grado di potersi muovere in tutti questi "altri mondi", i quali, probabilmente, erano di numero infinito: anche se "comunque numerabili". Questa della numerabilità degli infiniti mondi era però un'aggiunta di Morvo, il quale aveva scoperto che Lawden parlava già di "psichismo delle particelle elementari", e che il biologo Lillie ammetteva apertamente che la psiche avrebbe potuto influenzare la materia. Questo, concluse Landrò che aveva parlato girando in tondo per la stanza e avvicinandosi per scrutarmi a ogni giro, era il centro della questione: che con la mente si poteva trasformare a piacere la materia.

«E tu ci credi a questa follia?»

«Io? No, però potrebbe essere.»

«È vero. È una cosa partorita da un pazzo nevrotico, però potrebbe essere vera! Ma ti rendi conto che quello è scemo?»

Landrò nei confronti di Morvo sembrava oscillare tra il disprezzo più profondo, che esprimeva ogni volta che lo nominava con una smorfia che gli arricciava il naso, e una sorta di oscura ammirazione.

«Forse è scemo veramente. Ma ne siamo sicuri?»

«Alla fine ci metteremo a far ballare i tavolini» dissi come parlando a me stesso.

Ma Landrò non sembrò scosso dall'ironia. Che ne capivamo noi di matematica? Bisognava vedere chiaro nella teoria di Morvo, sostenne, lasciandosi sfuggire che lui aveva fatto anche "qualche esperimento", ma che non poteva dire altro. E comunque se era vero che esistevano fenomeni che andavano oltre il secondo principio della termodinamica, come sosteneva Morvo, allora poteva avvenire una vera rivoluzione fisica: l'energia non andava più verso un'inevitabile degradazione.

L'entropia era stata a lungo una fissazione per me e Landrò, e la prospettiva che ora vedevo nascere mi sbalordiva. Avevamo scoperto che l'universo sarebbe arrivato, a un certo punto del tempo, alla morte termica e alla distruzione: "Non resterà altro che uno sterminato sciame di molecole vaganti senza senso, avanti e indietro per l'eternità". Ma se davvero esistevano altri infiniti mondi, allora l'entropia non doveva per forza raggiungere un punto che coincideva con la dissipazione totale dell'energia! Secondo alcuni fisici il sistema nel quale vivevamo si stava realmente degradando, perché era concepito come un sistema chiuso: ma se c'erano molti mondi, come in un gioco di scatole cinesi infinito, allora il fenomeno non era più irreversibile. In questo modo crollava infine tutta la concezione che l'energia è ottenibile solo attraverso un qualche lavoro. La maledizione del lavoro sembrava estendersi secondo i fisici all'intero universo: in esso tutto era ossessivo e frenetico lavorare, e gli infiniti mondi sconosciuti altro non erano che lavoro fattosi realtà. Ma se queste catene andavano in frantumi, allora l'universo in persona entrava in sciopero e incrociava le braccia: il lavoro non era più una maledizione, e si apriva per la materia la possibilità dell'ozio perpetuo. Schiavitù e sfruttamento sarebbero spariti, non avremmo più dovuto preoccuparci del posto fisso e dei soldi, e la mente avrebbe creato senza fatica una nuova realtà. «Ma forse» dissi a voce alta, «sto solo diventando scemo appresso a voi.»

Non avevo neanche finito di parlare, che una mano bianchiccia si infilò dietro la porta semiaperta e spense la luce. Si sentì un fischiettare, e subito dopo la voce del padre di Landrò.

«Ahà! 'E ppatane so' bbone cotte! A quest'ora, rientra? E io gli spengo 'a luce... Va facenno 'o zezo, se ne va a spassare? E io stuto 'a luce, pecché ccà è casa mia e s'adda sparagnà l'energia elettrica! Eh... 'E ppatane so' bbone cotte, e chi non lavora sta senza luce!»

Poi la voce si affievolì, e si sentì solo il ticchettìo del bastone che segnava i passi del padre di Landrò. Si era avvicinato di soppiatto mentre eravamo immersi nelle nostre fantasticherie, e ora se ne tornava di sopra trionfante. Landrò intanto aveva riacceso la luce, e stava sulla soglia della porta, pallidissimo. Si passò una mano nei capelli e disse:

«Lo ammazzo. Uno di questi giorni giuro che lo ammazzo.»

Poi si lasciò cadere in una poltrona, e quando me ne andai mi fece solo un cenno incomprensibile con la mano.

Sulla strada di casa ripensai a tutto quello che avevo sentito quella giornata. Sentivo che ora i libri del Maestro sprofondavano nell'oblio, forse perchè mi ricordavano troppo da vicino ciò che con tutte le mie forze odiavo di più: la realtà. E poi che cosa avevo da perdere con quella storia dell'energia? Come aveva detto Rimbaud, la cosa più importante era "trovare il luogo e la formula", evadere dalla trappola della realtà. E potevo trascurare anche solo una probabilità su un miliardo che promettesse un'evasione assoluta?

Quando arrivai a casa e mi sprofondai nella branda mi ritornò in mente quella frase che parlava di altri mondi nei quali si poteva entrare: infiniti altri mondi... E mi addormentai senza quasi fare caso alle voci del televisore che passavano attraverso la sottile parete divisoria.

Landrò non mi aveva detto tutto. Nella teoria di Morvo era prevista ogni cosa, ma c'era un problema pratico: come "attivare" l'energia psichica? Le formule matematiche non bastavano, ci voleva un manipolatore esperto, un evocatore di forze segrete. E così, grazie a un suo misterioso parente, tre mesi fa lui e Morvo erano stati presentati a uno "straordinario esoterista", Gerolamo Fulcaniello, che aveva ascoltato con grande interesse l'esposizione della teoria di Morvo. Ma l'esoterista aveva sostenuto di non poter ancora agire. Per lui i giorni intorno al solstizio di primavera erano rischiosi, e sarebbe stato lontano dal pericolo solo a partire dal nove luglio. Morvo aspettava impaziente la data dell'appuntamento, minacciando a ogni momento di spezzare il collo a Fulcaniello se quello "faceva lo scemo". Fulcaniello abitava alle spalle di piazza Nilo, in un vicolo fra i Tribunali e San Biagio dei Librai, il cui nome però non si doveva mai pronunciare, nemmeno tra persone dalle "emanazioni positive", perché là c'era un "centro essenziale di forza" che poteva essere preservato solo nel segreto. Così ci aggiravamo intorno alla zona in estenuanti passeggiate nella calura, perché Morvo pretendeva che non dovevamo perdere di vista l'esoterista, altrimenti quello ci avrebbe fregati. In quei giorni Landrò aveva anche prestato a Morvo alcuni libri di Nietzsche perché, come mi aveva confidato, voleva vedere che effetto facevano "in quella testa di barbaro". Morvo aveva considerato *Al di là del bene e del male* e *Aurora* solo delle "cazzate", e di *Così parlò Zarathustra* gli era piaciuta unicamente l'idea dell'Eterno Ritorno. Ma Morvo accusava Nietzsche di essere stato "poco serio": un pensatore serio non avrebbe dovuto specificare ogni quanto, precisamente, avveniva il ritorno del tempo su se stesso? Se lui avesse avuto "tiempo 'a perdere" ci sarebbe riuscito, e comunque un qualche calcolo l'aveva pure fatto. Sì, quel Nietzsche non era proprio del tutto scemo. Come aveva detto Einstein, l'universo era una curva, cioè tornava sempre su se stesso, e era sempre lo stesso universo, no? Ma quando era che il tempo tornava esattamente all'inizio? Eh, lui avrebbe potuto scoprirlo facilmente, ma comunque a lui, "a Ciro Morvo", – e sputava a terra disgustato, – ci mancava solo quello, solo che "chella mmerda" dell'Eterno Ritorno fosse vera! Così tutta la sua "munnezza di vita", tutte le stronzate, le botte che aveva preso, gli zero a scuola, la sua famiglia, tutta quella fetenzia, insomma, tornava uguale per sempre! E che dicevamo, eh? Che pure se lui si sparava, pure quello tornava uguale? E lui allora si sparava sempre, "ppà! ppà!", per l'eternità? No, "Nicce 'o pazzo" era meglio se si stava zitto, ma proprio meglio, perché a lui tutte quelle stronzate filosofiche lo facevano solo vomitare.

Finalmente arrivò il nove luglio. La sera dell'appuntamento da Fulcaniello, anche dopo il tramonto, il caldo si appiccicava addosso afoso e molliccio, e nei vicoli che portavano alla casa dell'esoterista non c'era un filo di vento. Quando arrivammo su da lui, la porta era già aperta, perché, come ci disse poi Fulcaniello, lui ci aveva "sentiti arrivare già da un'ora". Le scale della casa erano di piperno corroso e slabbrato, e nei muri portanti si vedevano le iniezioni di cemento fatte all'epoca del terremoto. Per la scala non c'erano lampade, e dovemmo salire facendoci luce con una pila che Morvo si era portato dietro insieme a un coltello, "pecché nun se pò mai sapé!" La casa di Fulcaniello sembrava vastissima, e dislocata su due piani, perché girammo per molte piccole stanze semibuie inerpicandoci poi per una stretta scala di legno, che portava alla "stanza delle forze", dove trovammo Fulcaniello che sbatteva col dorso della mano su quella che sembrava una specie di enorme carta geografica che ricopriva tutto il tavolo.

«Venite, venite. Vi aspettavo. E ho trovato dove abbiamo fatto l'errore... Errore gravissimo, che vi poteva costare, eh! E costare caro!»

Sul tavolo c'era stesa una mappa. Di quella mappa avevo già sentito parlare da Landrò e Morvo: era una mappa disegnata da Fulcaniello per identificare "i luoghi del potere" su cui si poteva far agire l'energia psichica.

«Eh, il ragazzo ha ragione. 'A teoria è buona veramente. La materia e lo spirito... Chiedo scusa, come dite voi? La psiche... La materia e la psiche sono in collegamento, e la psiche ha la stessa energia della materia... Anzi, di più, molto di più... Perché anche la materia è spirituale...»

Però la Tradizione ci diceva che c'erano punti su cui era più facile agire sulla materia, punti dove "le porte" per quegli universi di energia erano già mezze aperte. Solo che Morvo e Landrò avevano fatto "due errori": uno, quello di andare senza di lui, e secondo, quello di usare gli aghi, che erano un sistema ancora troppo materiale. Ma c'era stato pure un terzo errore, e Fulcaniello lo sottolineò battendo di nuovo col dorso della mano sulla mappa.

«Qua, vedete? Se la stella deve stare con la punta di sopra verso nord, allora il Fusaro non c'entra per niente.»

Sulla mappa era disegnata a matita una stella a cinque punte, ma era semicancellata. Spostata rispetto a questa ce n'era un'altra, marcata in rosso, le cui punte indicavano Cuma e il lago Patria a sinistra, il Vesuvio e Nola a destra, e nella punta superiore Capua.

«Abbiamo sbagliato angolazione! Anche per questo l'operazione non è riuscita. Eh, io ve l'avevo detto.»

Ma qui cominciarono le contestazioni colleriche di Morvo, e, anche se più sfumate, quelle dello stesso Landrò. Di chi era stata l'idea degli aghi? Non era stato lui ad averla? E era poi sicuro che ora la stella si dovesse orientare a nord? E il punto di forza in alto non doveva essere, come aveva sostenuto lo stesso Fulcaniello l'altra volta, la chiesa di Sant'Angelo in Formis? E poi l'errore più grave poteva consistere proprio nell'orientamento della stella: perché se invece la punta della stella cadeva a sinistra, cambiavano anche gli altri luoghi dell'energia! Fulcaniello controbatteva che queste cose non ci riguardavano, e lui aveva già fatto uno strappo alle "sacre regole" lasciando che vedessimo la mappa. E poi, cos'era questa storia? Forse non si fidavano più di Gerolamo Fulcaniello?

Ma un'osservazione di Landrò lo precipitò di colpo nello smarrimento: così com'era, il disegno non faceva cadere il centro della stella, il pentagono, nella città di Napoli: e Fulcaniello stesso aveva detto più volte che proprio nella città erano distribuiti i luoghi dell'energia più propizi.

«Sì... Aspetta, aspetta... È vero! Com'è possibile? Ah, le forze nemiche hanno lavorato sotterraneamente, le mie difese non sono servite a niente!»

Allora si voltò verso Morvo, rabbioso, e gli picchiò col dito sul petto, senza riuscire a parlare. Fulcaniello era di statura piccolissima, quasi un nano, risecco e tutto ossa, e per toccare il petto di Morvo doveva alzarsi sulle punte dei piedi, scoprendo sotto la vestaglia delle lucidissime scarpe nere con il tacco appuntito.

«Tu! Tu! Tu hai nominato la mia strada... È colpa tua, mi hai rovinato! Come mi sono fidato? Ah, i nemici adesso stanno in casa mia!»

Si rivolgeva anche a Landrò, sostenendo che lo avevano

tradito, tradito. Avevano consegnato il nome di casa sua ai suoi "nemici occulti", e ora per lui c'era la rovina, solo la rovina, che lo aspettava. Morvo lo lasciò parlare per un poco, poi disse che se non la finiva lo faceva fuori là, con le sue mani, e gli faceva pure "magnà 'sta munnezza 'e mappa". Ma Fulcaniello non se ne dette per inteso.

«Siamo in pericolo, tutti. Non vi rendete nemmeno conto di quello che può accaderci... Insensati, insensati e pazzi!»

A un tratto, mentre girava intorno al tavolo, si sentì un boato, e il pavimento tremò, tremò la mappa sulla tavola e il lampadario si mise a oscillare.

«'O terramoto! È 'na scossa 'e terramoto!»

«No! No! Ignorante, guarda, guarda in strada... Che ci vedi? Qualcuno fugge?»

Si udì di nuovo il boato e la stanza si mise da capo a tremare. Noi tre eravamo tutti alle finestre che si aprivano a destra e a sinistra di un angolo. E veramente in strada la gente sembrava tranquilla, e nelle case di fronte nessuno pareva essersi accorto di nulla.

«Non credono a Fulcaniello, non ci credono... Sono le forze, i nemici... Per colpa vostra si è aperta una breccia nella mia difesa... Ci sta solo una cosa da fare, e presto... Zinàaa! Zinàaa! Zinàaa!... Voi non vi muovete da là, sì, là, vicino all'angolo... Non uscite da questa stanza, o sarete in pericolo di vita... Zinàaa!»

La porta allora si aprì, proprio mentre si faceva di nuovo sentire il misterioso boato e il rollìo del pavimento, e entrò la persona che Fulcaniello aveva chiamato.

«Questa è Zinaida, mia moglie... È russa, russa nobile, figlia dell'esodo e dell'apocalisse rossa... Ma vieni, vieni subito, siediti... No, qua.»

Zinaida Fulcaniello era una donna dall'età indefinibile, e di una grassezza smisurata. Per fare i pochi passi che separavano la soglia della stanza dalla pesante sedia che Fulcaniello ora si affrettava a sistemarle dietro, ci aveva messo almeno un minuto. Aveva i capelli tirati all'indietro in una ordinatissima crocchia, e gli occhi forse chiari si intravedevano a malapena, annegati in una faccia che traboccava da tutte le parti, tremolante a ogni minimo movimento. Portava alle orecchie dei lunghi e pesanti pendenti di forma bizzarra, che terminavano in una pietra che sembrava uno smeraldo. Sul petto le ricadeva una sorta di collana a più fili che scintillava di pietre. Pareva semiaddormentata, o sul punto di star sprofondando nel sonno.

«Mettetevi qua, qua attorno... Sì, così...»

Fulcaniello liberò il tavolo dalla mappa e ci fece disporre intorno, mentre di nuovo si faceva sentire il boato e il sobbalzare del pavimento. Dovemmo unire le mani in circolo, e a me capitò di tenere la mano enorme e molle di Zinaida.

«Concentratevi! Concentratevi!» sussurrò Fulcaniello. «Dormi, Zinaida, dormi. Te lo ordino!»

L'ordine di Fulcaniello non sembrava necessario, perché la donna, appena posatasi sulla sedia, aveva già reclinato la testa all'indietro, e le palpebre le avevano completamente coperto gli occhi. Landrò e Morvo sembravano davvero preoccupati, e dovevo ammettere anch'io che quei boati e il continuo rollìo, che pareva colpire solo noi, erano inspiegabili. Zinaida a un certo punto fu scossa come da una scarica, e una voce cavernosa chiese: "Chi è che mi convoca?".

Cominciò allora un serrato dialogo tra Fulcaniello e la voce, dialogo del quale a noi arrivavano solo parole staccate: "nemici", "lo scatenamento", "i padroni delle porte" o forse "della sorte", "lui", "le tre parole"... Finché la voce tacque e si sentì netta, ma incomprensibile, la voce di Fulcaniello che gridava forse tre parole, e subito dopo diceva alla moglie: "Ora ti puoi svegliare. Svegliati, te lo ordino". Intanto il tremito del pavimento sembrava essersi placato, lentamente la donna aprì un poco le palpebre, e potemmo slacciare le mani. Ma distinta si udì ancora una voce, che era quella naturale della moglie di Fulcaniello.

«Fulcanie', tengo famme... Fulcanie', famme magnà... Ma mo', subbeto, nu' pozzo aspettà!»

Fulcaniello voleva farla rialzare, ma Zinaida non si muoveva. A un tratto la sua mano coperta di anelli si strinse intorno alla gola di Fulcaniello e la donna sollevò l'uomo da terra come fosse stato un pupazzo, ripetendo:

«Fulcanie', aggia magnà mo'! Subbeto!»

Fulcaniello, liberato, corse di là per ritornare due minuti dopo con una pentola alta che reggeva a fatica, e che posò sul tavolo davanti a Zinaida.

«Piglia tutte 'e ccose!» ordinò ancora Zinaida, e, cacciando da una tasca del suo mostruoso giubbetto di velluto un cucchiaio gigantesco, cominciò a mangiare direttamente dalla pentola una collosa pasta e fagioli.

Fulcaniello faceva appena in tempo a portare pentole di spezzatino, braciole al ragù, peperoni imbottiti, polpette, insalate di polipo, che Zinaida già aveva fatto sparire tutto con il suo cucchiaio, e spingeva di lato la pentola o la zuppiera. Morvo se ne voleva assolutamente andare, o almeno prendere a calci "chella chiattona", ma Landrò lo trattenne. Alla fine Zinaida si fece portare una "guantiera" di sfogliate ricce e frolle, che ingoiò una alla volta come se fossero state pillole. Si pulì la bocca con un minuscolo fazzolettino e, lentamente come era arrivata, sostenuta da Fulcaniello, lasciò la stanza.

Quando Fulcaniello tornò dentro ammucchiò tutto in un angolo, mettendo le pentole in mezzo ai libri e agli strumenti, e riaprì di nuovo la mappa sul tavolo.

«Zinaida fa un grande spreco di energia, dovete scusarla... Le forze erano molto pericolose. Ma lei è meglio di Stanislawa Tomczyk... Sì, la grande Stanislawa, la medium polacca. Zinaida è superiore! Eh, senza di lei non saremmo riusciti a sconfiggerli... Però questa puzza di pasta e fagioli...»

Andò verso la porta, poi ci ripensò e rivenne vicino al tavolo. Ma Morvo e Landrò si erano impadroniti della mappa, e indicavano col dito le probabili direzioni della stella. Fulcaniello cercò di inserirsi, ma Morvo lo minacciò:

«Mo' faccio io! 'A vulimmo fernì? Qua dobbiamo fare gli uomini!»

«Sì, ho capito... Ma la questione della stella è risolta.»

«Ma statte zitto nu poco!»

«Ragazzo, taci! Ti ho detto che è risolta.»

Fulcaniello riuscì ad accostarsi di nuovo al tavolo e cominciò a illustrare la sua nuova idea. La stella era posizionata bene, ma doveva essere calcolata su una superficie nuova, più piccola, che rientrasse nei confini della città. Lui e Morvo allora cominciarono a scribacchiare direttamente sulla mappa, ma Fulcaniello si innervosiva, perché secondo lui Morvo non adoperava i simboli numerici giusti. Morvo replicava tenendolo col braccio teso lontano dalla mappa, che intanto andava riempendo di formule che poi, rabbioso, cancellava, dicendo che era tutta colpa di Fulcaniello se sbagliava i calcoli, e che nessuno di noi capiva la matematica. Allora Fulcaniello lo sfidò a una gara di calcolo mentale, invitando Morvo a sottoporgli equazioni e calcoli di analisi matematica. E dopo un poco Morvo, a bocca aperta, dovette arrendersi all'evidenza: Fulcaniello, che di matematica sembrava veramente non capire niente, era però in grado di effettuare calcoli molto complessi a grande velocità.

Ora Fulcaniello sembrava essersi del tutto ripreso. Scostò con un gesto altero lo sbalordito Morvo dalla mappa e, inforcati gli occhiali, si mise a disegnare sulla mappa strane sequenze di numeri e lettere, borbottando che quello non era niente ancora, e lui poteva fare molto di più. Ma dovevamo farlo lavorare, perché se no non saremmo mai arrivati a una soluzione. Lui ora sarebbe restato in piedi tutta la notte anche per noi, e se le potenze lo aiutavano, forse in pochi giorni, o domani stesso, avremmo avuto in mano le chiavi di "quell'altra parte". Adesso era sicuro della strada da seguire.

«È il quartiere Stella, nella Sanità, era così facile. È là che deve cadere la punta della stella con i luoghi dell'energia... Si deve solo vedere come dev'essere l'inclinazione, perché se no una punta va a finire di nuovo a mare...»

Lo lasciammo che fissava la carta ormai scarabocchiata da tutte le parti mentre ripeteva che una punta non poteva finire a mare, e quella che cominciava sarebbe stata una notte giusta...

Fuori, per i vicoli, si sentivano i motorini accelerati al massimo, e la puzza di frittura si mischiava agli scarichi delle macchine e ai richiami sguaiati. Io e Landrò non riuscivamo a spiegarci la faccenda dei boati e del rollìo. Il terremoto lo avevamo sentito veramente? E com'era possibile che solo noi ce ne fossimo accorti? O forse era che il terremoto ce l'avevamo nel cervello? Morvo ci ignorava, camminando più avanti, agitato, e presto ricademmo nel silenzio. Dopo un po' senza salutare, con la testa affossata nelle spalle, Morvo se ne andò, sibilando tra i denti che se Fulcaniello non faceva quello che doveva fare, lui lo ammazzava a coltellate. Salì di fianco al Policlinico quasi di corsa, mentre noi scendevamo stancamente giù per i Tribunali.

I "pochi giorni" che Fulcaniello aveva posto come limite alle sue ricerche si moltiplicarono. Intanto l'esoterista andava rivelando un carattere molto meno semplice di quanto avessimo pensato la prima volta, e ci appariva bizzarramente colto. A volte io e Landrò parlando di lui avanzavamo l'ipotesi che i tratti che a noi apparivano ridicoli, da spiritista di terz'ordine, fossero in realtà solo una copertura da lui prudentemente adottata per non svelare appieno la sua reale forza. Lo stesso Fulcaniello una volta si era lasciato sfuggire una frase dell'autore delle *Dimore filosofali* che condannava ogni opera scritta o comportamento dove si svelassero in modo palese i "segreti dell'arte". E se anche l'aria così poco magica di Fulcaniello fosse stata una maschera? Del resto quella specie di terremoto che aveva colpito quella sera solo la sua casa era rimasto inspiegato, e così la facoltà che Fulcaniello aveva dimostrato di possedere al più alto grado: il calcolo mentale.

Ma Fulcaniello ci sorprese una sera anche con la storia della moglie. Quella che lui chiamava Zinaida, abbreviandone spesso il nome in Zinà o Zizì, non si chiamava veramente così. Il suo vero nome era Pasqualina Pozzo, "in arte Zizì, soubrette di café-chantant". Fulcaniello l'aveva conosciuta molti, molti anni prima, e ne aveva divinato, a suo dire, le capacità medianiche. Lui le aveva detto chiaramente che la sposava per fare di lei una medium, e per nessun'altra ragione. Un "vero mago" disse accigliato Fulcaniello, non poteva certo dissipare la sua forza in "infantili giochetti corporali", e doveva restare rigorosamente casto. Zizì si era lasciata convincere a sposarlo, ma appena fuori dal café-chantant, era sprofondata in una paurosa bulimia, che l'aveva condotta a essere come ora potevamo vederla. Ma la cosa davvero sconcertante, ci confidò un giorno Fulcaniello, era che in lei riviveva Zinaida Gippius, la poetessa e spiritista russa, e lui, Fulcaniello, ne aveva delle prove certissime.

«Prima di tutto, l'età. Avete fatto caso alla sua pelle, qualche volta?»

Noi dicemmo di sì, e che appariva straordinariamente giovanile rispetto all'enorme grassezza e alla probabile età che aveva. Soddisfatto, Fulcaniello si fregò le mani e, come parlando a se stesso, disse che lui aveva anche altre prove, ancora più sicure.

«Non pretendo che mi crediate, ma posso dirvi che Zinaida ha più di cento anni. Molti, molti di più!... Questo però è un argomento su cui non voglio più tornare.»

Era uno scherzo? Fulcaniello si prendeva gioco di noi, e continuava la sua mascherata? Era difficile districare in lui il serio dal ridicolo, il possibile dall'impossibile. Una sera ci riferì anche che lui e sua moglie, anni prima, su richiesta di alcuni aristocratici russi, avevano fatto parlare il poeta Alessandro Blok e l'altro, quello che gli voleva togliere la moglie... Ah, sì, Andrea Belyj... Si chiamava così, no? Landrò a sentire questo scattò su a dire che lui non ci credeva, ma se era vero dovevano evocarli di nuovo, davanti a noi. Fulcaniello accettò, e disse che avremmo tentato una "evocazione" quella sera stessa.

Ma la seduta, nonostante l'assenza di Morvo, richiesta esplicitamente da Fulcaniello, fu un fallimento. Nel suo dialetto strettissimo Pasqualina-Zinaida vomitò fuori solo una serie interminabile di ingiurie. I tre rappresentati dalle sue voci – Blok, Ljuba e Belyj – sembravano vaiasse o zoccole che si scannano a un angolo di via. Solo a tratti dal garbuglio di voci sguaiate uscivano mozziconi di frasi che parevano in russo, e brandelli in un italiano sfigurato da una profonda cadenza dialettale: "Borja caro, devi capire"... "Ascolto una musica inaudita"... "Hai avuto le dieci libbre di zucchero, Ljuba carissima?"... "Non temo la tenebra notturna"... "Sì, è stato Vladimir Sergeevic Solov'ëv"... "Caro fratello, stimatissimo Aleksandr Aleksandrovic!"...

A questi lacerti di frasi, la voce, anzi le voci di Pasqualina-Zinaida sovrapponevano frasi concitate, frenetiche, sconclusionate: " 'O mistico? 'A bellissima dama? Isso è ricchione e chella è 'na zoccola!"... " 'E poeti nun so' bbuoni... Che ti credevi? Scema!"... "Adda murì! 'Na palla dint' 'a capa. Io 'o sparo!"... "Me ne vaco io, io... Sì! faccio 'a soubbrette, che c'hai dai dire, Sasà?"... "Sì, sì, te piace 'e fà 'a schifosa! Schifo'!"... "Anarchismo mistico? E che è? Tu si' sulo nu pagliaccio...".

Zizì faceva tutte le parti: una vocetta melliflua di donna, un tono metallico e appena roco, e un isterico falsetto. Alla fine della seduta Zizì precipitò come in un marasma, sembrava che i tre venissero alle mani tra loro, si sfidavano a duello, si sparavano, si lanciavano improperi da carrettieri. Si capiva che Belyj voleva a tutti i costi andare a letto con la moglie di Blok, e che lei ora diceva di sì e ora lo prendeva per fesso, mentre Blok le recitava versi in cui la paragonava alla "Santa Vergine" e le affidava "la salvezza dell'umanità". Quella sera Pasqualina-Zinaida mangiò ancora più delle altre volte, e Fulcaniello dovette correre in una pizzeria vicino a casa sua per ordinare, dopo il gelato che la moglie si era risucchiato direttamente dalla vaschetta, tre pizze sovrapposte, un vassoio di calzoni imbottiti e una busta enorme di zeppole fritte e panzarotti.

La seduta spiritica ci disgustò profondamente. Era quello l'uomo che diceva "no ai giorni del presente"? E la bellissima dama era solo un'oca senza cervello? Non era quella, non erano quelle le voci che avevamo sentito noi. Le nostre parlavano di "simboli arcani", di un "cerchio non aperto", di uno "stregato tenebroso amore"... Dov'era "la musica di altri mondi" in quel guazzabuglio? Erano rimaste solo l'umiliazione, la sporcizia, la cupezza, la miseria. Di evocare Blok e tutta la compagnia non ne parlammo più. E a un certo punto, che Zizì fosse o no l'incarnazione di Zinaida Gippius, concludemmo, forse era meglio non scoprirlo mai.

Lo spiritismo si confermava come una cazzata: ma la "trasformazione" operata dalla "magia fisica" a cui a volte accennava misterioso Fulcaniello? Quella sembrava interessante, e si poteva collegare a Nietzsche, a certi passi incomprensibili di *Così parlò Zarathustra* e alla teoria della volontà di potenza. E Fulcaniello ci prestava i libri di Agrippa, del conte di Saint-Germain, di Nicolas Flamel, di Eliphas Levy e di tutti gli altri. Voleva sapere che cosa ne pensavamo, e le discussioni giravano ostinate intorno a un chiodo fisso: era da interpretare alla lettera, tutto ciò? O si trattava solo di esperienze interiori? E cos'era esattamente che si trasformava nell'opera magica? E soprattutto: la realtà, la bestiale realtà, esisteva davvero? Qui Landrò si ritrovava nel suo elemento. Lui e Fulcaniello potevano stare ore intere a rigirarsi una frase, a spremerla, a rivoltarla, facendole dire tutto e il contrario di tutto. Morvo invece non veniva quasi più da Fulcaniello, perché secondo lui quelle discussioni erano cose "da ricchioni", e Fulcaniello invece di "sbariare" con noi avrebbe fatto meglio a perfezionare la mappa. E poi lui aveva scoperto uno scritto di un allievo di Fantappiè che modificava alcuni dei suoi calcoli, e ora doveva riordinare le schede. Comunque, se il vecchio pazzo non finiva presto la mappa, lui gli apriva la pancia, e dopo faceva lo stesso pure con noi.

Ma Fulcaniello andava avanti. A volte si lamentava della posizione esoterica di casa sua.

«È un luogo di forza, sì, perché qua ci sono stati i maghi egiziani. Ma è anche situato troppo vicino alla cappella di Raimondo di Sangro, il principe di Sansevero, e l'equilibrio allora si rompe. Non ci sta più equilibrio, niente più... Ma 'o principe...»

Quando era particolarmente nervoso, Fulcaniello si lasciava sfuggire anche lui qualche parola in dialetto, e la questione del principe di Sansevero era di quelle che lo innervosivano.

«Eh, 'o *Cristo velato* è importante. La statua che fanno vedere non è quella autentica... No, no! Quella vera non sta più nella cappella.»

Secondo Fulcaniello il "vero" *Cristo velato* concepito da Raimondo di Sangro giaceva a grande profondità, "da queste parti", in una cava dove ardeva il Lume Eterno che Raimondo di Sangro era veramente riuscito a costruire. Sì, perché quella era una cosa che nessuno sapeva. Tutta la cappella Sansevero era solo uno specchietto per le allodole, fumo negli occhi. Il principe la vera cappella l'aveva costruita sotto terra. E là dentro ci stava il Lume Eterno, una lampada dall'energia inesauribile che realizzava il sogno del moto perpetuo. E secondo noi qual era l'energia con cui funzionava il Lume, eh? "Energia spi-ri-tu-a-le", scandiva Fulcaniello. E lo sapevamo l'enorme quantità di energia che il Lume Eterno risucchiava per funzionare? Quella era tutta forza in meno a cui poter attingere per il nostro tentativo...

Ma lui non sapeva queste cose quando si era stabilito là? gli chiedevamo. Eh, lui sapeva tutto, ma aveva fatto un piccolissimo errore di calcolo, e comunque noi che dovevamo capire di quelle cose? Aveva già parlato troppo. E poi non ci dovevamo preoccupare, perché nonostante il risucchio di energia, il lavoro alla mappa proseguiva. E questo doveva essere l'anno buono.

«I calcoli dicono che è l'anno giusto. I due nove che si accoppiano al centro, e i due uno ai lati... È una simmetria perfetta. E quanto fa nove e uno? Dieci... E dieci è numero di perfezione. Ma il giorno, eh, quello è più difficile da calcolare... Ma ci sto vicino, molto vicino.»

Così le discussioni sull'energia riprendevano. Per Fulcaniello, Morvo su questa cosa aveva assolutamente ragione. L'energia psichica era equivalente a quella fisica, e la materia non contava niente. Così solo quella che si poteva suscitare con mezzi non materiali era la vera energia, l'energia inesauribile. L'uovo mitologico che scoppia, e da cui esce il mondo, non era una fantasia: l'uovo alchemico conteneva la materia prima, cioè l'energia che rompeva tutte le barriere e "faceva nascere le cose". Non lo aveva detto anche Nietzsche? "Una forza più grande cresce, e un nuovo superamento. Grazie ad essa si frantumano l'uovo e il suo guscio..." Non era così? L'aveva scritto in *Così parlò Zarathustra*, e Nietzsche di energia ne capiva, no? Ma tutti si erano sbagliati nel raffigurare quello che c'era dentro l'uovo: solo lui, Fulcaniello, aveva trovato un accenno, oscuro agli altri ma evidentissimo per chi sapeva capire, una traccia che spiegava tutto.

«E dall'uovo lo sapete che esce? Ve lo riuscite a immaginare?... Dall'uovo che scoppia spunta un fungo... Eh, nu fungo...»

Ci faceva vedere un'antica incisione con questo fungo e la didascalia che diceva "nato in una sola notte". E cos'era quella forza che faceva nascere il fungo se non l'energia atomica? Anzi, qualcosa di molto più potente.

«E che vedete, qua? 'O sole! 'O ffuoco! L'energia primordiale dello spirito...»

La cosa per lui non aveva bisogno di commenti. E la stella, la "stella fiammeggiante" e quel sole-fungo erano esattamente la stessa cosa: il centro di tutta l'energia che aveva fatto nascere il mondo dallo scoppio dell'uovo, e che ora si era immagazzinata in particolare in certi luoghi. E non c'erano dubbi, non ci potevano essere dubbi: quell'energia noi l'avremmo trovata.

In realtà io e Landrò ci rendevamo conto di esserci messi da soli in un vicolo cieco. Sarebbe finito tutto nelle sedute spiritiche e nelle interminabili discussioni sull'interpretazione da dare al *Saggio sulle visioni di spiriti* e al *Grande Arcano*? O Fulcaniello e Morvo sarebbero davvero riusciti a suscitare l'energia di cui erano a caccia? Morvo ci minacciava in continuazione di ammazzarci, o di ammazzarsi lui sotto i nostri occhi, e più di una volta aveva tirato fuori il coltello dicendo che doveva fare un buco nello stomaco di Fulcaniello, e dopo avrebbe pure sgozzato quella fogna della moglie facendole uscire dagli occhi tutta la roba che si ingozzava. Ma continuavamo a dire che, certo, anche se pareva impossibile e pazzesca, la cosa non poteva essere trascurata. E poi nessuno di noi voleva fare la figura del vigliacco, di quello che si tira indietro per paura. Landrò se ne usciva fuori di continuo con l'esempio "psicologico" di Yeats. Chi era Yeats prima di entrare nella Golden Dawn, la famosa associazione esoterica? Solo un poeta come tanti, anzi "anche più fesso". Era diventato William Butler Yeats solo grazie alle forze occulte, e con l'aiuto degli "istruttori" evocati dalla moglie medium.

Ma non credeva veramente alla favola delle "facoltà", delle "fasi cicliche", delle "tinture" e a tutte le farneticazioni di *Una Visione*? gli obiettavo debolmente. Non ci credeva neanche per il cazzo, rispondeva Landrò, ma mi ricordavo del passo sulle energie? Come diceva? "Le cose che vengono dal soprasensibile danno volontà", e Nietzsche aveva scritto che "volere libera". E questo era importante, la volontà era il problema dei problemi, o no?

E così tornammo a leggere Yeats, ad aggirarci nel labirinto delle "tre energie", dei "cicli" e del "tredicesimo Cono", mescolandoci la volontà di potenza, la libertà e la teoria di Morvo.

Intanto in qualche misterioso modo Morvo e Fulcaniello cominciavano a trovarsi sempre più spesso d'accordo. Fulcaniello provava a tradurre nel proprio linguaggio quelle che ormai considerava le "visioni" di Morvo, e addirittura cercava di provocarle. Una sera, alla fine di agosto, ci fu una discussione che si prolungò per ore. Aveva cominciato Fulcaniello portando il discorso sulla setta di don Sesamo, sostenendo che fino a quel momento aveva taciuto solo per "opportunità strategica".

«Eh, quelli là non sono nemici da niente. Quelli so' pericolosi. Sono guidati da comandi delle forze inferiori, questo è vero, però hanno un profondo contatto con le tenebre...»

«I' 'o prevete l'acciro cu' 'ste mmane!» gridò Morvo facendo il gesto di spezzare qualcosa sul ginocchio.

«Eh, fosse facile! Quello là, 'o capo, don Sesamo, non è scemo. Eh, quello è il capo di una setta segreta dedita al male.»

«Ma don Sesamo cita in continuazione i testi sacri.»

«Appunto, perciò è pericoloso. I figli del male non sono spariti, anche se ora si chiamano Salutisti per la Salvezza. Il male non sparisce, ma si traveste da bene. E loro si travestono... Che vi credete? Voi siete entrati in contatto con una forza che non potete capire. Per me» e Fulcaniello fece una smorfia di disprezzo, «per me quelli sono come una manciata di sabbia, ma per voi...»

«Cheste ccà so' strunzate, so'. A loro ci pensa questa!» disse Morvo, tirando dalla tasca dei pantaloni la pistola con cui aveva sparato a don Sesamo.

«Sì, sì... Così ti credi. Come se fosse facile uccidere un salutista! Ma comunque, ormai sono vicino alla soluzione.»

Come? Aveva individuato sul serio il luogo specifico delle forze? Assalito dalle domande, Fulcaniello ci disse di fare silenzio. L'errore principale era stato fatto con la stella.

«La stella doveva andare sotto alla città, sottoterra. Tutto quello che ci sta sopra non conta, è nelle profondità che si nascondono le forze.»

Ogni luogo geografico aveva una sua specifica forza psichica, e solo riconoscendola si poteva agire su di essa. La conoscevamo la storia di don Carlo Ulcano? Quando questo nobile napoletano era arrivato nel convento dei Girolamini, si era scatenata la fine del mondo: rumori infernali, macigni che cadevano, preti spinti a terra mentre dicevano messa, un'energia spaventosa che minacciava di distruggere tutto si era messa in moto. Ma quando l'aspirante monaco fu allontanato dal convento, di colpo i disordini cessarono. Forse Carlo Ulcano era uno stregone? No, non era don Carlo Ulcano, secondo Fulcaniello, che faceva scatenare i demoni: lui era solo il catalizzatore incosciente di "una forza di ribellione" che animava i monaci, e sotto e attorno a loro, la città.

«E allora?»

«E allora abbiamo sbagliato tutto. Questa città vive sottoterra, e così le sue energie. È chiaro?»

Nel 1656, nel tempo della peste, la fogna sotto a via Toledo, il "chiavicone", era stata inzeppata di cadaveri, materassi, piatti, vestiti, con la speranza che un "lavarone" si portasse via tutto verso il mare. E lo stesso era accaduto con la grotta degli Sportiglioni, che ora non c'era più. Là si buttarono non soltanto i cadaveri, ma pure i moribondi, e gente ancora "viva viva", solo per il sospetto che fosse stata contagiata. Era sempre stato così, la città di sopra buttava sotto tutto quello che considerava infetto.

«Ma là ci sta un'energia che farebbe scoppiare diecimila mondi: l'energia della sopravvivenza!»

Che erano, al confronto di quell'energia tutte le bombe atomiche della terra? Perché non veniva mica dai cadaveri, quella forza! Era proprio il fatto di avere sempre buttato energia sottoterra, di non averla mai adoperata nella realtà, che aveva accumulato sotto la città una forza immensa.

Si erano mai veramente ribellati a qualcuno, in quella città? O a qualcosa? Tutte rivolte fasulle, finite subito, dove c'erano quattro coraggiosi e dietro a loro il vuoto. Non era stato così nel novantanove? Le ribellioni vere quelli le facevano per il cardinale Ruffo e il Re, benedetti dal loro unico dio, " 'a panza". Sì, forse la loro era un'energia maligna, però sempre energia era. Non stavano sempre attaccati alla famiglia, tutti insieme a odiarsi felici, figli di mamma fino a quando non morivano? Quanta energia avevano risparmiato, così? E li avevamo visti come mangiavano? Pareva che da quello sciacquarsi in continuazione la bocca di "vermicielle a' vongole" dipendesse la loro vita, che ogni boccone dovesse essere l'ultimo. Avevano subito tutto, da tutti, sempre. Eppure non schiattavano mai, sopravvivevano, si moltiplicavano. Dove l'avevano messa la loro forza? Avevano detto sempre di sì, ringraziato pure per la monnezza che gli davano da ingoiare, baciato mani e piedi a vivi e morti. Ma la tenacia, l'energia della cozza che si "zuca" ettolitri di fogna e sopravvive, da qualche parte doveva pur stare! E dove? Dove si era nascosta l'energia della sopravvivenza? Solo sotto terra, solo là c'era spazio abbastanza... Lo potevamo forse contraddire? Erano secoli e secoli che quella gente buttava tutto sotto, lo seppelliva, lo faceva succhiare alle caverne scavate sotto la città.

«Questa città è una bomba, e noi la dobbiamo far scoppiare!»

Secondo Fulcaniello, tutto il sottosuolo era un'enorme riserva. Dove aveva preso le "energie" don Raimondo per il suo Lume Eterno? Ora anche lui lo aveva capito: dalla volontà di sopravvivenza, l'unica cosa che quegli sfessati producevano.

Morvo era quasi fuori di sé. Girava attorno al tavolo e si sbatteva i pugni sul petto, sul tavolo, sul muro, dove capitava. Afferrò per un braccio Fulcaniello e si mise a ballare con lui, trascinandoselo appresso in un selvaggio pestare di piedi. Poi lo lasciò andare, dopo averlo abbracciato e baciato, e, sempre senza fermarsi, cominciò a parlare lui. Era giusto, era assai giusto. Tutta "chella munnezza" si sarebbe trasformata in energia, un'energia spettacolare! Perché se Jung "tene raggione", gridava, allora quella era l'energia che poteva veramente mettere in moto la materia. "È vero" ripeteva, "è vero!" L'altra dimensione di Fantappiè esisteva, ed era quella. E pure "Nicce 'o pazzo", non diceva che la volontà di potenza era tutto? E che la voluttà, la sete di dominio e l'egoismo erano la grande forza del mondo, l'unica potenza? Eh? Che diceva mo' Landrò? "Tutto quello che è peggiore nell'uomo è anche la sua migliore energia"! 'O profeta diceva proprio bene. E che ci stava di più potente della volontà di sopravvivenza? Morvo pareva fuori di sé, e ben presto le sue frasi sconnesse si trasformarono in interiezioni, alzate di spalle, e in un tic che gli faceva muovere a scatti la parte sinistra della faccia come se tremasse.

Intanto Fulcaniello aveva steso sulla tavola un'altra mappa, e ce la stava illustrando.

«Qua, vedete? Il problema è per dove entrare, in questi luoghi. Perché ci stanno nemici che tappano le uscite e gli ingressi. Ma noi ci entreremo da qui: dentro 'o Cuorpo 'e Napule!»

Il Corpo di Napoli, ci spiegò Fulcaniello, era proprio la zona dove ci trovavamo ora. Là, sotto piazza Nilo e tutto intorno, si concentrava la forza principale. Ma per dove saremmo scesi, e come avremmo catalizzato le forze? Fulcaniello aveva pensato a tutto. Per dove saremmo scesi, questo per ora lo sapeva lui solo, perché era meglio tenerlo il più segreto possibile. Ma ci poteva dire che con noi avrebbe collaborato anche Zinaida. Solo Zinaida poteva riuscire a convogliare le energie e a resistere al loro primo urto.

«Zizì soltanto è forte abbastanza. Funzionerà da accumulatore e insieme da suscitatore... Ma ci dobbiamo stare tutti quanti. E non ne dovete parlare con nessuno.»

L'impresa era rischiosa, non ci poteva spiegare tutti i perché, ma se volevamo ci potevamo ancora tirare indietro. Solo che avevamo ormai poco tempo: il giorno fissato per la discesa era il ventinove del mese, e non si poteva più aspettare, perché agosto era il mese del fuoco. I suoi calcoli erano ormai sicuri, la somma del nove e del due dava un numero a due facce, un numero doppio che indicava la congiunzione possibile fra il Sopra e il Sotto. Non c'era più tempo, disse Fulcaniello: e solennemente ci dette appuntamento per la sera del ventinove.

Quando fummo in strada, Morvo ci ingiunse di non fare scherzi, e di presentarci in orario all'appuntamento.

«O se no...» e batté la mano sulla tasca dove teneva la pistola, infilandosi con un guizzo in una stradina.

Per un po' proseguimmo in silenzio. Poi, come parlando a me stesso, dissi:

«È 'na strunzata, Landrò.»

«E secondo te io non lo so, eh? Ma quello non farà niente, so' mesi che parla di scendere sottoterra... Sarà 'a solita seduta, quello fa solo chiacchiere.»

«È una stronzata lo stesso.»

Sì, lo sapeva anche lui. Ma mi ero scordato di "quel pazzo scatenato" di Ciro?

Landrò si mise a sghignazzare.

«Quello ci fa la pelle! Quello ci spara prima che diciamo a!»

E poi mi rendevo conto che ero contraddittorio? Ero stato proprio io a sostenere che in tutte le cose "bisogna sempre andare fino in fondo": e ora che volevo? Feci un gesto come per dire che non volevo niente, e allungai il passo per non sentirlo. Lo sapevo, che ci saremmo andati: per ozio, per vedere come andava a finire, perché non ci facevamo mai i cazzi nostri.

Era tardissimo, e scivolavamo per i vicoli con l'aria di chi è inseguito da qualcosa, ma non si volterebbe indietro per nessun motivo al mondo. Mi sentivo come se mi mancasse il tempo di pensare, e le domande si affollavano a brandelli nella testa. Non vedevo niente di quello che mi circondava, e mi accorsi che ormai da qualche minuto ripetevo solo tra me e me, come una formula magica o un ritornello imbecille: 'o cuorpo 'e Napule, 'o cuorpo 'e Napule, 'o cuorpo 'e Napule...

La sera del ventinove, alle undici, eravamo tutti riuniti da Fulcaniello. L'esoterista dette a ognuno un paio di occhiali scuri: quando l'energia avrebbe brillato nel suo pieno fulgore, disse, gli occhiali ci sarebbero bastati a malapena per non diventere ciechi di colpo. Ma la vera sorpresa non era ancora arrivata. "Madame Zinaida", come proferì pomposamente Fulcaniello, doveva venire con noi, giù.

«Ma non doveva restare sopra a fare da accumulatore e tutto il resto?»

«Non ce la faremo mai a portarla nei cunicoli» constatò schifato Landrò.

«La dobbiamo portare sul posto. Non può riuscire, se no.»

Fulcaniello corse di là e ritornò nella stanza portando una specie di basso carretto di legno con sei rotelle di metallo, tre per lato.

«E questo giocattolo dovrebbe sostenere Zinaida?»

«Ce la fa, ce la fa. È già sperimentato.»

Più che un carretto il marchingegno era una tavola che, comprese le rotelle, non era più alta di quindici centimetri. Su di essa, a dire di Fulcaniello, Zinaida sarebbe stata trasportata nei percorsi in piano.

«Ci stanno due maniglie per farla reggere, e qua... Qua sotto, sì, c'è una doppia corda per tirare il carretto.»

Ma non era tutto. Fulcaniello sparì di nuovo per qualche minuto, ritornando con uno zaino che a stento riusciva a trascinare. Lo posò a terra e lo aprì.

«Vedete? Ci stanno tre thermos da due litri. Zinaida potrebbe aver bisogno di mangiare... Anzi, dopo l'esperimento dovrà assolutamente sostenersi, e abbiamo preparato un pasto caldo.»

«Ma si se schiatta p' 'o calore!» sbottò Morvo, che fino a quel momento era stato zitto.

«Lei è abituata così. È un brodino ristretto, assai tirato, con le polpettine di carne e la pastina. Così non serve il cucchiaio o il piatto, eh? Zizì mangia e beve tutto in una volta... Ah, mi scordavo di dirvelo, ma là sotto farà freddo, un freddo tremendo.»

E da un angolo Fulcaniello portò alla luce quattro coloratissime giacche a vento imbottite, tutte a fiori gialli e azzurri, scusandosi perché era riuscito a trovarle solo così.

«All'ultimo momento me l'ero proprio scordato.»

In quel momento, comparve Zinaida spalancando la porta. Aveva addosso tutti i suoi gioielli, e portava, su una gonna giallo-oro e un bolero da cui si intravedevano uscire le enormi braccia nude, una pellicca azzurro stinto a pelo lungo, che la faceva somigliare a un inverosimile animale nordico. Sentii Morvo che bestemmiava sottovoce, come in una litania, poi mi fece un cenno e prendemmo Zinaida reggendola sotto le ascelle. A Landrò fu affidato lo zaino con i thermos, e cominciammo a scendere. Ci precedeva Fulcaniello con il trabiccolo. La discesa delle scale fu tormentosa. Non ci stavamo tutti e tre su uno scalino, e a malapena ci passava Zinaida. Allora un poco la spingevamo e un poco la tiravamo, ma bisognava stare attenti a non farla capitombolare giù. Per giunta Fulcaniello ci metteva fretta.

«A mezzanotte! Dobbiamo entrare nel Corpo a mezzanotte! Fate presto, presto...»

Per fortuna in strada dovemmo percorrere così non più di centocinquanta metri. Sull'acciottolato Fulcaniello ci impose di non usare il trabiccolo, per paura che si rompesse qualche ruota o il rumore ci facesse notare. Noi ci aspettavamo che, superato lo spiazzo del largo prima di piazzetta Nilo, ci saremmo fermati. E invece, sospinti dai cenni frenetici di Fulcaniello, dovemmo proseguire, fermandoci poi di fronte alla chiesa del Gesù Nuovo, che lui chiamava palazzo Sanseverino. Dopo essersi guardato sospettosamente intorno, Fulcaniello estrasse dalla tasca una chiave enorme, aprì ed entrammo, richiudendoci la pesante porta alle spalle.

«Lo dovevate sapere solo ora: è luogo magico, questo! Luogo di accesso alle forze segrete. Li avete visti i segni sul bugnato? Nessuno li ha saputi decifrare, i segni, nessuno! Ve lo avevo detto, eh? Ma Fulcaniello conosce, Fulcaniello sa, e decifra.»

Noi eravamo troppo occupati a trasportare Zinaida per prestare molta attenzione a quello che stava dicendo Fulcaniello. Intanto dal grosso sacco che l'esoterista si era trascinato dietro, spuntò un piccone, e Fulcaniello lo porse a Morvo. I due parevano già essersi intesi, perché Morvo, alla luce della pila di Fulcaniello, cominciò ad attaccare a picconate una parete che sembrava avere almeno due metri di spessore. E invece, dopo pochi colpi, un sottile muro crollò, e Fulcaniello ci fece segno che dovevamo entrare. Dietro il muro c'era una specie di camera circolare, con al suolo una lastra. La camera era completamente buia, senza finestre e senza feritoie, e l'unica apertura era quella che ci avevamo fatto noi. Morvo sollevò la lastra di metallo, e da quello che pareva un pozzo arrivò una zaffata di un umido pestilenziale.

«È l'ora. Non possiamo perdere nemmeno più un minuto. Giù!» disse Fulcaniello, e cominciò a scendere quelli che sembravano gradini. In fretta, indossammo anche noi le giacche a vento a fiori, e spingendo e tirando Zinaida, ci muovemmo per seguirlo. Ma Zinaida non voleva spostarsi.

Come risvegliata dal suo perpetuo dormiveglia, aprì le palpebre e disse:

«Tengo famme! Voglio magnà!»

Da giù arrivava la voce di Fulcaniello.

«Presto, che aspettate? Dobbiamo rispettare l'ora!»

Allora Landrò prese un thermos dallo zaino, svitò il tappo, e dette il thermos a Zinaida. La donna lo afferrò e se lo portò alla bocca come un poppatoio, mentre noi cominciavamo a spostarla. Appena avuto il thermos, infatti, Zinaida aveva richiuso le palpebre e si era lasciata sospingere senza proteste. Le scale erano scavate nel tufo, e giravano in circolo, proprio come in un pozzo. Mentre scendevamo, con la paura di cadere o di far cadere Zizì, nel silenzio e nel buio si sentiva solo il risucchio gorgogliante del brodo che veniva aspirato e ingoiato da Zinaida. Finalmente arrivammo su una superficie in piano.

«Ora ci riposiamo un poco» disse Fulcaniello.

Eravamo sudatissimi, ma ci accorgemmo che, proprio come aveva previsto Fulcaniello, la temperatura là sotto si era abbassata di molto.

«Qui si può spingere col carro» disse Fulcaniello, mentre cercavamo di sistemare Zinaida sul carretto. Non era facile, perché la donna, inerte, lasciava cadere ora una ora l'altra coscia fuori dal carretto. Allora Fulcaniello disse che potevamo tirarla anche come stava, tanto i piedi non le servivano. Così la sistemammo alla meglio, e Morvo ebbe l'idea di legarle le caviglie insieme con uno spago, per non far cadere le gambe fuori dal trabiccolo. E ci mettemmo in marcia.

Il sudore mi si era ghiacciato addosso, e ora quasi battevo i denti. Ma spingere il carretto con Zinaida mi fece di nuovo sentire caldo e sudare, e a ogni piccola sosta l'umidità penetrante del sotterraneo mi faceva rabbrividire. Fulcaniello pareva ripreso dall'entusiasmo, e ci incitava a proseguire: "Siamo vicini, vicini", ripeteva. Landrò non parlava, mentre

Morvo sembrava riafferrato dal nervosismo. Lo sentivo mormorare a ogni passo contro Zinaida " 'sta fetenzia 'e femmena", intercalando al ritornello frasi e gesti osceni. Ogni tanto si sfogava sferrandole, di nascosto, un calcio nella pelliccia, ma senza suscitare nella donna alcuna reazione.

Andavamo avanti. Ma già da un poco mi sentivo preso da una specie di vertigine, come se stessimo ruotando in circolo. Lo dissi a Landrò, e lui mi rispose che provava la stessa sensazione, ma che forse era per la scarsità di aria. A un tratto Fulcaniello si fermò, cacciò di tasca la mappa e, inginocchiato a terra, si mise a consultarla. Qualcosa non andava.

«Ma questa gira!» esclamò Fulcaniello. «Gira! E invece deve essere diritta, e poi finire a angolo... La punta, capito? La punta della stella...»

Illuminando la mappa con la torcia elettrica, Fulcaniello ci spiegò che quella strada, come lui solo aveva scoperto, doveva essere la via di accesso al Lume Eterno di don Raimondo, ma qualcosa non funzionava: la stella "non si disegnava". Ci eravamo fermati in uno slargo, e più avanti si vedevano tre archi, ognuno dei quali sembrava portare in una direzione diversa. Secondo Fulcaniello prendere la strada sbagliata poteva esserci fatale.

«E mo'?» disse Morvo con aria minacciosa.

«E ora, e ora dobbiamo consultare Zinaida.» Fulcaniello si avvicinò alla moglie e le ruotò di qua e di là la testa, più volte, per poi lasciarla andare di colpo.

«Ecco! Ecco!» disse trionfante, «la testa indica là, a sinistra. Andiamo!»

Ma Zinaida con quelle manovre si era svegliata, e dovemmo allungarle un altro thermos. Fulcaniello ora sembrava di nuovo sicuro.

«È il labirinto di don Raimondo! Ho capito! Perché non si doveva permettere a nessun profano di arrivare al Lume, e allora lui per ingannarli ha costruito un vero labirinto.»

Ma Morvo non sembrava per niente convinto, e i due cominciarono a dialogare fittamente tra loro. Fulcaniello dispiegò di nuovo la mappa, e vi si chinarono su entrambi, continuando a discutere. A un tratto Morvo scoppiò a ridere istericamente, e, tirata fuori la pistola, la fece girare sulla propria testa gridando:

«I' v'acciro a tutte quante! Avite capito?»

Ora basta, gridava Morvo, ora dovevamo "fare l'uommene!", era venuto il momento. Se l'energia della sopravvivenza c'era, c'era pure là, e era solo una fisima andare a cercare il Lume di "chill'ato strunzo aristocratico!" Fulcaniello provò a spiegargli che ormai erano vicini, gli indicava un punto sulla mappa, ma Morvo non ne voleva sapere. Zinaida intanto si era messa a gridare come una gallina sgozzata.

«Tengo famme! Voglio magnà!»

Ma Fulcaniello non voleva che le dessimo un altro thermos, perché se no dopo come avremmo fatto? Il cibo per Zinaida si doveva conservare, ora non era il momento di sprecarlo. Ma Morvo si mise a urlare che lui se ne fotteva, e non ce la faceva a sentirla, e era meglio che " 'o brodo c' 'a pastina a chella cessa" glielo davamo subito. Fu allora che mi accorsi che stava succedendo qualcosa. Avevo i piedi bagnati, non a causa dell'umido, ma proprio perché il suolo del cunicolo era coperto da uno strato di acqua. Se ne erano accorti tutti.

«Sopra sta piovendo!» disse Fulcaniello.

Ma non era possibile, aggiunse poi. Non solo la serata era limpidissima, ma i suoi calcoli non prevedevano alcuna pioggia. E allora? L'acqua pareva aumentare di livello a vista d'occhio: che dovevamo fare? Fulcaniello parlava ad alta voce, da solo. Che quello non era nei segni, e quindi non era possibile! E se passava il giorno giusto, avremmo dovuto aspettare anni e anni! Aveva ragione Morvo: dovevamo tentare subito!

Si era deciso. Senza far scendere Zinaida dal carretto, Fulcaniello ci disse di disporci in cerchio, tenendo le mani allacciate. Zinaida dopo il terzo thermos era di nuovo caduta nel sonno, e sembrava non essersi accorta dell'acqua che la bagnava.

«È una stronzata» disse Landrò, «io me ne vado.»

«E dove? Dove vai? Non sai nemmeno per dove si risale...»

«Voi da ccà nun ve muvite! Si no i' v'acciro!»

Intervenne Fulcaniello:

«Ora basta! Dobbiamo avere la massima concentrazione. Forza! Liberate la mente dalle meschinità, fate il vuoto, concentratevi.»

L'acqua continuava a salire, e aveva superato il livello delle cosce di Zinaida. Cercammo di concentrarci, ma il freddo diventava sempre più forte, e non era facile non pensare a niente. E a un certo punto Zinaida rovesciò la testa all'indietro, poi in avanti, e cominciò a russare. Inutilmente Fulcaniello cercò di "stabilire il contatto": quello di Zinaida non era uno stato medianico, ma un sonno profondo.

In quel momento si sentì Morvo che, puntando la pistola verso la donna, gridava:

«Mo' l'aggia fà fora!»

E sparò. Ma la pistola fece cilecca. Allora Morvo riprovò, puntandola su Fulcaniello, ma con lo stesso risultato. Preso da una specie di isteria, si mise allora a frugarsi addosso ripetendo " 'o curtiello, 'o curtiello!", ma senza riuscire a trovarlo. Io e Landrò avevamo ripreso a spingere il trabiccolo, aiutati da Fulcaniello. Morvo ci seguì, sempre frugandosi addosso e mescolando in una fiumana di maledizioni i neutrini, Fantappiè, l'energia, la pistola, l'acqua d' 'e fogne, il coltello e l'inconscio d' 'o cazzo. Ripercorremmo il cammino all'indietro, veloci per quanto ce lo consentiva Zinaida, finché arrivammo a una scala. L'acqua ora ci arrivava alla vita, e quasi alla gola di Zizì, gorgogliante di pomodori mollicci, torsi di cavolo, buste di plastica, carte unte. Abbandonammo il carretto, che aveva perso una rotella, e cominciammo a salire. Ma questa volta la scala girava in una serie di zig-zag, e non a spirale, e arrivati in cima ci trovammo di fronte a una grossa porta di legno massiccio. Morvo sembrava ormai rimbecillito, e mentre io e Fulcaniello reggevamo Zinaida, Landrò cominciò a picconare la porta. Dal foro che aveva fatto riuscimmo a sollevare la sbarra che c'era dietro e ci trovammo in una palestra. La palestra sembrava la copia esatta di quella di don Sesamo, e per un lungo istante io, Landrò e Morvo restammo a bocca aperta. Il rumore doveva aver svegliato qualcuno, perché si sentirono dei passi precipitosi, e nella palestra irruppero due uomini in pantaloncini neri.

«Sono loro!» disse Fulcaniello, e rivolto a noi ci gridò di andarcene, e di portare Zinaida in salvo. A quelli della setta di don Sesamo ci pensava lui, da solo. Ma con un grido selvaggio, Morvo si era già buttato addosso a uno dei due, e gli stava mettendo le mani attorno al collo. Fulcaniello ci spinse ingiungendoci di andare, e noi, con Zinaida, ci infilammo nella porta che doveva condurre fuori. L'ultima cosa che vidi prima di lasciare la stanza fu uno dei due in pantaloncini che dava pugni sulla testa di Morvo, e Fulcaniello che, con la giacca a vento a brandelli, sollevava in alto le braccia sostenendo una minuscola stella a cinque punte.

Fuori pioveva a dirotto. Eravamo usciti ai Tribunali, poco lontano dai Girolamini. Risalimmo la strada sotto gli schiaffi dell'acqua, spingendo Zinaida che camminava a passettini lentissimi. Le fogne dovevano essersi in parte otturate, perché la pioggia ci arrivava alle caviglie, e correva fangosa per i vicoli. Scivolavamo di continuo sul selciato, e ad ogni momento ci pareva di non potercela fare. Zinaida aveva ripreso a strillare che voleva "magnà", ma gli strilli si confondevano agli scrosci, ai risucchi, ai gorgoglii.

Nonostante la pioggia, l'aria era appiccicosa, pesante, calda, e ogni passo diventava una fatica immane. A metà strada la pioggia smise di frustarci spinta dal vento afoso, e si mise a cadere fine e regolare, avvolgendo tutto in un polverio di gocce. Dovevano forse essere le tre passate quando arrivammo, stremati, su da Fulcaniello. Ci eravamo appena tolti le giacche a vento a fiori, che il lamento di Zizì riprese altissimo.

«Aggia magnà! Pe' pietà, i' me mmoro 'e famme! Uhé, uhé... Chiste me fanno murì... Maronna mi', maronna bella... Faciteme magnà! Voglio magnà!»

Landrò si accostò a Zinaida cercando di farla star zitta, la blandì come si fa con i bambini, poi perse la pazienza e le urlò che doveva rendersi conto della situazione. Ma la donna non gli prestava assolutamente ascolto, e gridava sempre più forte. Allora decisi di andare a vedere se in cucina c'era qualcosa di pronto, e mi precipitai di là mentre Landrò cercava di farla tacere mettendole uno straccio sulla bocca.

Il disordine della cucina era completo, e in mezzo alle padelle unte, al tritacarne sporco, alle pile di piatti, agli schizzi di salsa sui muri e ai mucchi di gusci d'uovo impilati, non c'era niente da mangiare. Aprii un enorme frigorifero da macelleria e ci trovai quarti di bue sanguinolenti, agnelli interi, polli con le piume: ma tutto congelato. Dall'altra stanza arrivò un urlo feroce, era la voce di Landrò. Che stava succedendo? Di cuocere quella carne congelata non se ne parlava, allora sollevai un sacco, e sotto ci scoprii una montagna di cipolle. Senza starci a pensare sopra, riempii il sacco e lo trascinai di là. Nella stanza Landrò saltellava sbattendo per aria la mano sanguinante.

«Mi ha morso! 'Sta troia... Ma ti rendi conto, mi morde, mi voleva mangiare!»

«Non dire cazzate, Landrò.»

«No, no! È sicuro, se non facevo in tempo mi sbranava la mano!»

Mi avvicinai a Zizì e le porsi una cipolla intera, con tutta la sfoglia esterna. Ma proprio un attimo prima che la sua bocca mi raggiungesse feroce il braccio, saltai indietro. Era vero, allora! Per la fame Zizì stava diventando una cannibale. La donna giaceva dove l'avevamo lasciata, con il dorso sul pavimento, agitando i quattro arti con i movimenti di un enorme insetto capovolto. Allora le lanciai la cipolla, cercando di centrare la bocca. Con un guizzo del braccio impossibile da prevedere in quel corpaccione, Zizì la agguantò e la sgranocchiò in due bocconi, e così di seguito con tutto il sacco. Landrò, con la mano fasciata da un fazzoletto, guardava inorridito, e io non facevo in tempo a lanciarle le cipolle che quelle sparivano, divorate dalla donna. Finché Zizì piano piano rallentò il ritmo della masticazione, eruttò profondamente, e chiuse gli occhi.

Proprio in quel momento si aprì di nuovo la porta e entrarono Fulcaniello e Morvo. Fulcaniello si diresse subito verso Zizì per controllare come stesse, poi, rassicurato dal suo torpore, cominciò a spogliarsi dei panni fradici di acqua, e si infilò una vestaglia col collo di pelliccia sul magrissimo corpo nudo. Morvo si era seduto, e batteva sul tavolo con le dita, sollevando l'occhio e l'angolo sinistro della bocca a intervalli regolari, come in preda a uno spasmo. Aveva un occhio pesto con la palpebra semichiusa, il labbro spaccato che lasciava uscire ancora un filo di sangue, e le nocche delle dita spellate.

«Come siete usciti da lì?» gli chiesi, ma lui non parve aver udito, e continuò con le sue smorfie.

«Eh, siamo usciti, siamo usciti. Voi che ne dovete sapere? Fulcaniello ha il potere, ha... Che vi credete?»

Fulcaniello cominciò a spiegare che cosa era andato male, ma tornava sempre sullo stesso argomento: la setta di don Sesamo.

«Chille là sono pericolosi assai... La palestra, l'avete vista? Eh, la casa loro scende nei sotterranei... Mo' i luoghi delle forze sono inquinati.»

Avevamo fatto un errore essenziale, disse Fulcaniello. Non ci eravamo preoccupati delle "forze nemiche". Lui aveva anche indagato, ma quelli si proteggevano con lo "schermo esoterico", e proprio perché erano "rozzi e bestiali", gli S. S. erano riusciti a ingannarlo. A lui! Proprio a lui!

«A me, a Fulcaniello... A me!»

Non era possibile, eppure era accaduto. Quelli avevano anche loro una mappa del labirinto, però gli mancava l'ultimo pezzo, eh, quello gli mancava, perché ce l'aveva solo lui, Fulcaniello. E adesso, dopo la discesa sotto terra, la mappa era completa. Fulcaniello si mise a frugare nella sua giacca, alla ricerca della mappa, ma ne trasse dei fogli appiccicosi, ridotti come dei cenci sbrindellati e mollicci. Si mise allora le mani nei capelli, inorridito.

«'A mappa, 'a mappa segreta!»

Stese quella poltiglia di carta sul tavolo, ci soffiò sopra, ci alitò cercando di scollare i pezzi, ma non ci riusciva.

«Tutto da capo, tutto... 'O labirinto... 'O Lume... Mannaggia 'a morte!»

Intanto la stanza andava riempendosi di un fetore pungente: era il sacco di cipolle mangiato da Zinaida che cominciava a trasudare dalla digestione. Aprimmo le finestre, ma l'odore era asfissiante lo stesso. Fuori la pioggia era cessata, e l'afa entrava pesante. Ci sfregavamo gli occhi, cercando di frenare le lacrime, mentre Fulcaniello, piangendo abbondantemente, continuava a spiegarsi. Doveva esserci stato un passaggio sbagliato sulla mappa. Al ritorno avevamo preso una strada per un'altra, perché le influenze arcane erano negative. I Salutisti per la Salvezza erano più forti di quanto avesse pensato, ma lui non si faceva intimorire...

«Io sono Fulcaniello! Basto da solo, da solo contro tutti!»

Certo, lui non si arrendeva. E là sotto ci scendeva da solo, e senza aspettare.

«Domani! Anzi stasera stesso, contro tutti... Ma voi no,

non potete venire. È pericoloso, e poi ci basta Fulcaniello... Zizì! Zizì!... Tu stai troppo calda... Togliti 'a pelliccia... Povera Zizì! Ma chilli là saranno annientati. Sarà la battaglia suprema! Zero, zero, diventeranno uno zero... E voi qui non dovete tornare più! Avete capito? Mai più! Mai più!»

Si accanì a togliere la pelliccia a Zinaida, ma non ci riusciva. Provammo ad aiutarlo, ma la pelliccia sembrava essersi incollata alla donna, e il puzzo che veniva dalla sua bocca rendeva impossibile restarle vicino a lungo.

Era quasi giorno, e Fulcaniello continuava a girare intorno a Zinaida, mescolando "l'energia" a "Zizì mia", scandendo formule magiche e canticchiando brani di canzoni napoletane per tenerla tranquilla. Morvo non si era mosso, e non mi dette ascolto quando gli dissi che dovevamo andarcene. Così scendemmo io e Landrò da soli, mentre Fulcaniello, sul pianerottolo, girava in tondo sempre più velocemente, facendo svolazzare i lembi della vestaglia come ali di un uccello notturno e ripeteva "energia", "lume", "da solo", " 'o labirinto", "te si' fatta 'na vesta scullata" ormai senza più alcuna connessione. Proprio mentre stavamo a metà delle scale, acuto, lamentoso, risuonò ancora il grido di Zinaida: "Aggia magnà, aggia magnà, aggia magnà!".

I giorni seguenti passarono come in un continuo dormiveglia. Morvo si rifiutava di vederci, e si era rinchiuso in casa. Non fu possibile sapere che cosa stesse facendo perché sua madre, quando Landrò provava a chiamare, rispondeva invariabilmente: "Ciro nun ce stà". Ma Landrò mi riferì che si sentiva chiaramente la voce di Morvo che le suggeriva la risposta. Finché una volta la donna aveva dato in escandescenze, e aveva detto che "Ciruccio" suo era uscito pazzo per colpa nostra e per la vendetta del prete, e proprio ora che doveva fare " 'o concorso dint' 'e Poste!". Che volevamo ancora "d' 'o criaturo" suo? Era meglio che non ci facevamo vedere mai più, e se Landrò telefonava ancora, lei "chiammava 'e carabbinieri". Per due settimane io e Landrò ci vedemmo pochissimo, e di sfuggita. Gli dissi che durante il giorno sentivo improvvisamente strane voci, mormorii, fischi, proprio come se qualcuno mi avesse parlato nella testa. Erano le stesse cose che accadevano a lui. Nel pieno della notte, mi confessò per telefono, si era svegliato, era sceso giù seminudo e solo in strada si era accorto di star camminando scalzo dietro una voce che gli ripeteva: vieni, vieni, vieni...

Che cosa aveva fatto Fulcaniello? Era davvero andato di nuovo, da solo, "sotto la città"? Io, per me, non avevo nessuna voglia di approfondire la cosa. Mi risuonava in testa la strana frase della madre di Morvo: " 'a vendetta d' 'o prevete"... Che voleva dire? Di continuo mi capitava di inciampare, di andare a sbattere contro uno spigolo come se qualcuno mi avesse spinto o fatto uno sgambetto. Erano incidenti minimi che mi sforzavo di attribuire al caso, ma vivevo in uno stato di continua insicurezza, e mi imponevo di restare a letto per evitarli, fino a sprofondare in un'abulia assoluta. Ma anche lì, nello sgabuzzino, si verificavano piccoli incidenti: cadevano scatole di scarpe ben incastrate sulle mensole, si apriva l'anta di un armadio che di solito chiudeva ermeticamente, e a volte una specie di soffio si faceva sentire passandomi umido sui capelli, costringendomi a pensare al "vento dell'ala dell'imbecillità" che sicuramente mi stava fischiando nel cervello.

Una mattina mia madre entrò nello sgabuzzino e mi annunciò che dovevo sgombrare. Le modifiche dovevano andare avanti, perché se no " 'e figli miei nun se ponno spusà", affermò. Però io potevo sistemarmi giù nello scantinato, tanto faceva ancora un caldo che si schiattava, e poi lei avrebbe aggiustato tutto proprio bene, anzi, alla fine sarei stato meglio di tutti quanti, fresco come "un pascià". Io mi rifiutai recisamente di andarmene dallo sgabuzzino, e mia madre uscì senza più dire niente. Pochi minuti dopo dei colpi tremendi rintronarono alle pareti, e nel tempo che misi a saltare dalla branda, la parete divisoria era già stata semidistrutta da due operai col piccone. Dietro di loro comparve Taúto, impeccabile nel suo completo di fresco lana e sorridente. Ma che mi saltava in mente? Volevo farmi male? E poi mi rendevo conto di che ora fosse? Alle otto la gente normale andava a lavorare, anche se io, certo, questa parola proprio non la capivo. E comunque, ora gli operai avevano da fare, e nello sgabuzzino non potevo restarci più. Mia madre dovette rendersi conto che stavo per gettarmi addosso a Taúto, perché gridò:

«Figlia mia! Povera figlia mia!»

Una nausea improvvisa mi fece barcollare, così scavalcai i detriti e li lasciai lì, con Taúto che rimproverava mia madre di avermi viziato, che a "trent'anni passati" facevo ancora il figlio di famiglia e che guardasse lui, invece: lui sì che era stato educato bene dalla "buonanima 'e mammà", da quella santa!... "E addó stanno cchiù femmene accussì?" sentii ancora che diceva prima di sbattermi la porta dietro le spalle.

Da qualche giorno gli incidenti si erano fatti più rari, e sdraiato sulla branda giù nello scantinato, mi stavo abituando a pensare anche nel frastuono continuo dei lavori di ristrutturazione. Ma non riuscivo a tenere fermo il pensiero su qualcosa. Mi venivano in testa i discorsi di mia madre a tavola, che ormai mi portava continuamente a esempio Taúto: " 'E capito, Tommasi'? Ha vinto un'altra volta al totocalcio... Quello è 'nu genio, quel figlio mio!" E Taúto con aria modesta replicava che no, non era un genio, ma certo lui "quello che faceva faceva", riusciva sempre in tutto. Infatti vinceva anche al lotto, al totonero, ai cavalli, e pure ai quiz delle trasmissioni televisive. Ma soldi per la ristrutturazione diceva di non poterne dare, perché aveva le spese dell'ufficio, gli impegni, e si doveva sposare "bene". Una famiglia nuova aveva bisogno di una "base solida", la vita era cara, e chi ci doveva pensare? Ci doveva pensare "l'omme 'e casa", cioè lui, Alfonso Taúto.

Io di colpo mi sprofondavo in tutt'altre questioni. Che fine aveva fatto, Fulcaniello? Era morto come un topo nel chiavicone di Raimondo di Sangro? E la setta? E Zinaida? O Fulcaniello aveva veramente trovato il lume dell'eterna energia? Ma non riuscivo a concentrarmi. Ritornava la voce insistente di mia madre: "Piglia un poco esempio da Taúto... Lo vedi? Tu c'hai un'istruzione non indifferente, che ti manca per trovare un posto?". E poi: "Hai visto come Taúto sa fare tutto? La denuncia per la casa... Sì, sì... Dicevano che eravamo abusivi... No, niente più! Ha detto che ci pensava lui, e dall'oggi al domani... Zac! Ha risolto lui tutto". Poi tornava sulla mia "furia assassina" verso il genero, giungeva le mani e si disperava. "Allora tu nu' vuo' bene a Lillina! Tu, che quando eri piccerillo facive sempe 'o bbravo! E mo'..." Altre volte invece, mi ricordava che Taúto era "un atleta", andava a fare la lotta in palestra, e era meglio che non ci pensassi proprio, a certe "brutte cose"...

Era quella, la realtà? Così mi chiedevo quando, a notte fonda, si sentiva altissimo il televisore portatile di mio padre, e le voci dei televisori dei vicini arrivavano a folate nello scantinato. Allora aveva ragione 'O Tolomeo? La realtà esisteva, e non si poteva ignorarla? Ogni evasione riportava più dentro nella cella, più giù, più a fondo? O erano sbagliate le strade che avevamo tentato fino a quel momento? Su un muro del garage avevo scritto con la penna tre parole: LE BARRICATE MISTERIOSE, il titolo di una sonata per clavicembalo di Couperin. Ma a me del clavicembalo e di Couperin non mi importava niente. Quelle tre parole mi elettrizzavano perché mi facevano venire in mente "i magici selciati drizzati in barricate" di Baudelaire, la guerra contro il mondo, e me le ripetevo come uno scongiuro... "Le Barricate misteriose"... Sì, il Maestro non aveva torto. Non potevamo fare "come se la realtà non ci fosse", ma la dovevamo prendere alle spalle e metterle lo sgambetto. Bisognava che me ne andassi da casa mia, e per farlo dovevo lavorare, non c'era un'altra possibilità. Ma appena arrivavo a questo punto, ricominciavo a cavillare. Che lavoro avrei fatto? E non ricadevo così di nuovo, in modo completo, nella trappola? I libri del Maestro mi ritornavano in mente, a brandelli: se tutto il lavoro era alienato, lavorare non sarebbe stata l'ultima resa?

Ormai avevo smesso del tutto di mangiare con loro, di sopra. Mia madre mi portava il piatto coperto o un tegame con il cibo nello scantinato, lamentandosi che ero "il solito asociale", che mi nascondevo, che dovevo sempre creare problemi. Non lo capivo che sarebbe stato meglio per tutti, e per Lillina soprattutto, se avessi veramente fatto parte della famiglia?

«Taúto ha promesso che se hai voglia di lavorare, lui te lo trova, un lavoro onesto. E tu? Tu fai come se lui nemmeno esistesse. E pure con me, con noi... Ma perché non parli? Perché? Che ti abbiamo fatto, noi? Tommasino, parla...»

Io mi giravo da un lato, guardavo il soffitto, ma lei non la smetteva. Avevo rimesso gli occhiali da sole, e li tenevo anche nel garage. Ma né gli occhiali né il mutismo scoraggiavano le giaculatorie. E a volte pensavo di essere davvero nient'altro che un parassita, un mammista della specie più vile, quella passiva. Me ne stavo là a vivere alle loro spalle, rifiutavo il lavoro e le responsabilità, e avevo quasi trent'anni.

Di sopra ora ci salivo solo per rispondere qualche volta al telefono. Una notte aveva chiamato 'O Tolomeo, dalla Germania. Non si capiva quasi niente, la linea era disturbata da fischi e scoppiettii, e lui non mi sentiva. Aveva trovato come "risolvere chella cosa", coi soldi si faceva tutto, e pure "chillu strunzo" dell'ingegnere si era stato zitto. Del Maestro non sapeva niente, e poi non gliene fregava. Lui aveva progetti grossi, ora, e ci doveva entrare " 'a politica", per forza. Ma non poteva parlare, io non capivo quelle cose... E a proposito, si era "chiavato" la sorella di Elsa, "sì, sì, è pure cchiù bona!" Ma con la moglie stava in pace, e la famiglia di lei aveva anche cacciato altri soldi. Ah, e lui stava sempre scrivendo " 'o romanzo", ed era arrivato a settecento fogli. Che ne dicevo, eh?... Poi cadde la linea, in un rigurgito di scrosci, pernacchie, ronzii.

Avevo detto a mia madre di non passarmi per nessuna ragione la Contessa, che lei si ostinava a chiamare "la signorina Lea", e di rispondere a Gala che non c'ero, che ero malato o partito, o quello che le pareva. Mia madre a volte obbediva, altre no, e più di una volta dovetti rispondere contraffacendo la voce e dicendo che "non ero io". Mia madre però origliava, e ogni volta spuntava da una porta dicendo che la dovevo smettere di fare lo scemo, che quella era "una brava figlia", di buona famiglia.

«Io lo so, stanno pure bene a proprietà. Perché non ti piace? Lo vedi l'altro figlio mio? Lui sì che vuole farsi una famiglia...»

L'altro figlio suo era Taúto, che voleva bene a Lillina, andava a messa e si sapeva pure divertire. E Gala non mi piaceva proprio? E certo, certo, era troppo perbene, e a me mi piacevano le zoccole, quella era la verità, e non capivo le brave ragazze. Eh, ma loro, lei e il "povero papà", che erano due pensionati, mica mi potevano mantenere per sempre. E se poi morivano? Una madre non si deve preoccupare dei figli suoi?

Io mi ero abituato al punto da non sentire nemmeno più la sua voce. Lei parlava e io pensavo ad altro, qualsiasi cosa dicesse. Soltanto di sera tardi smettevano le lamentele, il frastuono dei lavori, i rimproveri, e rimaneva solo il rumore incancellabile dei concorsi a premi, degli squilli, degli applausi.

Era allora che la fame di bellezza mi ritornava in gola, come un rigurgito. L'avevo intravista, a volte sfiorata, ma come potevo ancora crederci? "L'amore senza soldi è solo un'ignobile orgia o un dovere coniugale"... Quelle parole mi sembravano definitive, come una lama che mi tagliasse a metà. Niente lavoro, niente soldi: niente soldi, niente amore. Dovevo arrendermi? Lavorare? Ma risentivo la voce di mia madre: "Ti sistemi pure tu, sarebbe ora, ti fai 'na bella famiglia... Piglia esempio, vedi a Taúto... Quando ti decidi?", e di colpo la nausea mi soffocava, e prima di cadere in un sonno agitato, mi ripetevo ad alta voce: "Sono in sciopero! Non lavorerò mai, mai...".

Quando ricominciai a vedere più spesso Landrò, era venuto ottobre. Ora Landrò era attirato da un nuovo progetto: doveva "trovare un equilibrio".

«Sarebbe?»

«Eh, sarebbe che mi devo sposare. No, è proprio inutile che fai dell'ironia, il mio non è un capriccio. Devo salvaguardarmi.»

«Io non dico niente. Solo, non è la prima volta che...»

«Sì, sì, già ci pensavo da anni. Io non agisco a caso.»

Lui ci aveva riflettuto. La sua vita era senza un ancoraggio, non aveva zavorra. E poi lui disprezzava gli intellettuali aristocratici, e voleva essere come tutti. La sua ricerca era "terribile", e aveva esitato molte volte prima di un passo simile, ma anche lui aveva diritto a una vita normale.

«Tanto, io non avrò mai una vita normale. A proposito, lo sai che fra qualche giorno è l'anniversario del compleanno di Nietzsche? Siamo nati nello stesso mese...»

Ma lui, Landrò, non si poteva permettere di impazzire come aveva fatto Nietzsche, quella era una verità che aveva intuito già a quattordici anni, e ora ne aveva anche "le prove sperimentali". Lui non era un pagliaccio immondo, e parlava solo perché sapeva. Che io ci credessi o meno, il matrimonio era una prova molto seria, e non l'avrebbe affrontata con leggerezza.

«La leggerezza degli stronzi io non me la posso permettere!»

In quegli anni aveva esplorato, "lanciato ami", e aveva scartato un mucchio di possibilità. Le aspiranti certo non gli mancavano, ma lui non poteva lasciarsi prendere come tutti dalla fregola, no, e poi aveva il suo metodo. Ancora non poteva dirmi chi era la prescelta, ma lo avrebbe fatto sicuramente. E poche settimane dopo, a casa sua, mi fece conoscere Regina. Mi aveva già anticipato qualcosa in una lunga telefonata: lui era come Kierkegaard, e forse non poteva amare veramente... E non per gli ignobili motivi sessuali ai quali io stavo sicuramente pensando, ma per una causa indicibile ed essenzialmente filosofica... Anche lui avrebbe potuto scrivere come Kierkegaard sulla propria tomba "Quel singolo", che credevo? Anzi, fra i contemporanei, forse lui solo ne aveva il diritto! A poco a poco uscì fuori anche che Regina in realtà si chiamava Concetta, ma lui l'aveva ribattezzata Regina in onore di Regina Olsen, e come sfida al fallimento di Kierkegaard. Per il resto non dovevo farmi ingannare dalle apparenze, e badare all'essenziale.

L'"essenziale" era una ragazza di almeno dieci anni meno di lui, che sembrava appena uscita dalla scuola. Bruna e molto formosa, indossava un tailleur azzurro cupo con i bottoni dorati, da collegiale. Aveva la carnagione piuttosto scura, sotto la quale traspariva a tratti una vampa di rossore, e sulle labbra gonfie e pronunciate una lieve peluria. Il tailleur aveva una gonna strettissima che le risaliva lungo le cosce, lasciandole scoperte per quanto lei cercasse di tirarla giù. Ma il gesto, più che pudico, pareva solo distrattamente e pigramente abitudinario.

Lui ci presentò rapidamente, e poi cominciò a parlare. Non riusciva a restare fermo sulla sedia, e si alzava in continuazione, ora facendo un rapido giro, ora avvicinandosi a me o a lei per scrutarci da vicino e vedere l'effetto che facevano le sue parole. Parlava quasi da solo, e dopo un poco la scena diventò imbarazzante. Landrò mi informava dei particolari più minuti quasi con gusto, e indicava di continuo la fidanzata col dito: la ragazza aveva ventun'anni, era diplomata alla ragioneria, "una scuola pratica", e non aveva voluto continuare. Sì, stava a casa, aiutava i genitori... Stavano bene, avevano degli aranceti, lui era anche andato sul posto a vedere, per rendersi conto di persona.

Ogni tanto Landrò si volgeva alla ragazza chiedendole: è vero? E Regina, arrossendo, annuiva o mormorava una breve frase dalla marcata cadenza dialettale. Ma lui non la faceva finire, e riprendeva a parlare. Era agitatissimo, mentre

Regina appariva placida e indifferente, nonostante il rossore che a tratti le coloriva la pelle, e non provava nemmeno più a tirare giù la gonna che le risaliva sulle cosce. Landrò a un tratto la prese per un braccio e le disse di andare un momento di là, in cucina, perché tanto quello che dovevamo dire l'avrebbe annoiata. Appena la ragazza, pigra e ubbidiente, fu uscita, lui riprese.

«Non è stata scelta a caso... Sì, sì, io sulle cose ci rifletto. Lo sai che cosa le ho dato da leggere? Le ho detto che se mi voleva capire, doveva assolutamente leggere quei libri. È intelligente, e ha fatto delle osservazioni acute...»

Le aveva dato da leggere *Girotondo*, la *Lettera di Lord Chandos*, e "soprattutto" *L'uomo difficile*, e adesso stava studiando "le sue reazioni". Sì, Regina aveva grandi possibilità... No, no, era un bene che avesse smesso di studiare, a scuola si annoiava perché aveva "un'intelligenza pratica"... No, *L'uomo difficile* non l'aveva ancora cominciato, e da quello dipendeva quasi tutto. Perché lui era proprio l'uomo difficile in persona, ma non poteva dirglielo, doveva capirlo lei da sola, altrimenti non sarebbe servito a niente farle leggere quelle cose. La ragazza l'avevo vista, no? Era giovane, aveva i denti tutti bianchi, insomma era un "animale sano"... Sì, si erano fidanzati ufficialmente perché la madre di lei se no non la lasciava andare fuori di casa, ma a lui di tutte queste sciocchezze non gliene fregava niente. Lui doveva solo capire se Regina andava bene per il suo progetto. Suo padre ormai era inoffensivo, non avrebbe detto niente neanche se lui ne avesse fatto la propria concubina. "Il vecchio Karamazov" si era rotto un femore, e doveva stare in camera sua senza muoversi per almeno due mesi. Non si era voluto operare, e tanto meglio, che così stava segregato e non rompeva più le scatole con le sue stronzate.

«Sta là, chiuso, a dire le preghiere... 'E capito? 'O rusario! 'O rusario!» e sghignazzava ferocemente all'idea del padre che sgranava il rosario. «Lui e la polacca... Sì, si è preso una polacca imbecille, e dicono le preghiere insieme. Eh, giù non ci può scendere più, e le sue stronzate le dice alla polacca... 'E ppatane so' bbone cotte? Sì? E magnatelle tu!»

Ma mentre rideva, la faccia gli si fece pallida, e di colpo ammutolì, sostituendo le parole con un gesto rotatorio del braccio che risultò incomprensibile. Tornando a casa non riuscivo a trattenere un sorriso pensando alla scena: Concetta, alias Regina, che a stento metteva insieme due parole sensate, preoccupata solo delle sue gambe, doveva rompersi la testa sulla *Lettera di Lord Chandos* o sull'*Uomo difficile*, per rispondere poi alle domande di Landrò, corrugando la fronte bassa e sforzandosi di capire "la ferita in suppurazione" di Lord Chandos o il "gli uomini non mettono rigore in nulla" dell'*Uomo difficile*. Ma presto il sorriso mi si disfaceva sulla faccia. Intanto io stavo tornando a casa mia, allo scantinato, agli interminabili lavori di ristrutturazione, all'abulia. Quando sarebbe finito tutto questo?

Una mattina di dicembre, Landrò bussò da noi. Mia madre lo fece entrare nello scantinato. Io stavo a letto e lui in piedi, vestito con un cappotto striminzito color nocciola, e mostrava la solita impazienza.

«Perché non ti vesti?»

«E perché?»

«Mio padre è morto.»

«Che cosa? Ma come è successo?» dissi, e già mi stavo vestendo. Lui però non rispose, e ci avviammo in silenzio alla fermata dell'autobus. A un tratto Landrò scoppiò a ridere, una risata isterica che si rompeva in acuti femminili.

«Ma 'e capito? Chillu strunzo! Si era fissato che lui stava bene, che la madonna di Pompei gli aveva fatto la grazia... E diceva che si doveva alzare, si doveva vestire bene, perché alla madonna le doveva mettere i fiori freschi davanti...»

«Chi ci stava, con lui?»

«Eh, 'a polacca. Quella gli dice di no, ma lui capotico insiste... E che fa? Piglia e va nel corridoio, come un invasato... "Eh, 'e ppatane so' bbone cotte!", poi si mette a strepitare che si sono scordati di accendere il lumino alla madonna di Fatima sul ballatoio... Allora sale lui sullo scaletto con il bastone e l'accendino... Ah! Ah! Ma tu te riende conto? È caduto 'nterra e s'è rutto 'a capa!»

Landrò mimava la caduta del padre, facendo il tonfo con la bocca: ppà!, e rideva, ripetendo " 'o scemo, 'o scemo, a fatta 'a morte d' 'o scemo!"

«È morto un'ora dopo... Eh, che ti credi, che era morto subito? Nooo!»

Dopo la caduta si era rialzato, ed era ritornato a letto, come se niente fosse. Si era pure messo a strepitare che stava bene, e che " 'e ppatane so' bbone cotte", e che lui non aveva bisogno del medico.

«Era ripugnante e basta. Diceva che non c'era bisogno del medico, che lui era forte... Regina però l'ha chiamato lo stesso... Ma quando quello è arrivato lui era svenuto...»

Così avevano creduto, perché in realtà era morto. Il medico, "un vecchio coglione amico suo", aveva detto che si era formato un grumo nel cervello o era scoppiata una vena, e insomma il padre, secondo Landrò, era "morto da imbecille".

Io gli chiesi come mai Regina si trovava là così presto, ma Landrò fece finta di non aver sentito. Poi, mentre ci avviavamo a casa sua dopo essere scesi dall'autobus, cominciò a spiegare. Il suo era un esperimento di vita "more uxorio", un vero concubinaggio! Così suo padre si intossicava. Regina si era sistemata là da un paio settimane, e cucinava pure... Che ne pensava la madre di Regina? E che ne sapeva, lui? La madre, dopo che la figlia si era fidanzata, se ne fotteva. Ma il "vecchio Karamazov", per "quello" era stata una botta, e forse quella mattina era sceso proprio per fare qualche sparata di cazzo.

«Si rodeva, hai capito? La polacca gli raccontava tutto, e lui si rodeva... Strillava che era uno sconcio, un'immoralità, e che non mi lasciava niente, nemmeno una lira... E avrebbe diseredato anche mia sorella, che non lo veniva mai a trovare... Ma io a Regina l'ho pure portata sopra! Da lui, sì... Si è fatto bianco, e non gli veniva neanche più la parola.»

Ora Landrò pareva esaltato. Mi si accostava vicinissimo e

poi, con un saltello, si allontanava, e finché non arrivammo da lui continuò a ripetere alternativamente "more uxorio" e " 'o scemo".

In casa sua c'era già una piccola folla. Arrivavano di continuo parenti, amici del padre, conoscenti, e Landrò si spostava dall'uno all'altro con aria torva e quasi senza parlare. Quando una vecchia sorella del padre cercò di abbracciarlo, strillando "figlio mio, figlio mio", lui si scostò di colpo, facendola quasi finire in terra. A tutti dava da stringere solo la punta delle dita, piegando le labbra in una aperta smorfia di disprezzo e con l'aria di non aver riconosciuto chi lo salutava mormorandogli le frasi di circostanza. Ma verso le tre fu afferrato come da un attacco di rabbia, salì su nella stanza dove giaceva il morto, e là cominciò a fare segno a tutti che se ne dovevano andare. Si mise a spingere le donne, a tirare loro le sedie di sotto, ripetendo ossessivamente "ve ne dovete andare, ve ne dovete andare!" Qualcuno, probabilmente erano degli zii, cercò di dirgli che si calmasse. Ma Landrò non stava a sentire, girava come una trottola, usciva per le scale, rientrava nella stanza e ripeteva ossessivo "ve ne dovete andare!", agitando le braccia. Io allora cercai di spiegare ai parenti che voleva restare solo, il colpo "era stato forte", lo dovevano comprendere e compatire, e, lentamente, la casa si svuotò. Landrò scese in giardino, chiuse il cancello strappando il manifesto e mezzo paramento a lutto, e staccò telefono e citofono. Subito dopo si sentì un clacson e una voce che chiamava "don Landrò, don Landrò". Erano gli addetti alle pompe funebri. Landrò li fece entrare, e cominciò col fare ai due le domande più strane. Non si poteva affrettare la cosa? No, non era possibile, ci voleva il certificato dell'ufficiale sanitario. Ma loro avevano esperienza di morti simili? Eh, loro vedevano tante cose. Ma perché si doveva mettere nella bara se poi c'era la nicchia a scolo? E la siringa di paraffina non gliela facevano? Loro due non potevano buttare via i fiori? Quanti anni avevano? E perché erano venuti loro e non l'altra ditta? E come lo trovavano, il morto? Gli impiegati sembravano volerlo assecondare, ma appena Landrò si distraeva, si guardavano picchiandosi il dito sulla fronte. Poi si affrettarono a comporre il morto nella cassa, e dissero a Landrò che doveva parlare col padrone, loro non potevano più restare. I due delle pompe funebri sembrarono a Landrò "poco professionali", come mi spiegò appena se ne furono andati.

«Non sanno niente. Secondo te che pensa, un becchino? Dovrebbe pensare cose interessanti...»

Gli risposi che non me lo immaginavo proprio, cosa pensasse un becchino, e non me ne importava nemmeno. Regina entrò nella stanza del morto, e ci disse che dovevamo mangiare qualcosa. Io acconsentii subito, e Landrò ci seguì senza dire niente.

Io e Regina ci mangiammo quasi una zuppiera intera di mozzarella di bufala portata dai visitatori, che Landrò, dopo averla guardata sospettosamente, si rifiutò di toccare. Assaggiò la minestra in brodo che la polacca e Regina avevano preparato e poi allontanò disgustato il piatto. Ogni tanto la polacca si portava il fazzoletto agli occhi e se li asciugava, finché Landrò saltò in piedi urlando.

«E mo' basta! Questo è scan-da-lo-so... Ma che chiagne? Che chiagne a ffà? Basta! Mangia, mangia e fammi il piacere di non cacciare più fuori quello straccio... È chiaro? Sono stato chiaro?»

La donna, fissandolo con gli occhi sbarrati, fece cenno di sì col capo. Poi, quasi di soppiatto, si fece il segno della croce, tirando su col naso rumorosamente. Landrò allora levò in aria la mano, come a scacciare via qualcosa, e lasciò la cucina. La polacca, una cinquantenne dall'aria piagnucolosa, era rimasta in piedi, con il fazzoletto appallottolato in una mano e gli occhi sgranati. Regina dovette ripeterle più volte che poteva sedersi prima che lei capisse e, meccanicamente, senza lasciare il fazzoletto, con la mano libera, cominciasse a ingoiare rumorosamente grandi cucchiaiate di minestra.

Quando lasciai la cucina per raggiungere Landrò lo trovai che sfogliava un libro e leggeva a mezza voce dei brani. Era un volume dei *Fratelli Karamazov*.

«Il diavolo? Ah, ah... E chi lo dice che è stato il diavolo? Tu per esempio che ne sai? E quella là?»

Era entrata anche Regina, che si era acciambellata in fondo a una poltrona e lo guardava con una faccia assente, ma con gli occhi spalancati fissi su di lui.

«Che ne sapete? E se... Ahà! E se sono stato io a ammazzare mio padre? Io, io. Lui si era alzato, allora io l'ho portato nel corridoio e gli ho dato una spinta, uno sgambetto... E ppà! C' 'a capa pe' terra!»

«Amore, e mo' perché dici queste brutte cose? Non hai rispetto per i morti?»

«Brutte cose? Regi', tu statte zitta... Ahà! E quale rispetto, e che ne sapete? Sì, 'a polacca sa tutto! Ma non dice niente per paura... Ivan, è stato Ivan Karamazov che lo ha ucciso, lo sappiamo. L'altro era solo uno strumento, un esecutore... E mo' sono ricco, e libero! Devo vedere, a proposito!»

Balzò fuori della stanza e salì di sopra facendo gli scalini a due a due. Lo seguimmo, e quando entrai nella stanza del padre, lui si stava accanendo su un cassetto.

«Non si apre! 'O scemo, 'o scemo... Tanto è tutto mio e di Arcana... Liberi, liberi. Che ti credevi?»

Ora si era rivolto al morto, che stava disteso nella cassa.

«Ti credevi di campare eterno? Ma io però... Io...»

Poi si ributtò sul cassetto, lo estrasse, ne svuotò il contenuto sulla scrivania, ma non trovò quello che cercava. Allora si mise a tirare fuori tutte le carte dagli altri cassetti.

«E la collezione di monete? Dove sta 'a collezione? Addó sta...»

Ma la collezione di "monete antiche" non si trovava, e ormai il pavimento della camera era sommerso da carte, caramelle, calzini, elastici, santini.

«Ci devono stare pure i dollari... Un pacco, un pacco di dollari! Non si svalutano, 'e capito? Ma voi che sapete di cose di finanza... Un momento! Ma fa che li ha messi nella sua cazzo di banca? 'O scemo... 'O scemo...»

Si accasciò su una sedia e cavò di tasca un foglietto stropicciato, cominciando a leggere. Era una poesia che aveva scritto "anni fa" per suo padre. La poesia parlava di Dio e della Volontà, e si concludeva con una invocazione non si capiva bene se al padre o a Dio perché proteggesse colui che cerca la verità nel cammino aspro della vita. Poi, mordendosi le labbra, si mise a parlare da solo, ripetendo che Nietzsche aveva detto già tutto: "Quale figlio non avrebbe il diritto di piangere sui suoi genitori?".

«Eh, è uno scherzo, 'sta poesia! Che vi credete? Questo è solo uno scherzo... Dio? Dio è morto, e tutto è permesso!»

Ora, rivolto a noi, rideva, ma si era fatto pallido come un cencio. Appallottolò il foglietto e se lo rimise in tasca. Poi si avvicinò al cadavere nella bara come per osservarlo da vicino, e quasi lo sfiorò con la punta del naso, ritraendosi di scatto con la sua solita smorfia sospettosa.

«E se fossi stato io? Chi dice che non si può uccidere il padre? Nietzsche è 'nu strunzo! 'Na mmerda! Sé sé, 'a volontà 'e potenza, 'a trasvalutazione d' 'a morale! E po'? Nietzsche non conta niente, è uno che è uscito pazzo. E chi lo sa si nun è sempe stato pazzo!»

Ah, e io, io me lo ricordavo Ivan Karamazov? Lui ora ci somigliava "tale e quale". Però era meglio che adesso ce ne andavamo, lui aveva da fare, e non poteva parlare con noi. Noi lo costringevamo a parlare, ma lui non poteva dire niente, ce lo dovevamo mettere bene in mente.

«Io non so niente. Eh, ora non posso parlare... Alësa? Alësa è 'na mmerda, 'nu scemo... Sé sé, è caruto c' 'a capa pe' terra! Ora sono li-be-ro.»

Lo lasciammo mentre diceva che poi ci avrebbe spiegato tutto, e che ora si doveva vedere le cose di legge, lui ne capiva, a lui gli avvocati non lo facevano fesso. Sì, se lo potevano scordare! Ora andava a prendere il libro di diritto privato e se lo studiava bene, tanto il tempo non gli mancava.

Quella sera non andai a casa. Regina mi aveva detto che potevo restare, anzi, che era meglio così, perché lei aveva paura, e aveva già preparato la stanza. Accettai subito, non avevo nessuna voglia di ritornare nello scantinato e di rivedere Taúto. Come un sonnambulo presi il telefono, feci il numero e chiamai casa mia. Era la prima volta che parlavo forse dopo anni, e dissi solo che partivo, sarei andato molto lontano, e non mi dovevano cercare. Poi, senza aggiungere altro, mentre mia madre col solito tono agitato diceva "dove", "perché" e "figlio mio", abbassai la cornetta. Ma stentai molto a prendere sonno, perché fino a notte alta si sentì un calpestio di passi su e giù per le scale, uno sbattere di porte, un aprire e chiudere di cassetti. E poi, nei rumori che scuotevano a tratti il silenzio, mi ritornava in gola la mozzarella del morto, e in testa quello che Landrò aveva detto: e se veramente era stato lui? "Allora io l'ho portato nel corridoio e gli ho dato una spinta, uno sgambetto... L'altro è stato solo uno strumento... Ora sono ricco, e libero..." Ma non riuscivo a seguire fino in fondo il ragionamento, e mi addormentai ripetendo anch'io, senza capire più che cosa significasse: "Ora sono ricco, e libero".

La giornata dei funerali del padre di Landrò cominciò all'alba. Sembrava che tutto fosse stato organizzato senza capo né coda, gli orari sui manifesti erano sbagliati, la messa non si capiva in quale chiesa si dicesse, persino il seppellimento del feretro a un certo momento sembrò diventare problematico. Landrò si mise a tirare sul prezzo con l'impresario delle pompe funebri, voleva che quello gli spiegasse che differenza passava tra i diversi legnami usati per le casse, dove se le procuravano, se le maniglie erano di ottone vero, e se la Volvo era meglio della Mercedes. Lui voleva i cavalli, "quelli grandi", se no "non se ne fa niente", gridava. L'altro gli spiegava che mancavano pochi minuti, e non c'era più tempo, e se voleva i cavalli ci doveva pensare prima. Lui, l'impresario, aveva capito che in quella famiglia si voleva risparmiare. Ma Landrò si inferocì. Risparmiare? Lui? Lui li poteva pure buttare nel cesso i soldi, e l'impresario era solo un incompetente.

In chiesa e dopo, invece, si chiuse in un mutismo totale. A chi gli dava la mano porgeva appena la punta delle dita, e si lasciò abbracciare senza nascondere la sua smorfia di disgusto. Al suo fianco c'era Arcana, la sorella appena arrivata. Alta e sottile come Landrò, aveva però occhi verde cupo e capelli scuri, e al contrario di lui si muoveva con eleganza. Indossava una minigonna nera cortissima, un maglioncino azzurro che faceva capire che sotto non portava il reggiseno, e aveva l'aria di fregarsene di tutto. Per di più aveva portato con lei una sua amica, che faceva sfoggio dello stesso abbigliamento, completato da un paio di consunte scarpe da ginnastica nere. Le minigonne provocarono molte voci, i parenti di Landrò mormorarono che non stava proprio bene, e alcuni dissero che la buonanima con i figli aveva proprio avuto sfortuna.

L'ultimo scandalo fu al cimitero, dove Landrò non volle gettare la terra sulla cassa. Non la faceva calare nello scavo, e insisteva che l'impresario aveva parlato di "nicchie a scolo", e allora? Perché si doveva pure seppellire sotto terra? Bisognò spiegargli che la legge non permetteva più di mettere i cadaveri nelle nicchie prima che fossero stati almeno due anni sotto terra. Landrò insistette a chiedere particolari, ma a un certo punto si girò su se stesso e cominciò a vomitare nella fossa. Ma barcollava, e così qualche spruzzo finì anche sulla cassa che stava là di fianco. Le donne della famiglia del padre strillavano e si segnavano, finché Landrò non si mise a sbraitare che se ne dovevano andare, tutti, senza perdere un minuto: "Sciò! Sciò" gridava, "iatevenne!". Li spingeva via sgarbatamente, una zia inciampò su una lapide e sbatté con la testa per terra, gli zii gridavano che era un pazzo, e lo avrebbero "fatto arrestare", perché non aveva "umanità", e se suo padre lo avesse potuto vedere, sarebbe "morto di collera". Se ne andarono tutti, inveendo contro di lui e borbottando scongiuri, accompagnati dai gesti di Landrò che pareva stesse scacciando un branco di galline.

Alla fine la sorella fece cenno ai becchini di calare la cassa, ci gettò sopra un pizzico di terra, e ce ne andammo, con Landrò che ripeteva "sono una massa di incompetenti".

I giorni delle feste di Natale passarono confusi e senza peso. Io avevo preso, senza saperlo, quella che era stata per anni la camera di Arcana, e lei scherzando mi disse che ero "un ladro". Ma non la rivolle indietro, tanto stanze in quella casa non ne mancavano, e anche più comode: c'era solo l'imbarazzo della scelta. La sua stanza la scelse di fianco a quella dove stavo io, e ci dormiva con Stella, l'amica bionda e pallida che aveva studiato con lei in istituto. Le due ragazze avevano compiuto da poco diciotto anni, e seppi che il famoso collegio di cui aveva sempre favoleggiato Landrò, non stava all'estero, ma era un liceo linguistico privato di Napoli. Lei, Arcana, aveva però preferito prendere una stanza fuori dall'istituto, perché voleva essere libera.

Arcana modificò completamente la stanza che aveva scelto. Buttò fuori nel corridoio tutti i mobili che c'erano, e ci mise due letti a branda e un grande tappeto rosso che stava nel salotto al piano terra. Alle pareti aveva tolto tutti i quadri di santi e ci aveva appeso un poster enorme di Man Ray che diceva di aver comprato a Parigi: *Les amoureux*. Strappò via anche le tende.

«Mi hanno sempre fatto schifo. E poi voglio vedere la luce.»

In casa lei e Stella giravano come capitava, in jeans, con gli slip, e a volte con solo un lenzuolo o un asciugamano intorno al corpo. E ridevano e stavano con lo stereo acceso in continuazione, fino a tarda notte.

Landrò si era scelto invece la stanza da letto del padre. Anche lui, però, aveva spostato i mobili in corridoio, e ci aveva portato il suo letto, lasciando del vecchio arredamento solo uno specchio ovale. "Comunque questa è la stanza di mia madre" diceva, e lui l'aveva scelta per questo, non certo perché "quello là" l'aveva usurpata per anni.

Il risultato dei traslochi di mobili fu che nel corridoio del primo piano diventò impossibile passare. Bisognava scavalcare comò di noce, poltroncine Luigi XV, passare sopra tavolini da notte di finto mogano e calpestare i quadri di santi e madonne, i materassi di lana e le tavole del letto dove era morto il padre di Landrò. Lui, Landrò, diceva di voler essere lasciato in pace, perché doveva guardare le carte, e fare i conti. Ma poi usciva di continuo dalla stanza, parlava con Arcana, con Stella, rimproverava Regina e attaccava con me le solite discussioni. Dopo i funerali sembrava essersi calmato, rideva spesso, e solo una sera tornò sull'argomento della morte del padre, prima sostenendo che lui era "proprio come Ivan Karamazov", e poi dicendo che non dovevamo mai credergli, perché quello che diceva era sempre ambiguo, e lui aveva "mille maschere". Il suo argomento preferito era ora quello dei soldi.

«Vedi? I soldi aboliscono la realtà. Facciamo le stesse cose di prima, no? Però non sono le stesse... Perché i soldi hanno sospeso la realtà, e pure la verità. E poi, la volontà di verità è pericolosa... Ci conviene davvero conoscere la verità?»

Mi ricordavo Nietzsche? La scoperta della verità poteva essere terribile.

«Sì, sì, noi ci illudiamo di voler conoscere. Ma se veramente sapessimo! Quanta verità sopporta un uomo, eh?»

Quando Landrò diceva così, io pensavo immediatamente a quelle sue parole sullo sgambetto al padre, sul suo essere Ivan Karamazov, e più di una volta mi sentii tentato dal conoscere la verità. Aveva ucciso lui suo padre? Ma sapevo che non mi avrebbe mai risposto. Tornavamo allora ad accapigliarci sulla realtà. Era possibile sul serio abolirla? O bisognava vivere dentro di essa per cambiarla? Alla parola "cambiare" Landrò si lasciava prendere da un riso isterico che sfociava in un singulto. Quella era la "stronzata suprema": cambiare! Come? E soprattutto, perché? Se non sapevamo che cosa era la verità, come potevamo voler cambiare qualcosa? Se era la menzogna a "far stare bene" l'umanità, eh? Che ne dicevo allora del mio "cambiare"? Andava tutto a farsi fottere.

«Sono finito anch'io... 'O ssaccio! A che serve 'nu filosofo se la verità non c'è? Si deve solo eliminare con le sue mani, sparire, farsi fuori!» e puntandosi il dito alla tempia e facendo "ppà! ppà!" scoppiava in una risata isterica.

Quando le discussioni si protraevano nella sua o nella mia stanza, spesso irrompevano Arcana e Stella. Entravano seminude gridando che basta! Che la dovevamo finire! "Ma ogni tanto ti stai pure zitto?" chiedeva Stella a Landrò, e Arcana minacciava di mettere lo stereo a tutto volume. Altre volte Arcana compariva da sola cantando, apriva la finestra dicendo che si soffocava, e finiva col sedersi sul mio letto e partecipare anche lei alla discussione, chiedendomi come facevo a sopportare suo fratello, dato che sembravo normale. Dopo un po' arrivavano anche Regina e Stella, e le discussioni diventavano caotiche. Io e Arcana spesso ci divertivamo a far andare in bestia Landrò. A volte ci spintonavamo, fingendo di lottare come due bambini, e finendo col ridere fino alle lacrime buttati sul pavimento. L'unica che non parlava mai o quasi, era Regina, che si limitava a stare lì, pigra e languida, guardando con i grandi occhi cerchiati Landrò che si agitava.

Da Arcana avevo saputo che con loro due la ragazza si era lamentata di Landrò. Lui, a dire di Regina, la trascurava, e come donna non la vedeva nemmeno. Eppure lei aveva fatto dei sacrifici, per lui, ma per sposarsi. Aveva quasi rotto con i genitori, e ora non aveva più nessuno, solo Landrò. E Landrò si comportava male... E insomma, come ripeteva ridendo Arcana, Regina "aveva le sue esigenze". E ogni tanto con le ragazze sbottava:

«So' giovane, io! Non sono un rottame, no... Lui s'adda stà attiento...»

Aveva anche confessato ad Arcana che si masturbava continuamente, come in sogno, senza nemmeno rendersene conto, e poi che a lei *Girotondo* le faceva schifo, che "chillu Lord Chandòs" non lo seguiva proprio, e quello che capiva le sembrava una "vera stronzata". E pure a Landrò, chi lo stava a sentire quando parlava? Lei voleva una famiglia, dei figli, almeno un po' di amore, e aveva le sue esigenze...

Arcana la sobillava a dire al fratello tutta la verità, ma Regina prima diceva di sì, poi scoppiava a piangere.

«I' 'o voglio bbene, non c'ho il coraggio!»

Ma Arcana non sopportava a lungo i piagnucolii di Regina, e la spediva a farsi consolare dalla polacca, sempre pronta a piangere con chiunque su qualsiasi argomento e a sgranare compunta il suo rosario.

Alla casa non veniva più nessuno. I parenti di Landrò si erano offesi, e correva la voce che in quella casa una volta così perbene, si vivesse ora da "maiali". Ma una domenica, a mezzogiorno, squillò il campanello. Fui io a scendere per vedere chi fosse al cancello, e quasi mi prese un colpo. La prima a parlare fu lei.

«Don Tomma', pe' piacere, facitece trasì.»

Era Zinaida, che si teneva attaccato al braccio Fulcaniello. Li feci entrare, e scese anche Landrò.

«Ah!» disse sollevando le sopracciglia «Fulcaniello».

«Per servirvi» rispose Fulcaniello come in un guizzo, riprecipitando poi in quello che pareva un profondo abbattimento. Zinaida aveva addosso la pelliccia azzurrina di quella sera, che però ora le andava quasi larga. Sembrava molto dimagrita. E le palpebre non le cadevano più giù mollemente come una volta, ma stavano sollevate sugli occhi bene aperti.

«Eccoci qua... Che v'aggia dìcere? 'O vvedete? S'è ridotto accussì da allora... È stato tre ghiuorne sotto a quei sotterranei, cu' chillo amico vuosto, comme se chiamma? E eccoci qua: è turnato accussì, comme a nu criaturo.»

Ascoltammo il lungo discorso di Zinaida come ipnotizzati. Nel suo dialetto stretto intercalato da improvvise parole in italiano, ci informò di tutto l'accaduto. Lei non ne sapeva molto, l'unica cosa sicura era il risultato, e indicava Fulcaniello che fissava sconsolato nel vuoto. Dopo giorni di quelle sue ricerche sulla mappa, Fulcaniello era sceso di nuovo sottoterra, assieme "c' 'o pazzo". Per la prima volta lei era rimasta senza mangiare tre giorni, ma non ci aveva nemmeno fatto caso. Poi, una mattina presto, "cierta brava ggente" le aveva portato Fulcaniello di sopra. Lo avevano trovato poco lontano dai Girolamini, a terra, senza segni di sangue o di colpi. Aveva però gli occhi svuotati, "comme a 'nu scemo" avevano detto i soccorritori, e avevano fatto una fatica "d' 'a maronna" per portarlo a casa: perché a ogni pallone che vedeva ci voleva dare un calcio, voleva fregarsi quelli appesi nelle reticelle fuori ai negozi, e si era pure "arrubbato nu camiòn" dalle mani di un ragazzino.

«Per servirvi» scattò su a dire Fulcaniello, e subito si rimise a sedere. Landrò intanto aveva preso a girare intorno alla stanza muovendo le mani e facendo smorfie. Zinaida riprese a parlare dopo aver scartocciato per Fulcaniello una grossa gomma da masticare rosa, e dopo un poco Fulcaniello stava già facendo una bolla col chewing gum.

Lei ora non mangiava più come prima, aveva "troppi pensieri", e dormiva poco. Ma il fatto era che non sapeva più cosa fare. Come potevano "campà"? Fulcaniello "nun vuleva fà cchiù niente". Lui prima faceva "nu sacco 'e sorde", prediceva la sorte, faceva gli oroscopi, e guariva pure. Eh, era "potente assai", prima. Ma ora erano rimasti "acqua 'a pippa", e " 'o padrone 'e casa" li aveva cacciati, perché tenevano lo sfratto già da anni. E lei che doveva fare? Era venuta da Landrò perché aveva trovato " 'ncoppa a' nu quaderno" l'indirizzo suo, e perché noi eravamo "gente istruita" e la potevamo consigliare, e poi, a noi, Fulcaniello "ce vuleva assai bene".

«Statte attiento!» gridò a Fulcaniello che si stava appiccicando la gomma attorno alla barba. Fulcaniello saltò su di nuovo col suo "Per servirvi!" e poi si risedette, masticando voluttuosamente la gomma. D'impulso, mi rivolsi alla donna.

«Donna Zinaida...»

«Eh, chiamatemi Zizì!»

«Va bene, Zizì. Ma voi non è che sapete cucinare?»

«Io? Io so' maestra, a cucenà.»

Ci fu un lungo silenzio interrotto solo dal mastichio di Fulcaniello. Un odore dolciastro e disgustoso di fragola si era sparso nella stanza. Finché Landrò, con un'alzata di spalle, e quasi con stizza, non disse che sì, una cuoca in casa non c'era, e se volevano potevano pure restare là tutti e due, però lui non assicurava niente, perché non teneva mica i miliardi!

Landrò non aveva neanche finito la frase che Zizì, con una agilità insospettabile in quel corpo sformato, si sollevò di slancio dalla sedia e buttandosi in ginocchio ai piedi di Landrò, cominciò a baciargli la mano, gridando tra un bacio e l'altro: «Grazie, grazie! Grazie! C'avite salvato!».

Landrò impallidì, poi il sangue gli affluì alla faccia imporporandolo fino ai capelli. Cercò di ritirare la mano, ma Zizì la teneva ben stretta fra le sue. Lui torceva di qua e di là il collo come un uccello spaventato, e non riusciva a balbettare altro che un "pe-per pia-piacere a-alzatevi..." Ma Zizì non lo lasciava, sempre inginocchiata. E a un tratto, come sospinto da una molla, anche Fulcaniello si slanciò su Landrò, si inginocchiò e gli afferrò l'altra mano.

«Benefattore! Benefattore nostro!»

«Grazie! Vuie c'avite salvato...»

I due non volevano staccarsi da Landrò, finché lui con un gesto violento non si liberò di Zinaida, che cadde sul tappeto. Poi afferrò Fulcaniello per il colletto e cominciò a scuoterlo, finchè quello non mollò la presa. Ma poi, mentre stava per lasciare la stanza, tornò indietro, e si mise a chiedere scusa ai due.

«Perdonatemi, io sono solo un assassino! Non dovevate baciare queste mani... Sono mani sporche di sangue!»

Voleva abbracciare Fulcaniello, ma quello si ritraeva inchinandosi rispettosamente e ripetendo: «Al vostro servizio! Al vostro servizio!».

Il colpo doveva però aver provocato in Fulcaniello un ritorno di memoria, perché mentre Landrò si torceva le mani agitato e se le metteva sulla fronte, lui cominciò a parlare.

«L'energia non è finita ... Ah, voi vi credete che sono pazzo, eh? Ma Fulcaniello ha visto, Fulcaniello ha visto il Lume di don Raimondo... Solo che Fulcaniello non teneva gli occhiali, se li era scordati. E che doveva fare Fulcaniello? Chiudere gli occhi, doveva...»

Mentre Fulcaniello continuava a parlare di sé in terza persona, rialzammo Zinaida mettendola con la testa sulla spalliera del divano. Le erano cadute le palpebre sugli occhi e sembrava essersi addormentata. Landrò se ne andò tenendosi la testa fra le mani, mentre io e Arcana, che era entrata in quel momento, tentavamo di calmare Fulcaniello, che continuava a parlare dell'energia, del lume, dello scavo, interrompendosi solo per cercare di gonfiare con la gomma da masticare le sue bolle. Riuscimmo a tranquillizzarlo soltanto promettendogli che il giorno dopo lo avremmo portato a un luna park là vicino.

A tavola Zinaida non venne, perché continuò a dormire, e dovetti spiegare tutta la storia dell'energia, di Morvo e Fulcaniello ad Arcana. Landrò si limitò solo ad annuire disgustato e a ripetere a intervalli che quella del bacio sulla mano era stata "proprio come una scena di Dostoevskij", toccandosi in continuazione la mano che Fulcaniello gli aveva baciato. Alla fine restammo a tavola solo noi tre. Landrò si toccava nevrotico la mano, Fulcaniello borbottava sotto voce delle frasi incomprensibili e cercava di colpire con le palline di pane un pupazzetto su una mensola, e io lo guardavo senza nessuna voglia di muovermi. Alla fine decisi di salire di sopra per andare a dormire, ma dalla porta della stanza delle ragazze sbucò a un tratto Arcana, mi tirò a sé con una mano e mi baciò, infilandosi poi svelta nella mia camera.

Quando restai solo nel letto e chiusi gli occhi per rivedere la scena, sentii il solletico dei suoi capelli e il calore dell'alito, ma non riuscii a ricordare altro. E come suscitato da quell'alito, mi apparve Fulcaniello che ripeteva "servo vostro, servo vostro!". Pensai che avrei fatto la sua stessa fine se continuavo così, e nel torpore improvviso che mi colse si mescolarono i tic di Landrò, l'umiliazione di Fulcaniello e di Zinaida, e Arcana, Arcana di cui riuscii solo a ripetermi più volte il nome prima di cadere in un sonno cieco.

I giorni cominciarono a scorrere via con una rapidità che non avrei mai creduto possibile. Mi sentivo come se una forza prodigiosa mi riempisse le vene, e anche i pensieri si connettevano più veloci e precisi. Non ero più io, ma un altro. Con Arcana i gesti dell'amore parevano gli stessi di tante altre volte, ma tutto era profondamente sottosopra. Anche la Contessa li aveva fatti, quei gesti. In androni bui, in cinema scalcagnati, nei cessi dell'università a Mezzocannone 16, perfino a casa di un amico mentre lui di là faceva il doposcuola... E non mi ripetevo allora, per vincere il disgusto, che per diventare poeti è necessario lo sregolamento totale e ragionato di tutti i sensi? O che l'amore vive solo nelle grandi puttane? Ma ora la vita era capovolta, ora ogni particolare banale aveva assunto un rilievo che mi faceva mancare il fiato. Le attese, le lunghe, spossanti attese a cui mi pareva di essere sospeso, rendevano solo più elettriche le scosse che il corpo di Arcana mi dava. Sussultavo anche solo a sentirla saltellare a piedi nudi nel corridoio quando veniva da me, e persino a vederla portare il cucchiaio alla bocca... *Io* è *un altro*?... Solo ora mi sembrava di capire veramente che cosa significassero quelle parole. A volte cercavo di ritornare dentro il mio vecchio io, ma dovunque mi voltassi trovavo soltanto pareti spaccate. Quando le succhiavo le punte dei piccoli seni era davvero come se bevessi "la buona cicuta" della poesia di Baudelaire, e l'oblio mi colava in tutte le vene. Non provavo più alcun rancore, per niente e per nessuno, e sentivo che non c'era altro al mondo. Ci scambiavamo le nostre reciproche secrezioni, i succhi, le salive, i sangui, come dentro un'acqua marina. Sperimentavo l'oblio, e nello stesso tempo avevo l'impressione di ricordare tutto, anche ciò che non avevo mai visto. Spesso ci ripetevamo l'un l'altro le parole di Rimbaud alla fine della *Saison en Enfer*: "Un bel vantaggio è che posso ridere dei vecchi amori menzogneri... E mi sarà lecito possedere la verità in un'anima e un corpo". Altre volte, invece, mi mormorava a bassa voce, come una preghiera o una ninna-nanna: "È il riposo illuminato, né febbre né languore, sul letto o sul prato. L'amata che non tormenta e non è tormentata. L'amata..."

Io mi perdevo, e sognavo di sparire dall'universo, di ritornare sasso, erba, pozza d'acqua. Avrei baciato anche i suoi passi, e mettere i miei piedi sull'orma bagnata che lasciava sul pavimento dopo la doccia mi dava le vertigini. Era lei l'amore unico che trasforma la vita, la passione che è nuova ogni volta come le fasi della luna, e non muta mai?

Ma se provavo a parlare di questo con Arcana, non riuscivo a farmi capire, e finivo col dirle delle banalità che mi disgustavano. A volte cercavo di dirmi che stavo facendo della letteratura da quattro soldi con una ragazzina ubriaca di Rimbaud, o che facevo il pagliaccio con una mocciosa a cui piaceva solo scopare... Ma questi pensieri mi facevano sentire meschino, e mi davano una profonda nausea di me stesso. Arcana si trovava sempre un po' più in là dei miei pensieri, da un'altra parte, e passava capricciosamente dall'allegria sfrenata a scatti di insofferenza imprevedibili. Mi diceva quasi con rabbia che non avrei dovuto stare a sentire suo fratello, perché quello viveva in un mondo alla rovescia: ma quando le chiedevo di spiegarsi meglio si metteva a sbuffare o a ridere, dicendo che parlare non serviva a niente, e le cose o si capiscono subito o non c'è niente da fare.

Come le aveva consigliato Landrò – "così la finisci di leggere le stronzate di Bukowski" – da qualche mese Arcana stava leggendo *L'uomo senza qualità*, saltando tranquillamente "le parti pallose" e rileggendo più volte solo quelle che le piacevano. E ora che era arrivata ai capitoli delle lunghe discussioni sull'amore tra Ulrich e la sorella, attaccava spesso a parlarne in presenza di Landrò. Ne leggevamo allora delle pagine insieme davanti a Stella e a Regina, arrivando presto a scontrarci. Landrò sosteneva infatti che quella storia d'amore tra i fratelli era "grandiosa" solo perché erano fratelli. Arcana invece gli ribatteva che quelli non erano fratelli "letterali", e che ciò che è stato vero una volta nel sogno, deve esserlo per sempre nella realtà. Ma Landrò sbuffava sprezzante, e non era nemmeno d'accordo con noi sul fatto che Ulrich e Agathe finissero col fare veramente l'amore tra loro, dicendo che le pagine che gli citavamo "non dimostravano un cazzo", e bisognava imparare a leggere tra le righe.

Quello della comprensione "esatta" del carattere di Ulrich era un argomento che suscitava sempre in Landrò una particolare aggressività, che da lui si comunicava a tutti. Una sera Landrò sostenne che in realtà nessuno di noi era in grado di capire Ulrich, e lui solo, forse, ci poteva riuscire. Capivamo forse cosa voleva dire Musil con la parola "esattezza"? Lui, invece, lui che era veramente un "uomo senza qualità", e aveva abbandonato "le lusinghe e la menzogna" dello scrivere, lui sapeva bene di cosa parlasse Musil.

«Io non posso giocare con le parole. Esprimersi è indecente.»

Ma Arcana lo assalì.

«Ah sì? E certo, tu sei il filosofo, l'uomo che conosce... E allora la storia del "silenzio poetico"?»

Landrò aveva sempre detto che lui, proprio come Rimbaud, "ma ancora più giovane", aveva "abbandonato la poesia".

«Non potete capire. Io non mi posso concedere il lusso di praticare l'arte...»

«No, è che tu, e anche Tommaso, vi siete fatti una religione con lo stronzo silenzio di Rimbaud...»

«Ma chi può sapere che cosa voleva veramente dire quel silenzio?»

«Certo non che su di esso si dicessero merdate come le tue. Ma voi non volete scrivere per paura.»

«Non è paura, ti ho già detto che non è paura!»

«No, eh? Esprimersi è indecente, è vero? E che avevi fatto, prima, *Une Saison en Enfer*, che ora non scrivi più? E Tommaso, anche lui, con la sua protesta silenziosa contro il mondo...»

«Io non protesto contro niente. Me ne frego e basta.»

«Sì, tu parla. Secondo me ha ragione quel tuo amico, quello là, il Tolomeo... Me l'hai detto tu, no? Come ti disse? "Basta che apri gli occhi e guardi!" E che altro aspetti per scrivere? Che pretendi?»

«E poi fare come lui e portarsi il registratorino in tasca, no? E copiare tale e quale questa merda di realtà?»

«Io non ho detto questo. Perché fai l'ironico?»

«Non faccio niente. Dico solo che la realtà mi fa schifo, e dovrei pure mettermi a copiarla?»

«E chi ti dice di copiare la tua stramaledetta realtà?»

«Ah, la poesia! Tu vorresti che io facessi questo, è vero? Ma la poesia è vera solo in un altro mondo...»

«Non c'è niente da fare: o mentire o morire.»

«Voi siete scemi! No, è questo: o scemi o pazzi.»

Landrò si limitò a alzare le spalle. Ma Arcana lo aggredì di nuovo dicendo che era tutta colpa sua, e che era solo un vigliacco che si nascondeva, e parlava parlava ma senza mai concludere.

«La verità tu non sai nemmeno dove sta di casa!»

«'A verità? E chi ti ha detto che io cerco la verità? 'O filosofo deve avere la volontà di non verità! Di non sapere!... E pure la volontà di follia!»

E Landrò cominciò a picchiarsi con l'indice sulla fronte ridendo e ripetendo: «Adda diventà scemo, 'o filosofo! Avite capito? Scemo!». Andò verso Regina, che lo guardava spaventata, e le gridò che era meglio se si stava zitta e se ne andava, perché lui era pazzo.

«'E capito? E ti posso pure uccidere...»

Ma che la finisse, gli disse Arcana, e lasciasse in pace Regina. Doveva per forza fare il pagliaccio? Perché se proprio voleva farla finita, era sempre in tempo. E comunque invece di dire cazzate, avrebbe fatto meglio a pensare al testamento.

«Sta tutto a posto, tu dici? E perché allora non hai detto niente a nessuno, eh? No, perché devi fare il misterioso, parlare e parlare! Sai solo dire stronzate sui fratelli Karamazov o sulla volontà di potenza!»

«Non sono stronzate! Tu non capisci niente.»

E poi, si irritò Landrò, lei la doveva finire di farsi le canne e di farle fumare pure a Regina! Che si credeva? Di avere le visioni? La lucidità è tutto, non l'aveva ancora capito?

«Sì, va bene... Intanto non hai mica spiegato che qua la festa può finire da un giorno all'altro.»

Venne fuori per intero la storia del testamento del vecchio Landrò. Si trattava in realtà di un testamento "a tempo". Il notaio presso cui il testamento era depositato, aveva fatto conoscere di esso solo la prima parte, come da "volontà libera del testatario". Il padre di Landrò aveva lasciato ai due figli un preciso periodo di tempo di "prova", versando per loro su un apposito conto corrente una cifra generosa che potesse bastargli per tutto il periodo, che aveva la durata di sei mesi a partire dalla sua morte. Alla fine del periodo di prova, si sarebbero conosciute le esatte modalità dell'eredità, l'entità della cifra e dei beni, i lasciti, eccetera eccetera.

«Ma tu lo sapevi. Dal notaio ci sei dovuta venire anche tu.»

«Sì, ma non so se hai capito tu!»

Il vecchio Landrò aveva lasciato intendere che la vera eredità, quella definitiva, era legata al modo in cui si sarebbero comportati i suoi "diletti figli", ma non aveva lasciato alcuna indicazione su questo "modo". Il notaio aveva però lasciato capire che la possibilità di ereditare o no, stava tutta "nelle loro mani". Come si esprimeva il vecchio Landrò, i suoi figli, se erano "carne della sua carne", avrebbero saputo certamente "indovinare" quali erano le cose da fare per "renderlo tranquillo nell'aldilà". Ma se i due "rampolli" non avessero indovinato, allora...

«Allora sai cosa? Ci frega. Lo so, è come se lo vedessi con i miei occhi. Ci frega.»

Ma Landrò andò in bestia. Lui si era studiato tutte le norme di diritto, e i legati sulla parte della madre non si potevano fare... E la casa, eh? Anche la casa era parte della legittima materna, e quindi i due terzi toccavano a loro.

«Sì, tu continua a crederci. E poi io ci sputo sopra ai soldi di quello stronzo... Tu lo sai meglio di me che ci ha incastrati, ma stai ancora a parlare di eredità e a dire che sei alla ricerca della conoscenza... Ma se ti piace di farti fesso da solo, affari tuoi.»

La parola "conoscenza" sembrò risvegliare dal suo letargo Fulcaniello, che saltò in piedi.

«Conoscere? Conoscere? Fulcaniello sta qua, per servirvi. Eh, Fulcaniello tiene le mani sul Lume di don Raimondo, e il Lume è conoscenza! Mo' però l'energia si è sfiatata, si è sfiatata... Eh, Fulcaniello tiene assai nemici! Assai!»

Poi di colpo cambiò discorso, agitato.

«Dove sta? Dove sta Zinaida mia? Ah, sta llà...»

Si avvicinò a Zinaida che stava sprofondata in una poltrona che a malapena la conteneva e cercò di abbracciarla. Lei allora cacciò da un taschino una delle solite gomme da masticare rosa, la scartocciò e lo imboccò.

«Bello, bello... Fulcanie', sto ccà io, nun te preoccupà...»

Ma avuta la gomma, Fulcaniello sembrò riprendersi, e si accostò a Landrò facendogli dei cenni e borbottando mentre masticava: "La mappa segreta... Scavare... 'O Lume...". Ma Landrò non gli badava, occupato a dire di nuovo a Regina che se voleva, se ne poteva pure andare. Chi le aveva detto di restare? Ma Regina gli lisciava la guancia, si strusciava addosso a Landrò senza rispondere, mormorando solo: "Sì, sì, hai ragione". Fulcaniello allora desistette, e cavata di tasca una piccola palla rossa, si mise a farla rimbalzare sul pavimento. Arcana e Stella se ne erano andate già, ma io restai là ancora a lungo, fisso sull'andirivieni della palla di Fulcaniello. Pensavo alla discussione di prima. Che cosa voleva dire Arcana? "Siete vigliacchi", aveva detto. Rimbaud si era rifiutato di accettare le cose come erano, questo sì, ma noi ci eravamo soltanto costruiti un bel feticcio comodo. "La conoscenza? È solo una parola per nascondersi dietro". E poi a me, prima di andarsene: "Anche tu, con la fissazione della bellezza... Non hai capito niente. Tu la realtà non hai proprio idea di che cosa sia... Ma essere felici perché si è stronzi fa schifo. A me, fa schifo". E a queste schegge di frasi se ne sovrapposero presto altre, residui improvvisi delle parole del Maestro che non riuscivo a frenare: "L'arcano della merce... Non sviluppa una libera energia fisica e spirituale, ma sfinisce il corpo e disgrega lo spirito... Si crede libero solo nelle funzioni animali". Sì, pensai mentre fissavo Fulcaniello rigirarsi tra le mani la sua palla rossa, ma la pelle di Arcana sotto il tatto delle mie dita, madida, appena ruvida dopo il bagno, non era una merce, e non disgregava lo spirito. Eppure lei aveva ragione, essere felici perché si è stronzi era veramente una cosa schifosa.

Su un fatto però Arcana e il fratello cominciarono a trovarsi d'accordo: l'odio per la casa del padre. Niente gli andava bene, dai mobili alla disposizione delle stanze, dai pavimenti alla forma delle finestre, dal colore delle pareti alla grandezza delle porte. Fosse stato possibile, l'avrebbero rasa al suolo per ricostruirla da capo, e presto si convinsero che da quella casa dovevano solo andarsene via. Arcana perché odiava "questo paese di merda", voleva uscire liberamente, e non tollerava le facce delle persone che la spiavano da dietro le persiane le rare volte che andava fuori di casa, Landrò invece perché si era convinto che la casa del padre gli portava sfortuna.

«Sì, perchè lui mi vuole controllare dall'aldilà! A me? A me? Sì, aggia vedé se è capace!

Sosteneva che ogni giorno che passava là dentro, in quel cesso di casa, le forze gli venivano meno, perché pure a togliere tutti i mobili e a farne un bel falò, non "ci stavano cazzi", il vecchio aveva infettato delle sue stronzate "pure i muri". Bisognava traslocare a Napoli, per forza. Landrò allora si attaccò al telefono, chiamando tutte le agenzie immobiliari che c'erano sull'elenco. Ma non riusciva a trovare un posto di suo gusto, e si innervosiva ripetendo che erano "tutti incompetenti". Al contrario di Arcana, che diceva che si dovevano spendere "tutti i soldi del rimbambito" fino all'ultima lira, "perché tanto quello ci fotte", Landrò voleva risparmiare. E così, attirato dalla pubblicità che prometteva "grandi affari con piccoli soldi", finì col rivolgersi alla "Tolomeo immobiliare s.r.l.": la società che 'O Tolomeo mi aveva detto di aver messo in piedi con i contributi statali per dare un futuro al Baronetto.

Landrò, Arcana, io, tutti, volevamo una casa da dove si vedesse il mare. A Posillipo, a via Manzoni, sulla collina o giù, l'importante era che stesse in città e da sopra al balcone si vedesse il mare. Ma 'O Tolomeo, che si era dichiarato felice di poter aiutare me e i miei amici, ci fece sapere che "per quello che voleva spendere Landrò" la casa col mare, a Napoli, era difficile da avere.

«Tanto si spende, tanto si ha, no? È logica, questa qua.»

Landrò cercava di dimostrargli che non era così, che c'erano le occasioni, e lui, Landrò, di mercato immobiliare ne capiva. I prezzi erano scesi, c'era la crisi, la recessione. E allora 'O Tolomeo lo sapeva fare, il suo mestiere, o glielo doveva insegnare lui? Ma Landrò aveva anche fretta, la casa di suo padre lo faceva "uscire pazzo", e a un certo punto accettò di andare a vedere una casa che secondo 'O Tolomeo si trovava in un posto buono e non costava niente.

L'appartamento era in un parco privato, il Parco Paradiso, a Monte di Dio, e secondo 'O Tolomeo era un magnifico affare.

«Eh? Guardate qua che posto! E che spazio... Chesta è 'na nave, no 'na casa.»

«Ma il mare non si vede.»

«'O mare? 'O mare? Ma sta qua, a due passi!»

Secondo 'O Tolomeo se si saliva sul tetto il mare si vedeva, dal tetto si vedeva tutto, dal tetto si vedeva pure la Sardegna! E poi che se ne doveva fare Landrò del mare? Il mare costava, e se lui voleva spendere poco e "andare in carrozza", eh, allora si girava i film! E poi lo iodio là ci arrivava lo stesso, che ci credevamo?

«Ma non lo sentite? Ahhh... Siente, siente!»

Secondo lui dalla finestra che dava sulla via si sentiva l'odore del mare.

«E chisto nun è mare? E che è?»

Ma che volevamo di più? Quella era una casa solida, costruzione recente, antisismica. Che volevamo? Che se veniva un altro terremoto, in quelle case vecchie di Posillipo ci dovevamo solo mettere a pregare " 'a Maronna 'e Pumpei"? E quella meraviglia di casa costava poco e niente. Lui conosceva il proprietario, ce la faceva avere senza caparra, "quasi senza caparra". Ed era pure vuota, senza inquilini! "Addó 'a truvate? 'Na casa senza inquilini, nuova, spaziosa, ah?" A Zizì l'idea di venire a stare là piacque, perché la casa era moderna, ci stavano i negozi vicino, e poi teneva " 'na bella cucina grossa c' 'o balconcino". 'O Tolomeo gliela fece visitare due volte, la faceva passare avanti e la chiamava signora, e Zizì ogni volta ringraziava con un inchino e un "troppo gentile, troppo gentile". Landrò invece mormorava che quella casa era un cesso, e quello che 'O Tolomeo chiamava parco era solo una stronzata e una "presa per il culo". Ma poi si toccò la fronte, cominciò a oscillare la testa di qua e di là e a ripetere che a casa del vecchio non ci poteva stare più, per nessuna ragione, e che se ci restava ancora un giorno doveva solo uscire pazzo.

Due giorni dopo sgombrammo la villa del padre di Landrò, e ci trasferimmo tutti al Parco Paradiso. Con noi c'era anche il Maestro, o, come lo chiamavano Arcana e la sua amica, André. Nel trambusto delle discussioni per cambiare casa, era arrivata una sua telefonata per Arcana, in seguito alla quale lei aveva semplicemente imposto a Landrò che doveva ospitare un "suo amico", raccontandoci poi la storia del collegio. André era stato il loro professore nell'istituto, e loro due in particolare, qualche anno prima, avevano rischiato di essere espulse a causa di una specie di rivolta e di tutto quello che ne era seguito. La cosa era stata evitata coi soldi del padre, e così loro e le compagne erano restate in quel cesso di scuola. Ma l'avevano fatto solo perché André glielo aveva chiesto come un favore, e loro non potevano dirgli di no. Avevano sedici anni, e "André è André", come disse Stella. Lui aveva sostenuto che dovevano restare, perché "per imparare a ribellarsi" non c'era niente di meglio che essere costretti a ubbidire, e loro erano restate. Landrò mostrò in tutti i modi possibili il suo disaccordo per quel "modo di pensare puerile", sbuffando e gesticolando, irritato da qualsiasi cosa che si riferisse a quelle che lui chiamava "le illusioni rivoluzionarie dei contemporanei". Ma non poteva dire di no ad Arcana, e il Maestro, con i suoi silenzi ironici e le sue frasi distratte e elaborate fin nei minimi dettagli, venne a stare con noi.

Nella nuova casa Zizì si era subito installata da padrona in cucina, e là regnava incontrastata, infierendo in ogni modo sulla polacca. Sosteneva che quella "le spostava i nervi", e non capiva mai quando lei le ordinava di fare qualcosa. Zizì le faceva fare la spesa, ma la polacca non riusciva a soddisfare il suo perfezionismo.

«E cheste ccà so' carcioffole? Ma tu allora si' scema, sora mia.... 'A muzzarella 'e bufala nun è fresca!... Sé, tu dice "sissignora qua", "sissignora là", e po' nun sai fà niente. Ahé... Mo' se mette a chiagnere, 'sta tetesca! Scema, e mo' che chiagne a ffà?»

Per Zizì polacca o tedesca era lo stesso, per lei chiunque avesse gli occhi chiari e non capisse il dialetto, era "tetesco". Ma quello che proprio non sopportava era l'aria sempre piagnucolosa della polacca, e sopra ogni cosa, lo sgarbo intollerabile che " 'a straniera" non volesse accettare la sua cucina, e si preparasse da sola le sue minestre ("E chello fosse mangià a cristiani? Sé sé, chella è acqua sciacquata!") o le sue scatolette. Ma alle generose offerte culinarie di Zizì, la polacca opponeva un silenzio imbronciato, spesso segnandosi e assumendo l'atteggiamento di un condannato a morte o di un martire.

La cucina di Zizì era diventata ormai sfrenatamente carnale. A volte pensavo che tutta la capacità di trance che un tempo Fulcaniello riusciva a instillare in lei non fosse veramente andata perduta, ma si stesse scaricando completamente nella cucina. I pranzi diventavano sempre più difficili da digerire, più lunghi, più elaborati. Regina, che era molto golosa, aveva presto assunto forme matronali, e tutti eravamo costretti a mangiare più del necessario. Nessuno di noi avrebbe mai contrariato Zizì, e persino Landrò cominciava ad arrotondare la sua ossuta magrezza con una prominente pancetta.

A volte trovavo Zizì caduta in cucina in una delle sue crisi medianiche, con le palpebre calate e la testa ciondolante. O erano solo improvvisi colpi di sonno? Dopo quelle assenze ritornava più energica di prima, avvolgendo se stessa e la casa in un perenne odore di frittura. Per fortuna faceva già caldo, e tenevamo quasi sempre le finestre aperte. Con indulgente sarcasmo, il Maestro aveva detto un giorno che Zizì aveva trovato un nuovo Dio: la frittura. E veramente Zizì guardava con una specie di reverente ebetudine le tre enormi padelle che usava contemporaneamente, e dalle quali passavano quasi tutti i nostri pasti. Se a pranzo avevamo mangiato pasta, la sera non si sfuggiva alla "frittata 'e maccarune": e tutto quello che non si doveva buttare, perché buttare il mangiare "era peccato", andava rigenerato nel ciclo della frittura.

Ma la sua fissazione era la salute di Fulcaniello. L'ascetico, segaligno Fulcaniello, veniva rimpinzato maternamente da Zizì fino a farlo cadere mezzo addormentato alla fine di ogni pasto. Lo usava anche come cavia per le sue invenzioni di nuove pietanze, per le varianti, le prove. E dopo meno di un mese, Fulcaniello era diventato lustro, sempre rosso in viso e pronto ad addormentarsi nel bel mezzo di una frase sull'energia o sul Lume di don Raimondo.

Per Zizì, tutti noi eravamo inappetenti o malati, e quando

divorava le enormi porzioni che lasciavamo nei piatti scuoteva la testa, sostenendo che continuando così avremmo preso " 'na brutta malatìa". L'unica ammessa ad aiutarla era Regina, che lei definiva " 'na brava figlia", e che dopo un poco prese il posto della "tetesca" nell'occupazione di farle la spesa.

Landrò sembrava indifferente a tutto ciò. Si era sprofondato in una nuova teoria, e cioè che ci dovevamo occupare di politica.

«Qua siamo in pericolo. L'Italia non è un posto sicuro, ve l'ho già detto.»

Si irritava molto ai silenzi che il Maestro gli opponeva, ed era felice se quello ribatteva alle sue osservazioni. Il Maestro aveva un modo apparentemente distratto di attaccare, e osservava Landrò con distacco, come si osserva uno strano fenomeno della natura. Ma col passare dei giorni diventarono inseparabili. Il Maestro lo stava a sentire con attenzione, ora ironico ora veramente interessato, e a volte lo stuzzicava.

«Che vuoi dire quando parli di disarmonia?»

Voleva dire, sbuffava Landrò, che nessuno vedeva la verità, e tutti si ingannavano da soli. Ne aveva visti a mucchi, lui, di "cercatori dell'armonia"!

«Sé sé... Quelli vogliono solo l'armonia del fottere! Che devono sapere?... Qua sta venendo la fine del mondo, di tutto quello che è stato bello, e loro pensano solo a fottere! Ma io me ne andrò... Sì, c'è ancora l'Australia, e la Nuova Zelanda...»

Lui non era un pensatore dell'armonia, e sull'utopia ci doveva per forza sputare sopra! E poi il filosofo vero è crudele, per primo con se stesso, e non si fa gabbare.

«Io sono come Baudelaire, non sarò mai gabbato!»

Ma se il Maestro gli faceva notare che il suo sistema di vita non teneva conto delle "circostanze materiali", e che anche in Nuova Zelanda il capitalismo aveva distrutto ogni traccia del "passato umano", allora Landrò si infuriava, sostenendo che solo lui era in grado di capire il proprio sistema, e che la spiritualità "a buon mercato" dei rivoluzionari non lo aveva mai ingannato.

"Io considero tutte le variabili!" diceva enigmaticamente. Secondo lui non avevamo capito niente del futuro. Se lui avesse potuto ricominciare, si sarebbe dedicato solo alla politica, "l'arte di influenzare" le persone. Ma anche adesso, la possibilità di farlo non mancava, ed era la televisione. Lui avrebbe lavorato lì, perché "tutto lo spirito" era ormai solo "una grossa cacata". E comunque, concludeva all'improvviso, con noi non si poteva certo spiegare apertamente, e spiattellarci le sue speranze così, come "uno stronzo qualunque".

Arcana era diventata più sfuggente. Da principio avevo pensato che fosse l'effetto del "suo" André, ma non era così, perché André in un certo senso per lei ormai apparteneva al passato. Ma forse Arcana era solo dieci anni più giovane di me, e soprattutto sembrava possedere un'avventatezza che io, accidioso com'ero, non arrivavo a capire. Lei e Stella mi raccontarono molte cose del collegio, delle loro esperienze, ma a me sembrava sempre di non riuscire a cogliere l'essenziale. Sottolineavano cose che non mi parevano importanti, e liquidavano con un gesto quelle che io avrei voluto capire meglio. Una notte Stella mi raccontò che a quindici anni aveva creduto di essere "una discendente diretta" di Rimbaud. Sua madre era nata a Napoli, ma lei aveva scoperto che veniva da una famiglia di meticci francesi, e che un suo bisnonno aveva sposato un'abissina conosciuta tramite un amico italiano di Rimbaud, "un certo Ferrandi". Insomma "la negra" di Rimbaud, così si era messa in testa, doveva essere una sua antenata. Di questo lei e Arcana ridevano ora fino alle lacrime, ma giuravano di averci creduto entrambe. La colpa, diceva Stella, era dell'amica.

«È lei che me l'ha fatto leggere la prima volta!»

«... Nelle azzurre sere d'estate, me ne andrò per i sentieri...»

«... E me ne andrò lontano, molto lontano, come uno zingaro...»

Si davano sulla voce a vicenda recitando i versi, e si ricordarono di quando Stella aveva scritto col pennarello nel cesso della scuola ANDRÉ, e sotto: C'EST MAGNIFIQUE LA LUXURE! Ma da queste improvvise confessioni passavano facilmente a silenzi afasici, infastiditi, o a battute puerili.

Solo nell'amore mi sembrava di ritrovare davvero Arcana, ma anche questo cominciò a succedere di rado. Le due amiche uscivano spesso, a volte tutta la notte, e senza dire dove andavano. Erano state "da amiche loro", affermavano al mattino, o "in discoteca", perché a stare sempre a casa, si facevano "due palle così".

Arcana non riusciva ad andare più avanti nella lettura di Musil. Il libro l'aveva stancata perché "era troppo pieno di parole". E poi quand'era che quei due, Ulrich e Agathe, avrebbero finalmente scopato senza più tante storie? Secondo lei si poteva dire tutto quello che c'era da dire in quattro pagine, e Musil ci girava troppo intorno. Ma poi ne imparava a memoria interi passi, ripetendomeli ossessivamente e sostenendo che erano bellissimi. Cacciava via dalla fronte i capelli neri e si alzava di scatto dalla posizione supina in cui leggeva, dicendo che si era stufata di tutto.

Una sera, distratto, scribacchiai sul muro della sua stanza la mia formula magica: LE BARRICATE MISTERIOSE. A lei quella frase piacque subito, e si mise a ripeterla quasi cantando, come un ritornello. Io cercai di dirle che quelle parole erano per me uno scongiuro, qualcosa senza una vera spiegazione, qualcosa che avrebbe dovuto restare in piedi anche dopo la peggiore catastrofe. Anche lei, le dissi, era come una "barricata misteriosa". Ma Arcana scosse la testa, dicendo che io e André in fondo eravamo uguali, tutti e due fissati con la sconfitta. E quando provai a domandarle che cosa volesse dire con quel "fissati con la sconfitta", rise, dicendo che lei "voleva vivere, vivere", e il mondo era pieno di cose, e di cose belle, e si doveva solo fare la fatica di prenderle. Non ero io che parlavo sempre di bellezza? E invece poi stavo sempre là a rimuginare, e volevo spiegare tutto fino all'ultima virgola. In fondo ero "proprio come André": volevamo sapere, sapere, ma la vita non la capivamo.

Una mattina di giugno, mentre il Maestro sosteneva che la catastrofe era già in atto nel mondo intero, e solo i borghesi nichilisti che avevamo attorno potevano essere così ciechi da non accorgersene, e Landrò gli replicava che lui lo sapeva bene che "i grandi eventi arrivano con passi di colombe", squillò il telefono. Era il notaio, che convocava per il pomeriggio stesso Landrò e Arcana per l'apertura della seconda parte del testamento. Landrò disse alla sorella di prepararsi, perchè era meglio se "si anticipavano", e non riuscì a tenersi calmo per il resto del tempo, ripetendo una frase che mi sembrò insensata, e cioè che lui adesso mandava "a fare in culo" 'O Tolomeo.

Al loro ritorno si sentiva gridare già dalle scale. Landrò era fuori di sé.

«'O strunzo! 'E ppatane so' bbone cotte... L'acqua è poca e 'a papera nun galleggia... E chi è lo stronzo? Chi è?»

Sembrava impossibile cavargli di bocca qualcosa di sensato, al di fuori del ritornello preferito di suo padre, che lui ripeteva concludendolo ogni volta con uno sghignazzo. Fu Arcana a darci le notizie.

Il vecchio Landrò con il suo testamento aveva costruito una trappola senza via d'uscita. Tutti i terreni edificabili che aveva erano stati lasciati ai Fratelli d'Italia per il Lavoro e la Morale e alle Sorelle per la Salvezza, un istituto religioso di rieducazione per gli adolescenti deviati dalle idee moderne.

«Le zoccole! Per questo venivano a casa! Ah, 'e ppatane so' bbone cotte...»

La casa con il giardino, invece, l'aveva lasciata a don Sossio Sesamo e al suo "movimento di combattenti", perché si opponesse, come già faceva, "alla degenerazione dell'epoca". Landrò strappò di mano alla sorella la copia del testamento e cominciò a leggere lui stesso.

«"Per la bonifica dei costumi morali, perché i giovani in una sana attività corporea e spirituale possano salvarsi"... 'Sta mmerda! Ma che 'a scritto?... Le clausole? Ah, pure 'e clausole! Chillu cesso!»

I figli perdevano l'uso di questi beni perché non avevano, nei sei mesi intercorsi, ubbidito alle sue "comunicazioni dall'aldilà", dimostrando così che non erano "sangue del suo sangue". Erano forse andati a onorare la sua sepoltura con "fiori freschi" e "orazioni"?

«Un "giorno sì e uno no", eh? "In segno di amore filiale", eh?... Ma io aggia sputà 'ncoppa all'ossa!»

E Landrò sputò realmente, sul pavimento. Ma le visite al defunto non erano tutto. Un'altra clausola prevedeva un uso "parsimonioso" dei beni, e il rispetto della casa "avita", che doveva non solo essere abitata dai figli, ma mantenuta "sine altra modifica" nello stesso stato in cui era stata lasciata alla morte del testatario. Inoltre, sua figlia avrebbe dovuto pubblicamente manifestare, affidandosi "al saggio consiglio di zie carnali", il desiderio di fare un matrimonio "sano e fecondo di progenie". E poi, nella sua "infinita bontà", al suo "unico figlio maschio", all'erede del suo nome, lui aveva offerto anche un'altra grande possibilità. Non gli piaceva "il mistero", a suo figlio? Non gli piacevano gli "enigmi"? Be', lui lo aveva accontentato. La faccenda di don Sossio Sesamo era stata "tutta una messinscena", una "prova" per vedere se suo figlio l'avrebbe superata. Suo figlio credeva che la grande Chiesa Cattolica fosse una tragica farsa? E lui gli aveva fatto vedere quello che voleva credere. E dov'era finita, di fronte a quella piccola recita, la "penetrazione psicologica" di cui "il suo erede" si era sempre vantato? E che lo aveva letto a fare Dostoevskij? Suo figlio "aveva preso tutto alla lettera", non aveva saputo "leggere tra le righe", non aveva "decifrato i simboli": e voleva pure fare il filosofo?

«Domani! Domani! Io l'avevo capito, avevo capito tutto!» si mise a gridare Landrò.

«Ma che hai capito? È meglio che ti stai zitto, Landrò.»

«Non ci sono fatti, che ti credi, 'o ssaccio!... Ci stanno solo interpretazioni di fatti! 'O scemo, 'o scemo... E io, io non sapevo già tutto? A me? Te cride che m' 'e fatto fesso a me? Karamazov del cazzo, ti ho scoperto!»

Per poco, continuava il testamento, suo figlio e i suoi amici ("Anche per loro ci sarà la mano del Dio giusto") non avevano ucciso un "uomo nobile e un amico sincero", e lui allora si era deciso a redigere un nuovo testamento. Era certo "tutto già prevedibile", ma lui, per l'intercessione di don Sossio, "uomo di larga carità", non aveva voluto punire "ciecamente". I giovani dovevano essere piegati, dovevano avere "il tempo di capire i propri errori", perché anche le "male piante" si possono raddrizzare. Troppo aveva egli sofferto dell'immoralità dei suoi "figlioli", ma aveva sempre voluto che fossero liberi di scegliere. Non era forse il peccato una scelta di libertà che Dio lasciava ai suoi figli? La volontà era l'unica forza capace di rendere l'uomo libero, e il "libero arbitrio" per ogni "vero cristiano che conosce la verità" era un articolo di fede: "Volere libera"...

Landrò leggendo questo passo sulla volontà divenne paonazzo, ripeté solo più volte: "Volere libera... Arbitrio... Libera volontà" a bocca aperta, fissando nel vuoto lo sguardo disgustato.

I beni mobili restavano equamente divisi tra le "sopra citate istituzioni benefiche", nella misura di circa due miliardi e cinquecentocinquanta milioni di cui fare tre parti uguali...

«Ma io questa merda di testamento lo impugnerò!» saltò a dire a un tratto Landrò: «Eh, io so... La legittima non ce la poteva togliere... Questo è carta straccia!». E appallottolò il testamento gettandolo per aria.

«Te l'ha già detto il notaio. È tutto perfettamente legale.»

«Legale? Quella merda faceva una cosa legale? Ah!... Chella faccia 'e cazzo?»

Ma Arcana, disgustata, gli spiegò che "la faccia di cazzo" aveva ideato un meccanismo legalissimo di donazioni per aggirare la legittima. Aveva trasferito tutto all'estero, su un "soggetto fiduciario", scavalcando la legge italiana. Non lo aveva sentito dal notaio? E in più c'erano anche le firme dei figli.

«Ci ha incastrati, è inutile. Ti ricordi quella firma che ci fece mettere?»

«Che firma? Che firma?»

«L'anno scorso, sul documento per ritirare i titoli o le azioni... Be', quello era un atto di rinuncia alla legittima. Ti ricordi, ora?»

Landrò era rimasto immobile, come folgorato. Disse solo: " 'A firma!". Regina intanto si torceva le mani, e in tono piagnucoloso frignò:

«E ora? E ora? Gesù... Gesù... Mi sono rovinata... Mi sono rovinata con le mani mie...»

«Chi ti ha fatto parlare, a te? Chi ti ha detto mai niente? Sé, sé, 'e ppatane so' bbone cotte...»

«Quanto è rimasto di soldi?»

Ma Landrò non rispose. Si lisciava i capelli con un gesto meccanico, girando nella stanza e sbattendo la mano sui muri. In quel momento Fulcaniello, che per tutto il tempo era rimasto seduto vicino al tavolo a scartocciare e ingoiare caramelle, ebbe come un sussulto.

«Ma lui può fare l'oro! Fulcaniello può fabbricare tutto l'oro che volete!»

Regina ora piangeva, asciugandosi di nascosto le lacrime

con le dita grassocce e ripeteva fra i singhiozzi "mammà, mammina mia". Fulcaniello intanto aveva preso un foglio e una penna, e disegnava gridando.

«L'oro! L'aurum, la quintessenza filosofale... O grande deus terrenus, dio di tutti gli dei, Fulcaniello ti conosce! Tu stai nel cuore della terra, dint' 'o sotterraneo, dint' 'o sotterraneo... Vedete, vedete?»

Andò in giro attorno al tavolo con il foglio, su cui aveva disegnato un sole come quelli che fanno i bambini, e sotto il quale aveva scritto *Splendor Solis*.

«Venite qua, qua! Voi vi dovete congiungere, avita fà 'ammore!»

Si mise a tirare Regina per un braccio, la perse, corse saltellando verso Landrò, ma quello lo spinse via.

«Venite da lui, unitevi! Copulate, copulate... Unus sit masculus et foemina... L'arte alchemica Fulcaniello non la conosce? Lui? Ahà... Fulcaniello sa, Fulcaniello conosce.»

Landrò si mise a girare intorno al tavolo, inseguito da Fulcaniello che gli gridava: «Salomone, tu si' 'o rre Salomone... Vieni ccà! Chesta è 'a reggina 'e Saba... L'oro sta qua, sta qua, nell'unione».

«La terra, l'argento vivo, l'oro! Fulcaniello sa, Fulcaniello conosce... Avita fà 'ammore!»

Faceva entrare e uscire oscenamente l'indice della mano destra dal cerchio formato dal pollice e dall'indice dell'altra mano.

«'A coniunctio, 'a coniunctio! Sopra e sotto, dentro e fuori... Quanti soldi ti servono? Fulcaniello fa, Fulcaniello crea... S'adda scavà, s'adda scavà!»

Si era inginocchiato e faceva l'atto di scavare il pavimento, ripetendo "Salomone... Reggina... S'adda scavà".

In quel momento la porta della cucina si aprì, ed entrò trionfante Zizì, reggendo un enorme vassoio.

«Aggio fatto 'e graffe! Magnate, magnate! So' calde calde...»

Posò sul tavolo l'enorme vassoio carico di zeppole fritte ricoperte di zucchero, e fummo investiti da un odore di frittura che dalla cucina invase la stanza. Fulcaniello, come tramortito, vacillò sulle ginocchia e rimase immobile.

«Fulcanie', uhé, stai bbuono? Tie', màgnate chesta graffa.»

Zinaida prese una zeppola rotonda e gliela ficcò in bocca. Ma la zeppola si aprì, e la crema che c'era dentro schizzò sui pantaloni di Fulcaniello.

«Basta! Basta! Non ce la faccio più... Ve ne dovete andare! Tutti, tutti...»

Mentre Landrò gridava, Fulcaniello aveva raccolto la crema dai pantaloni e se la spalmava con un dito sulla lingua.

«E magnate, che se fanno fredde! So' fresche fatte...»

«Basta! Per pietà, per pietà...»

Anche Regina aveva allungato una mano verso il vassoio, e stava addentando una zeppola attenta a non perdersi la crema. Allora Landrò balzò su di lei e cominciò a tirarla per i capelli, di qua e di là, mentre lei non smetteva di masticare e piagnucolare. Stella e Arcana ridevano come due pazze, e gli strapparono Regina dalle mani.

«Mo' basta! Siete tutti magnafranchi, alle mie spalle! Chi vi ha invitati, ah? Mi avete fatto spendere tutti i soldi, tutto, tutto... Ve piace, eh.... 'E ppatane so' bbone cotte, eh... Ma io non ce la faccio più!»

Regina piangeva a dirotto, Fulcaniello si era seduto vicino al vassoio, e con il mento appoggiato sul tavolo, la bocca spalancata, si lanciava in bocca le zeppole, e ad ogni tiro riuscito batteva felice le mani sporche di zucchero. Zizì ripeteva "magnate, so' calde! Ma che? Nun tenite famme? Ma vuie site giuvinotti!" Landrò, sprofondato nella poltrona, mormorava alternativamente "non ce la faccio" e "impugno il testamento"...

«Io vi licenzio tutti!» gridò a un tratto Landrò agitando il pugno, per tornare poi nel suo torpore, ripetendo solo a scatti: tutti, tutti, tutti...

Il giorno seguente si presentò 'O Tolomeo. Aveva saputo "il fatto del testamento", e veniva per discutere con Landrò di "cose serie". I due stettero un intero pomeriggio a parlare, ma non si riusciva a capire esattamente di che cosa si trattasse. Si erano chiusi nella stanza di Landrò, e ogni tanto la porta si apriva lasciando uscire Landrò che frugava in un cassetto, in un libro, ritornando con delle carte di là per mostrarle a 'O Tolomeo. Doveva trattarsi della causa che Landrò voleva intentare contro i beneficiari di suo padre. 'O Tolomeo diceva tranquillo che doveva prima "vedere le carte", e che quelle erano cose serie, da considerare con calma. Fecero anche delle telefonate, a un avvocato "che era un artista!", almeno a sentire 'O Tolomeo, e alla fine, verso sera, 'O Tolomeo e Landrò sembrarono aver trovato un accordo. 'O Tolomeo andò via soddisfatto ("Salute a tutti"!), e dette un buffetto sulla guancia a Regina. Landrò continuò a trafficare con la porta della stanza, le carte, il libro di diritto privato, per chiudersi poi dentro a chiave. Fu Arcana che lo costrinse ad aprire, parlottarono fra di loro e sentii che Arcana diceva "quell'animale!", e poi ridendo si richiudeva la porta alle spalle. "Mio fratello è pazzo" mi disse, "ma a me non interessa. A questo punto..."

Insomma sembrava che, a sentire Landrò ("Secondo me, non ha detto tutto", diceva Arcana), lui avesse fatto un patto con 'O Tolomeo. 'O Tolomeo gli anticipava "ancora" una certa quota di "liquidi", ma per tre mesi: il tempo di vedere se "il principe del foro" riusciva a ribaltare il guaio del testamento. A lei quella storia non piaceva per niente, ma intanto i soldi ora c'erano di nuovo, e tanto valeva spenderli e non pensarci più. A lei 'O Tolomeo faceva "un po' senso", con quella pancetta, la calvizie al centro della testa, e quegli occhi da "malato" sempre puntati addosso. Però era anche simpatico, allegro, e almeno questa volta sembrava essersi comportato bene. Sempre a sentire Landrò, a lui i soldi li aveva prestati "sulla parola d'onore", e quindi non c'erano pericoli. E forse ora si capiva anche perché Landrò e 'O Tolomeo dopo essersi accapigliati, erano stati poi d'accordo sulla casa a Monte di Dio: i soldi per la caparra e per l'affitto dovevano essere stati anticipati da 'O Tolomeo, perché la "somma equa" che il vecchio Landrò aveva lasciato ai figli, era in realtà finita molto prima del previsto. E forse, disse Arcana, anche l'appartamento in cui abitavamo adesso, era di proprietà di 'O Tolomeo.

«Ma tanto!» concluse «se pure va tutto a puttane, chi se ne frega? Facciamo che ce li ha regalati, lui ce li ha. Guarda qua: cinquecentomila lire, e stasera ce le spendiamo.»

Ma quella fu l'ultima sera "coi soldi" per un bel po'. Landrò era diventato di una tirchieria spaventosa. L'unica spesa che si era concesso era stata quella di una piccola calcolatrice. Ma, per risparmiare, l'aveva comprata senza batterie, a energia solare, convinto che "con tutta la luce" che c'era in quella "cazzo di città", la calcolatrice si sarebbe ricaricata benissimo. Non dicevano tutti che quello era il paese del sole? Ma la macchinetta faceva i capricci, lasciando Landrò giusto nel mezzo di calcoli complicatissimi. Perché lui non si limitava a calcolare le entrate e le uscite quotidiane, ma la usava per stabilire i tassi di interesse e gli accumuli progressivi che avrebbe realizzato in futuro con la "sua" eredità. Scottato dalla beffa del testamento, era ritornato all'idea di amministrarsi almeno una parte dell'eredità in modo che gli bastasse per vivere largamente fino all'età di "massimo cinquant'anni", età in cui, come Nietzsche e quelli della famiglia di sua madre, lui sarebbe morto. Lasciava in giro fogli stracolmi di calcoli e somme, aggredendo poi Fulcaniello perché ci disegnava sopra i suoi "soli del cazzo" e le altre "schifezze esoteriche". Cercava anche di sfuggire a Zinaida, ma lei non lo mollava, dicendogli che la "robba fresca" costava, e che lei nelle ristrettezze non ci era stata mai. Landrò tentava di ragionarci, le mostrava le cifre, le parlava di percentuali, ma Zinaida si limitava a dire che non ce la faceva a cucinare con così poco. E alla fine Landrò, pur di farla stare zitta, le dava tutto quello che la donna gli aveva chiesto.

Dopo un paio di settimane sembrò annoiarsi di queste inutili spiegazioni, dei calcoli che non lo soddisfacevano, e smise di leggere la pagina economica con le variazioni dei tassi. Quella che ormai incombeva su tutti, era la realtà. Le cose a cui non avevamo prestato attenzione assumevano un aspetto sempre più cupo. Anch'io cominciai preoccupato a seguire i telegiornali, e i programmi che Landrò e il Maestro ritenevano importanti, ma non riuscivo a capire.

«Le facce! Devi leggere solo quelle! Là ci sta scritta la verità.»

Anche il Maestro era d'accordo con Landrò. In un certo senso pareva che ciò che ci abbatteva avesse su di lui un effetto contrario. Parlava di più, trovando come sempre accostamenti impensabili tra fatti molto distanti fra loro, e accettando perfino di spiegarsi su alcune enigmatiche frasi che a volte lasciava cadere nelle discussioni. Per lui quella che stavamo sperimentando sulla nostra pelle, era "la sorte di tutti". Il mondo nel quale vivevamo non era veramente reale, e tutti ci agitavamo in un immenso spettacolo dove trionfava "l'inganno della merce". Lo spettacolo, come aveva detto una volta, era il capitalismo arrivato a un tale grado di accumulazione da diventare l'unica immagine visibile. Landrò gli obiettava ogni volta che per lui "capitalismo" era una parola "obsoleta", che non spiegava più niente. Ma condivideva l'idea del reciproco ingannarsi e dell'"irrealtà assoluta" che aveva preso il posto della vita.

Quello che il Maestro diceva sulle "cose alienanti" che si riproducevano ormai da sole, e si sovrapponevano alle "realtà umane", mi pareva di capirlo fin dentro le ultime cellule del mio stesso corpo. Ma c'era sempre qualcosa che mi sfuggiva, che si sottraeva a quei concetti, qualcosa a cui davo un unico nome: Arcana. In qualche modo mi ero convinto che io, come aveva scritto Verlaine, "vivevo la sua vita", e pensavo che là potesse esserci una qualche via di scampo. Lei continuava a uscire spesso, e i nostri incontri erano sempre più rari e brevi, anche se in un certo misterioso modo erano diventati più intensi, a volte fino all'isteria o alle lacrime. Lei si era messa di nuovo a scrivere poesie, che però non mi faceva leggere, e che strappava subito. "Che te ne fai?" diceva, "sono per me e basta". A volte me ne recitava qualche verso, ma non sopportava che io dicessi che erano belli. "Belli, belli... Non significa niente." Quando andavo a dormire, mi venivano in mente quei brandelli di poesie, e non riuscivo a decifrarli. Mi sembravano insignificanti, sciatti, un po' ridicoli, ma nello stesso tempo carichi di una vitalità spaventosa. Era proprio quella vitalità che io non capivo. Forse ero davvero troppo roso dal risentimento, e come una malattia segreta l'invidia dell'inferiore si gonfiava nel mio stomaco soffocandomi. Forse ero come lo schiavo impotente che sogna la morte dei suoi padroni, e non vivrà mai la vita vera: mi sentivo veramente dall'altra parte, quella a testa sotto, quella della sconfitta.

Ma questo pensiero era insopportabile. Nella mia testa, allora, si faceva il vuoto. E le voci del notiziario che Landrò guardava di là fino a tardi mi gettavano in uno stato di abulia. Mi sembrava di non essere mai andato via da casa mia. Il caldo, il rumore del traffico, le voci erano le stesse. Il sonno arrivato tardi, pesante, non era diverso da quello giù nello scantinato, e quando una voce dalle case di fronte chiamava strascicata nel frastuono di una partita o dei trilli del telefono e degli applausi, risentivo impotente tutta la solfa: "Non ti sei laureato!"... "E che, il posto statale ti fa schifo?"... "Ti vuoi decidere? Guarda quel figlio mio, piglia esempio"... "Lo vedi come è capace Taúto?"... "Nella vita si deve lavorare, lavorare, lavorare...".

Allora, di colpo, mi sentivo di nuovo in trappola. Se era vero che "più si contempla, meno si vive", come diceva il Maestro, allora ero morto da molto tempo. Sì, i miei gesti, i miei respiri, le parole, niente era veramente libero, niente veramente mio. E ripetermi a mezza voce "Arcana, Arcana" non riusciva più ad aprire la porta da cui avrei voluto fuggire.

Con il caldo l'ostilità dei condomini del Parco Paradiso sembrò improvvisamente lievitare.

Quasi di continuo il portiere veniva a bussare da noi con qualche lamentela. Le famiglie si lagnavano che c'era uno strano trambusto, e loro "tenevano i bambini", e ci voleva pure "un poco di rispetto" per le persone perbene. Gli dava fastidio tutto. Ce l'avevano con le ragazze che si affacciavano "mezze nude" alla finestra "a schiamazzare", con la polacca che "sporcava le scale", e soprattutto con la "puzza". Untuoso e strafottente, il portiere veniva a riferire le lagnanze enumerandole sulla punta delle dita.

«Questo è nu parco privato, voi capite... La gente è abituata a un certo tono, alla tranquillità... Certi odori, qui, non si sono mai sentiti.» E arricciava il naso a indicare la tanfa di frittura che in realtà ci impregnava perpetuamente fino alla radice dei capelli, e che non riuscivamo a levarci in nessun modo.

Ma quando si divulgò la notizia che Fulcaniello era "diabolico", allora le cose peggiorarono ulteriormente. Lui si faceva spesso vedere sul balcone della cucina a bruciare erbe o cartacce, assorto nei suoi gesti cabalistici, o in cortile a misurare con un metro da falegname distanze e punti di convergenza. Gli era tornata l'idea dell'energia della sopravvivenza, e voleva verificare se il cortile del parco comunicava con l'accesso "alle forze". Non lo sapevamo che sotto alla chiesa di Santa Maria a Cappella Vecchia c'era "la grotta"? E che dicevano, gli ignoranti? Che quella era una cava abbandonata? Fulcaniello rideva sarcastico all'idea che quella grotta fosse una semplice cava: quella era "la bocca di Napoli", e là si adorava una volta, nei tempi antichi, la "dea dell'energia". E Fulcaniello faceva segno con le dita delle mani unite a rombo per indicare il sesso femminile. Ma l'accesso agli "antichi luoghi" era sbarrato, e dalla chiesa non si poteva passare, a causa delle "presenze maligne". Bisognava allora aprire un nuovo accesso, e collegare la bocca di Napoli, che si trovava più o meno sotto il nostro appartamento, con la caverna dove era sepolto il Lume perpetuo di don Raimondo di Sangro.

«Come ve lo devo dire? La gente si lamenta. Chillu viecchio, sempre là nel cortile a piglià 'e misure...»

Sicuramente Fulcaniello praticava riti diabolici, questo era il pensiero di tutti. Quando lo vedevano giù in cortile, o sul balconcino, gli inquilini si segnavano, toccavano ferro, facevano a due mani il segno delle corna: perché si era anche sparsa la voce che Fulcaniello portasse sfortuna. Landrò un giorno si stufò di stare a sentire le chiacchiere del portiere, e lo spinse fuori senza dire una parola, mentre quello ripeteva "ma che facite... Comme vi permettete... Voi non mi conoscete ancora!" E pochi giorni dopo, da una seduta condominiale che Landrò, come sempre, aveva disertato, ci arrivò una specie di ultimatum. Gli inquilini del Parco Paradiso erano tutti "persone perbene", e non potevano tollerare cose simili, cose che nel parco "non si erano mai viste". Dovevamo chiudere le finestre, anche col caldo, perché la puzza di frittura, lo diceva anche "l'articolo 844 del Codice Civile", non era legale. E dovevamo impedire al vecchio di andare in giro per il cortile, altrimenti "l'autorità condominiale" avrebbe "adito le vie legali". Infine, si insisteva sulla "moralità", e sulle "cose turpi" che "occhi innocenti" erano costretti a vedere. Il foglio fu lasciato senza risposta, e da quel momento l'ostilità dei condomini diventò aperta. Nell'ascensore trovammo più volte cartelli di minacce, e di notte qualcuno ci strofinò la porta di aglio, scrivendoci sopra col gesso VAMPIRI. Quando Arcana o Stella uscivano si apriva sempre una porta e una voce sibilava: "zoccole, andate a battere da un'altra parte". Nel cortile la vita per Fulcaniello diventò difficile. I ragazzini avevano avuto l'ordine di tirargli pietre, di fargli perdere l'equilibrio e di sporcargli i vestiti. E una mattina trovammo fuori alla porta un mucchio di escrementi. Landrò scese dal portiere a lamentarsi, ma quello lo aggredì.

«Ah, avete trovato 'a mmerda? E che prove tenete? A me chi me lo dice che non siete stati voi per far cadere la colpa sulla brava gente? La legge, signore caro, qua ci vuole la legge. E l'amministratore vi deve mettere una multa, per questo e per quell'altra schifezza dell'aglio...»

I vicini da un lato e dall'altro dell'appartamento tenevano sempre al massimo i televisori, e così quelli del piano di sotto e di sopra. Ma alle rimostranze, il portiere faceva spallucce e sosteneva che lui non ne sapeva niente, a lui non "gli risultava", e poi la gente perbene aveva pure il diritto di divertirsi dopo che aveva "onestamente lavorato", no?

Di cambiare casa, diceva Landrò, non era nemmeno il caso di parlarne, e allora cominciammo noi a chiudere le finestre. Ma si soffocava, il sudore e la puzza erano intollerabili, e dovemmo riaprirle per forza. Una volta ci buttarono un gatto morto sul balconcino. Quasi sicuri di chi fosse stato, salimmo sopra con l'intenzione di farla finita con i Fuosso, ma quelli si erano chiusi a chiave, e ci potemmo sfogare solo prendendo a calci la porta. Tre giorni dopo ci arrivò un'ingiunzione a presentarci in tribunale per "offese e danni a un bene privato". Trionfante, la grassoccia signora Fuosso mi gridò per le scale che il marito era "procuratore legale", e ce l'avrebbe fatta vedere lui.

Con la fine dell'estate le cose non migliorarono. Eravamo

oggetto di continui ultimatum dall'amministratore condominiale, fummo accusati di un furto che era stato fatto nel condominio e della mutilazione inflitta a una statua di gesso della Madonna di Lourdes che stava in una nicchia nell'atrio. E poi c'era la questione delle "zoccole grosse accussì", come diceva il portiere mostrando il braccio per la lunghezza di mezzo metro a indicare enormi topi di fogna. Non c'erano mai stati mostri simili, prima, e chi le aveva mai viste " 'e zoccole giganti" al Parco Paradiso?

«E mo' chi sa pecché, ce stanno...»

Si erano, secondo lui, spaventati anche i suoi gatti. E quello grigio con l'occhio chiuso, non lo vedevo? A quello la zoccola l'aveva quasi ammazzato. E perché venivano? Perché " 'a chiattona" buttava i residui di frittura nel parco, apposta, "sì, sì, apposta", altro che le briciole per i passeri...

Ma incurante di tutto, per il due novembre, il giorno del compleanno di Fulcaniello, Zizì organizzò una cena di festeggiamento. Fulcaniello compiva il suo settantesimo anno, e lei lo voleva "fare contento". Insisté per invitare anche 'O Tolomeo, "chillu signore c' 'a cravatta accussì bravo" che le aveva fatto avere la cucina nuova, e disse che avrebbe fatto " 'na bella sorpresa" a tutti quanti.

’O Tolomeo arrivò con Zaccariello, che presentò a tutti come “mio fratello l’avvocato”. Zaccariello in verità pareva un altro. Ben stretto in un gessato celeste, con la cravatta rossa fermata da una spilla d’argento a forma di pistola, i capelli lisciati, si guardava attorno altezzoso, mostrando con aria fintamente noncurante la lunga unghia al mignolo sinistro e un grosso anello d’oro con una pietra rossa. Anche Arcana e Stella avevano invitato due amiche: Elena, una ragazza con una splendida bocca, alta e snella, e sua sorella Emma, una ragazzona dalla pelle olivastra vestita da pellerossa, ma tutta di nero, con i capelli corti tagliati a frangetta. Ma al momento di mettersi a sedere, ’O Tolomeo contò rapidamente i convitati e disse che lui a cena non ci poteva restare, perché eravamo in tredici a tavola. Anche Zaccariello si alzò, dichiarando che il fratello aveva ragione, e se ne doveva andare qualcuno, era “un fatto di matematica”. Dopo un conciliabolo, Zizì spedì la polacca in cucina, con l’ordine di non uscire per “nisciuna raggione”! Ma prima di cominciare ’O Tolomeo, imitato da Zaccariello, volle a tutti i costi fare le corna tutt’intorno al tavolo e gettarsi una manciata di sale dietro le spalle, bofonchiando che era “pure il due novembre”.

Già dopo il timballo di maccheroni al ragù io non ce la facevo più. Zizì, ciarliera e didattica, ci enumerò tutti gli ingredienti: lo zucchero, il burro, le uova e la farina per la pastafrolla della crosta, cinque chili di "maccaruncielle", e poi il piccione col vino e le cipolle "tritate fine fine", la "sasiccia" fresca e secca, i "fegatielli" di maiale e di pollo, la ventresca, " 'o pparmiggiano", "ll'ova sode", i "fungetielli", " 'a 'nzogna", " 'a ricotta", " 'e purpette fritte", il lardo nella salsa, i piselli, la conserva, le carni miste... E la cottura! Non vedevamo che salsa? 'O rragù vero! Era "lucente", non era mica "acquarella", s'era fatto nero, non lo vedevamo? Proprio come piaceva a Fulcaniello suo!

Ma dopo il timballo, 'O Tolomeo attaccò con l'argomento lavoro.

«Eh, qua si fa la bella vita. Vedo, vedo... Ma lo sapete che i soldi si fanno faticanno? La-vo-ran-do!»

Zaccariello annuiva, ingurgitando enormi forchettate di pasta.

«Eh... Tutto bello... 'A protesta, la "disoccupazione universale", è vero, Tomma'? E poi? Belli miei, qua ci sta 'a realtà!»

Si era già bevuto quasi una bottiglia di vino, e alzava la voce, sottolineando la parola "realtà" picchiando la nocca della mano pelosa sul tavolo.

«La realtà? La realtà è inverosimile. Solo la fantasia è reale.»

«Eh, sì, pure tu! Mac', ma che cazzo dici? Vi siete guardati attorno? Eh? Maestro, e 'sta protesta che doveva mettere sottencoppa 'a società, addó sta? Qua ci andate voi, sottosopra. 'O munno è cagnato.»

Il Maestro si accese una sigaretta e fece spallucce.

«Solo per essere più uguale di prima.»

«La catastrofe è solo rimandata, Nietzsche ha detto...»

«Sé, Nicce... Ohé! Scetatevi! Nicce mo' 'o conoscono tutte quante, è cosa di massa. Ma chi non lavora non mangia...»

Landrò alla parola "lavoro" risprofondò nel silenzio, così 'O Tolomeo riprese.

«È inutile che vi fate i sogni, la realtà esiste, esiste.»

«E chi dice di no? Però la possiamo cambiare!»

«Ma tu che ne puoi capire, a diciott'anni?»

«Capisci tu!»

«Eh, io sì, io sì... Te cunosco pure a tte, bella. Tu ti vuoi fare solo le canne, piccere'.»

«Uhé, bella, mio fratello tiene ragione! Si' 'na drogata, e sei pure...»

Ma Zaccariello si interruppe perché erano arrivate le parmigiane: di zucchine, di melanzane, con l'uovo, dorate e fritte, e quella con la cioccolata per Fulcaniello. Zaccariello si servì da tutte, riempiendosi il piatto a cupola.

«Che palle, co' 'sto lavoro!»

«Ma chi dice che bisogna per forza lavorare? Si devono evocare le energie sepolte, passare attraverso le porte della percezione.»

«Ma dove vuoi passare? Ma che dici, bella? A te ti fanno a piezze e nemmeno te ne sei accorta...»

«Borghese di merda!»

«Sé, a te e a soreta... Guagliunce', stamme a sentì... Prima che dici un'altra stronzata, tipo "la strada dell'eccesso conduce al palazzo della saggezza", pensaci sopra... Quelle non so' cose per te. Quelle io solo le posso dire! Eh, tu fai la brava, che è meglio per te.»

«... Sei solo un cadavere.»

«Uhé, mio fratello non si tocca... Questa è diffamazione...»

«Statte quieto, Zaccarie'... Quello che a voi vi servirebbe, sarebbe un poco di fatica... Ah, vi piace stare qua a sbafare, e di là tenete 'a schiava polacca! Mae', diccello a lei che ne pensa d' 'o comunismo, d' 'a rivolta...»

«Hai rotto, mo' basta. A te chi ti fa parlare? Lo sai mia madre e mio padre quanto lavorano, eh? Per farmi studiare "nel migliore istituto"... E che sono diventati? C'hanno quarant'anni e già sono sfessati, schiattati di fatica, con le rughe. Che ne sai tu?»

«E quello è ancora niente. Il lavoro alienato riduce l'uomo come una bestia.»

«Ah sì? E tu che ne sai, Mae'? Tu non hai sempre campato di rendita?»

«Non è vero, e lo sai bene.»

«Va be', ma vorresti viverci, no? E poi quand'eri giovane te la spassavi...»

Il Maestro scosse la testa e sorrise.

«Tutti avrebbero diritto alla pigrizia.»

«Ma che stronzata!»

«Sei un moralista, come tutti i predicatori del lavoro.»

«A proposito di lavoro, l'avete letto quell'articolo sui disoccupati quarantenni? "Un'ampia fetta di disoccupati risulta essere sessualmente impotente agli esami clinici, non dorme di notte e ha l'ulcera"... È questo il tuo lavoro?»

«Vedi? Lo vedi? È perché non lavorano, è proprio per quello che si ammalano. Non ho ragione?»

«Mio fratello ha ragione!»

«E poi, meno scopano e meglio è...»

«Sì, fratello... Accussì ce le chiaviamo noi, le loro mogli, eh, frate'? Eh?»

«Statte zitto, Zaccarie'... Vi so bene, a voi. L'era del lavoro liberato, Natale sulla terra... Tutte cagate!»

E 'O Tolomeo sbatté il pugno sul tavolo.

«Sì? E tu lo sai mia sorella Emma che fa? Lavora! Sta a fare la segretaria a tre avvocati del cazzo, sì, tre... 'E capito? Dalle nove di mattina alle nove di sera, e se si fa tardi ci deve pure restare... E se uno a mia sorella le tocca il culo, lei che deve fare? Si deve stare? E prende quattrocentomila lire al mese, coglione! Il lavoro del cazzo...»

«E che significa? Vuol dire che il mercato tanto chiede. Ma che vulite? 'O munno è chistu ccà...»

«Manco morta lo farei.»

«Ti voglio vedere quando non ti passano più i soldi, a te!»

Saltò su Fulcaniello, con la bocca piena di mozzarella in carrozza.

«I soldi! L'oro! Ve lo fa Fulcaniello, ve lo fabbrica lui!»

«Ma 'stu viecchio 'nzevato che dice?»

Zaccariello si voleva alzare per andare a picchiare Fulcaniello, ma fece solo il gesto.

«Ma io piuttosto vado a battere, se devo lavorare per uno stronzo a quattrocentomila lire al mese e farmi pure toccare il culo.»

«Stella ha ragione. Alla fine è meglio, molto meglio fare le puttane.»

«Ma sì, che c'è di male? Mica è immorale fare l'amore per vivere.»

«"Dio è l'essere più prostituito, perché è il serbatoio inesauribile e comune dell'amore"...»

Landrò alzò la testa.

«È vero... L'amore è prostituzione...»

«E allora perché non apriamo un bordello?»

«Tanto le ragazze non ci mancano...»

«Sì, ti voglio vedere... E tu la divideresti con gli altri la tua donna? Eh?»

«"L'amore può derivare da un sentimento generoso: il gusto della prostituzione: ma presto è corrotto dal gusto della proprietà"...»

«Che vuol dire?»

«Semplicemente quello che dice. L'amore è libertà.»

«Allora niente più proprietà, niente più mio o tuo!»

«Non è una cattiva idea. Chi ha detto che deve esserci per forza sfruttamento nell'amore?»

«Ma 'a frittura nun v' 'a mangiate? 'E zeppole 'e sciurille 'e cucuzzielle, 'o calamaro, 'a mazzamma... Aggio fatto pure 'e carcioffole, 'e mulignane 'ndurate e fritte... Fulcanie', magna!»

Fulcaniello non se lo faceva ripetere. Era di nuovo, o almeno così sembrava, precipitato nel mondo della materia.

Anche Regina non aveva smesso di ingozzarsi, e Zaccariello, che stava seduto vicino a lei, la fissava con gli occhi lustri. Il Maestro fumava assorto, e sembrava riflettere su qualcosa.

«Dio ha amore per tutti... E anche noi dovremmo amare tutti, dare a tutti il piacere. Che ci sarebbe di male?»

«Tutti devono godere di tutti.»

«Ma che stai dicenno? Ma tu puzzi ancora 'e latte e vuo' parlà?»

«Chiudi il cesso, panzone!»

«Chi si ricorda?... "Ho fatto un patto con la prostituzione per seminare il disordine nelle famiglie"...»

«E basta cu' 'sti citazioni!»

«Citazione? Chi è? Che è? 'A citazione d' 'o tribunale? Dice 'o codice penale che...»

«Statte zitto, Zaccarie', che in cinque anni hai fatto solo un esame. Meglio che te staie zitto, eh?»

«È tutt'invidia, fratello!»

«E di che?»

«Eh... 'O romanzo mio è meglio del tuo, frate'...»

«Zaccarie', statte quieto che siamo ospiti...»

«Sì, ma non vi scordate che dobbiamo pure guadagnare, col casino.»

«Va bene, sì, ci penseremo.»

«No, ci penseremo un cazzo! Quella è la prima cosa.»

«Affanculo la segretaria per gli stronzi... Niente operaia nelle fabbriche al nero! Fine, stop, chiuso...»

«Eh, ma non vi state scordando della legge?»

«La legge? Chi tene 'e sorde tene 'a legge...»

«'A legge! 'A legge!... Qua ci sto io per la legge... Avvocato Za-Zaccariello, a di-disposizione...»

«Ci sputo sopra, alla legge!»

Zaccariello si stava strusciando a Regina, e la palpeggiava vistosamente sotto la tavola.

«Bella, io so' avvocato, tengo nu futuro... Eh? Che dici, so' carino, no?»

«Si può guadagnare bene, a fare l'avvocato?»
«Bene? Benissimo!»
«... Il corpo è un valore speciale. È merce, sì, ma nel corpo il valore d'uso prevale sempre sul valore di scambio...»
«Però se lo vendi a qualcuno, siamo da capo.»
«Sarebbe bello essere sepolti sotto il pavimento di un casino, e pensare che sulle tue ossa ballano gli amanti.»
«Ma che dici? Sono posti squallidi!»
«Pure fare la segretaria inculata per quattrocentomila lire al mese, è squallido.»
«Vendere l'amore... Che cosa orribile.»
«Tutto è orribile in un mondo senza cuore, soprattutto l'amore.»
«Ma qua' ammore? Là si fotte, si fot-te! 'E capito? L'ammore è chisto...»
E 'O Tolomeo si mise a muovere oscenamente il pugno avanti e indietro, ridacchiando. Zaccariello e Regina si erano alzati, e si inseguivano ridendo attorno alla tavola. "Viene ccà" diceva Zaccariello, e Regina strillava. Poi Zaccariello, ondeggiando come una scimmia, si metteva alle spalle di ognuno e gli faceva il verso: "È amooore... 'O caaasino... Tutti prooprietaaari...".
«... Tutti proprietari, perché no?»
«Sì, e tu che cosa ci metti, Tomma'?»
«C'è sempre il problema dei soldi, è vero.»
«E se tutto avvenisse come in uno scambio naturale?»
«Sarebbe? Che la devo dare via gratis?»
«Ricordatevi che non può esserci una società senza alienazione se non si libera il corpo dal lavoro.»
«Vaffanculo il lavoro...»
«E i quattro soldi degli stronzi padroni!»
'O Tolomeo ascoltava con attenzione. Quasi noncurante gettò là:
«E se poi non vi piace? Il cliente, dico...»

«Chi se ne frega! Lo faccio lo stesso!»

«Sempre meglio che perdere gli occhi a fabbricare stronzi tappi di plastica o jeans fasulli in un sotterraneo, con il neon acceso pure a mezzogiorno!»

«Però secondo me questa storia dello scambio in natura è 'na strunzata... Io voglio guadagnare.»

«E chi ti dice di no? Tutti sono liberi di fare o non fare quello che vogliono...»

«Il denaro però farebbe tornare tutto da capo. Lavoro, schiavitù, vendere, comprare...»

Zaccariello e Regina erano spariti. Nella stanza gravava una nube di fumo e di frittura che faceva lacrimare.

«Apri le finestre, si soffoca.»

«Apri, apri.»

Ma mentre cercavamo di far entrare un poco di aria, entrò sconvolta Zinaida.

«È fernuta 'a carbonella... E mo' comme 'a faccio 'a sasiccia 'mbuttita c' 'a muzzarella?»

Zinaida si tirava i capelli, e Fulcaniello piangeva ripetendo: " 'A sasiccia c' 'a muzzarella, 'a sasiccia c' 'a muzzarella...". Calmare Zinaida fu impossibile, sembrava impazzita. Si strappava i capelli gridando che non poteva fare quella "figura", ci stavano pure " 'e gamberoni", " 'o calamaro frisco", " 'a tracchia", " 'o cefalo", " 'a custata bbona"... E mancava la brace, un fuoco, qualcosa di infiammabile. Ma a un tratto ebbe un'idea, corse di là nella sua stanza e ritornò con alcuni libri rilegati, pesanti. Erano i volumi sopravvissuti della biblioteca di Fulcaniello.

«Fulcanie', 'e pozzo appiccià? È vero, sì, Fulcanie'? P' 'a sasiccia...»

Fulcaniello, inebetito dal cibo, fece segno di sì con la testa ripetendo disperato " 'a sasiccia c' 'a muzzarella".

Zizì mi chiese di aiutarla in cucina a attizzare il fuoco, e strappammo insieme le pagine del *De Vita Longa* di Paracelso, del *Liber de alchemia* di Bernardus Trevisanus, del *Tractatus vere aureus* di Ermete Trismegisto, dell'*Ars chemica*, della *Tabula Smaragdina*, dell'*Amphitheatrum Sapientiae aeternae*.

«'O vvedi? Guarda ccà! Proprio nu bellu ffuoco, eh? Mo' l'arrustimmo 'ncoppa 'a fiamma. 'Sta carta è bbona, s'appiccia 'na bellezza!»

Quando tornai a tavola il Maestro stava parlando del rapporto tra lavoro materiale e lavoro spirituale.

«... Nel caso dell'amore le due cose si riunirebbero... I sensi ritorneranno ad essere se stessi, e anzi saranno molto più acuti, raffinati... Il piacere sarà magia liberata dalla menzogna di essere verità.»

«Soprattutto abolire la realtà.»

«Sé sé, stronzate.»

«Smascherare anche l'idea del progresso e del miglioramento infinito, e l'inganno di una vita nell'aldilà...»

«L'inferno non è una cosa che ci aspetta di là, hai detto una volta, André... È la nostra vita qui.»

«Mia sorella a quattrocentomila lire al mese...»

«La catastrofe vera è che niente sia mai una catastrofe.»

«Ma vulite ancora fà 'a rivoluzzione? Non ti è bastato, no, 'a catastrofe d' 'o comunismo?»

«Niente battaglie frontali, e niente logica. Come dice il nemico? "Massacreremo le rivolte logiche"? E allora le rivoluzioni devono essere illogiche, questa è la soluzione.»

«La rivoluzione è la morte, io non sarò mai gabbato!»

«Va bbuo', va bbuo'... Pensiamo alle cose serie, mo'... Comme s'avessa organizzà, 'o casino?»

Zaccariello e Regina erano tornati nella stanza, in tempo per le salsicce alla brace con la mozzarella e tutto il resto. Zaccariello le dette una pacca sul sedere, dicendole qualcosa che la fece ridere. Dalle finestre spalancate entrava l'aria umida della notte, senza riuscire a smuovere la massa compatta di fumo.

«... L'onestà è una stronzata. In culo l'onestà!»

«L'onestà è solo per i ricchi.»

«... I miei genitori, vecchi a quarant'anni... L'onestà? Onestissimi sempre, sempre coi debiti pagati, sempre zitti e vergognandosi di tutto. Vaffanculo, l'onestà!»

«L'onestà è il travestimento che la borghesia usa per fare in pace i suoi affari.»

«Bravo, André!»

«Fra pochi giorni il grande capitale avrà trasformato tutto. E senza vergogna, senza più remore.»

«Mae', ma 'o ssai quanto costa a mantené nu casino?»

«... C'è l'eredità, la causa la vinciamo sicuramente.»

«Bravi! La causa... Sì, sì, facimme causa a tutte quante! Io so' avvocato... Za-Zaccariello Tolomeo, a di-disposizione.»

«Ci vorrebbe un nome, per il casino...»

«Ma comme 'o vuo' chiammà? È nu casino e basta!»

«È la rivoluzione di notte...»

«E basta cu' 'sta cazzo 'e rivoluzzione! Ma qua' rivoluzzione? Vuie vulite sultanto campà sfruttanno 'e femmene! Allora è meglio che 'o casino lo chiamate Fotti-Fotti...»

«Chiamiamolo "Le Barricate misteriose".»

«Comme? 'E barricate? E che c'entrano 'e barricate?»

Fulcaniello a queste parole parve risvegliarsi. Biascicando e affannando gridò:

«'O mistero! L'energia! 'O lume 'e don Raimondo... Secretum et silentium... Tutto avviene nel grande vaso... 'A femmena, il mistero, la coniunctio!... Zizì, damme n'ata sasiccia!»

«Ha ragione Arcana, sì. Le Barricate misteriose... Suona bene.»

«A me me pare 'na strunzata. E secondo me porta pure scalogna, 'stu nomme.»

«Parli tu che costruisci tombe per i dementi?»

«'O fratello mio nun se tocca, ahó! E po'... E po'...»

«Comunque il nome è trovato: le barricate contro questo mondo di merda.»

«Facisse meglio a starte zitta, tu.»

«E perché? Si muore, a non dire la verità.»

«Ma qua' verità? Chesta ancora adda nascere e vo' parlà!»

«"I magici selciati innalzati in barricate"...»

«Sì, "mani sacre, meravigliose, nel gran sole carico d'amore"...»

«Ma qua' ammore? L'ammore è 'na strunzata p' 'e criature!»

«Comunque la pigrizia è un diritto, e tutti un giorno avranno diritto all'ozio.»

«Tutte scuse perché vonno fà 'e zoccole...»

«Coglione! Fatti una sega!»

«E finitela tutti e due...»

«Uhé! Qua ci dobbiamo divertire! Facimmo nu brindisi!»

Zaccariello tentò di alzarsi, ma ricadde pesantemente sulla seggiola, ruttando sonoramente.

«È tutta sa-salute, sa-salute... Zaccariello augura a tu-tutti quanti 'na bbona salute!»

Zizì intanto enumerava quello che ancora c'era da mangiare, scongiurandoci di "lassà nu pucurillo 'e spazzio" per i peperoni "imbottonati", " 'o piezzo 'e stocco" in cassuola, " 'a zuppetella 'e marruzze", " 'a scapece," " 'o ssalame sott'uoglio", " 'n'assaggio 'e trippa", " 'o tortano cu' ll'ova sode"... Zaccariello applaudì, rovesciando la bottiglia del vino, mentre Fulcaniello guardava imbambolato la bocca di Zizì che enumerava le pietanze da venire. Le ragazze si alzarono e andarono via, salutando rumorosamente Zizì, che insistette perché " 'e piccerelle" si ficcassero nelle tasche qualche fetta di tortano e una treccia di salame sott'olio. Regina si era addormentata sulla spalla di Zaccariello, che si scostò facendola finire a terra. Landrò si era alzato e girava intorno al tavolo. Si affacciò sul parco e mormorò: " 'Sta mmerda 'e città, 'sta mmerda secca". I piatti si accumulavano, ma gli unici che continuavano a mangiare erano ormai solo Zaccariello e Fulcaniello.

«Quanto sarà venuta, 'sta cena? Solo di vino, qua avete speso una cifra! Aglianico, Ischia, Solopaca, Greco di Tufo, Falerno, Falanghina...»

Landrò alzò le spalle, e non rispose. 'O Tolomeo allora cominciò a fare dei calcoli su un block notes. Secondo lui si andava poco sotto il milione.

«Vi trattate, eh?»

«E non dire sempre cazzate.»

«Eh, ma 'e sorde ce vonno, e assai. 'E piccerelle parlano, parlano... Secondo me, fanno tutte chiacchiere.»

«'E femmene non devono parlà! È vero, fratello?»

«Statte quieto, Zaccarie', sto parlando io... Che stavo dicenno? Ah, i fondi, ci vogliono i fondi. Secondo me...»

E 'O Tolomeo riprese a coprire i foglietti con rapidi schizzi, masticando la stilografica nelle pause.

«'A sorpresa! 'A sorpresa!»

Era Zizì, che aveva fatto svegliare Regina e le aveva affidato un vassoio circolare che la ragazza reggeva a stento.

«Guardate! È bello, o no? Dicite 'a verità!»

Sulla tavola fu adagiata una torta nuziale che misurava almeno un metro di altezza e ottanta centimetri di diametro. Gli strati però non erano bianchi, ma multicolori, coperti di schizzi e sgorbi di panna che imitavano goffamente segni cabalistici e alchemici. Il simbolo rosacruciano si ripeteva di frequente, e non mancava nemmeno il segno del solfo e quello del mercurio. Fulcaniello cavò dal taschino un paio di occhiali e si avvicinò alla torta. Non riusciva a parlare. Indicava estasiato ora qui ora lì, e batteva le mani. Sui ripiani della torta c'erano piccoli unicorni scavati nel cedro, cigni di zucchero, soli di pasta fritta, lune di glassa, caducei di liquirizia, uova cosmiche di cioccolata, serpentelli ad anello intagliati in una mandorla, quaternità fatte di confettini colorati, un ermafrodito di pastafrolla, e cifre, lettere, un Cristo, il vaso alchemico, la rosa. E in cima alla torta, modellati in un impasto forse di burro, troneggiavano nudi uno sull'altra, il re e la regina della Coniunctio, la sacra unione alchemica.

«'A coniunctio... 'A coniunctio...»

Fulcaniello non riusciva a dire altro.

«Però, 'sti schifezze 'ncoppa 'a 'na torta... È i-immorale... La legge...»

Anche 'O Tolomeo, come tutti, si era interrotto, e con il blok-notes sospeso tra le dita, guardava la torta.

«E mo' magnate, magnate!»

Ma mentre Zinaida faceva un largo gesto di invito, Regina lanciò uno strillo e cominciò a gridare: " 'a zoccola, 'a zoccola!". Dal vano della cucina era spuntato un ratto enorme, gonfio e lucente. Proprio nello stesso tempo si sentì scampanellare violentemente alla porta, andai ad aprire ed entrò il portiere.

«E mo' non vi sembra di esagerare? Io vi mando 'e carabbinieri! So' 'e doie d' 'a notte... Qui la gente perbene la notte dorme, pecché 'a matina va a faticà! Mi sono spiegato?... Uhé! 'A zoccola, 'a zoccola!»

Scoppiò una lite furibonda. Zinaida gridava che dovevamo mangiare, Fulcaniello si opponeva al portiere che voleva "schiattà 'a zoccola" e gridava "aiuto, aiuto!" Landrò riuscì a sbattere fuori il portiere, ma quello continuò a tempestare sulla porta, chiamando "gente ge', venite a mme!". Sul pianerottolo doveva essersi riunita una piccola folla, si sentivano esclamazioni di disgusto, grida, strilli: "la forca, ci vuole"... "solo la pena di morte"... "abbruciamoli!"... " 'a legge, ce vo' 'a legge"... "che schifo, che indecenza"... "anche il giorno dei morti"... "non ci sporchiamo le mani"... Incurante di tutto, Zaccariello intanto si era mangiato il re e la regina della Coniunctio, mentre Fulcaniello andava in giro con un pezzo di torta in mano invocando il ratto, protettore delle grotte, e facendogli micio micio con le labbra come fosse stato un gattino.

Solo verso le quattro, 'O Tolomeo e Zaccariello poterono andarsene. 'O Tolomeo sbuffò che il tempo per mettere su l'affare del casino era poco, ma proprio poco, e comunque qualsiasi cosa volevamo fare, la dovevamo fare "seriamente": basta con le fesserie, ora ci dovevamo "dare una mossa". Zaccariello annuiva, a bocca aperta, senza riuscire a parlare. Si udì la voce di Zinaida che ci chiamava dentro, "nu mumento sulo".

«'O sanguinaccio, lo dovete assaggiare, uhé! L'aggio fatto mo' mo', coi canditi, 'a ciucculata e 'o sanghe 'e puorco... Sangue fresco! Sangue di maiale freschissimo... Che è? Non lo volete? Allora ve faccio 'o sanghe fritto? È bbuono, fa digerire... Mo' 'o vvaco a ffà, sì, se no m'offendo... Nu pezzullo 'e sangue fritto... Piccerillo, 'n'assaggio piccerillo...»

Zaccariello appoggiò la testa alla porta dell'ascensore, e sussultando e tremando, cominciò a vomitarsi sulle scarpe.

Quello che non riuscivo a capire, era come proprio io, io che volevo la bellezza più di ogni altra cosa, finivo sempre nel suo contrario. Cominciavo a odiare il Parco Paradiso con tutte le mie forze: il portiere, l'amministratore fantasma, il parchetto con gli alberelli striminziti e asfittici, le scale con i muri dipinti in finto marmo. Che ci facevo io là, che cosa c'entravo con tutto quello? Ma là c'era Arcana, e questo pensiero, invece di spingermi ad agire, a darmi una scrollata, mi sprofondava in un'abulìa profonda.

Qualche giorno dopo la cena in onore di Fulcaniello, l'amministratore ci staccò il riscaldamento perché non pagavamo il condominio e la quota gas, e nell'appartamento cominciò a fare freddo. Proprio in quei giorni 'O Tolomeo, senza che nessuno lo avesse invitato, cominciò a venire ogni sera da noi, e quello che mi sorprendeva di più erano i suoi silenzi. Parlava pochissimo, scrutandoci di continuo con il suo sguardo volpino e fumando in continuazione. Spesso portava scatole di biscotti, praline, bonbons, e bottiglie di Porto e Marsala che rendevano allegre Arcana e Stella, e lo sentivo ridere con loro in cucina. Cercavamo di riscaldarci camminando per le stanze, bevendo, scartocciando cioccolatini e parlando in continuazione, e il discorso tornò presto sul progetto del casino.

Con la solita aria distratta e ironica, una sera il Maestro cominciò col dire che in fondo erotismo e metafisica combaciavano, perché entrambi volevano "sospendere il tempo". Ma se il nostro scopo era metafisico, doveva però essere perseguito con mezzi materiali, perché solo "la conoscenza del concreto" era il vero oggetto della metafisica, e non bisognava procedere né a caso né astrattamente. Landrò gli obiettò che quella era un'affermazione infondata, e che la metafisica era molto diversa da ciò che il Maestro poteva mai riuscire a immaginarsi. Che ne sapevamo noi della metafisica?

«Comunque» disse il Maestro «la ribellione non può essere soltanto estetica. Tutte le rivolte estetiche sono state riassorbite, è il loro destino. Quella che deve essere frantumata è la struttura stessa di questa società.»

Insomma il problema era sempre la realtà. Che cosa farne? Senza venire a patti con la realtà era possibile trasformarla e non restare tagliati fuori da essa? Ben presto tutti fummo risucchiati dalla discussione, e Arcana sostenne che se dovevamo essere concreti, allora la prima cosa da risolvere era dove organizzare Le Barricate misteriose. Sicuramente non in quell'appartamento meschino, in un parco per borghesi stronzi e nemmeno poi veramente ricchi. Sì, questo era vero, e allora dove? Una villa a Posillipo? Sul Vesuvio? In campagna? Nel centro storico? Il posto era importante, ma quello che più contava era il mare: dal casino si doveva vedere il mare. Anzi, il mare ci doveva passare sotto, perché "il rumore delle onde è erotico", e forse l'idea migliore era di costruire il casino su un'isola. L'isola avrebbe permesso di concentrare i pensieri e le energie soltanto sull'amore, allontanando ogni distrazione. Ma non era la copia di un carcere, quella che stavamo immaginando? insinuò Arcana. Che il luogo dovesse essere isolato era sicuramente un'intuizione giusta, ma doveva trattarsi di una solitudine felice. E poi che aspetto doveva avere questa casa dell'amore?

«Sarebbe bello costruire un edificio come quello di Ledoux...»

«E com'è?»

«Immaginati una sfera enorme posata su un piano scavato un po' sotto il livello del terreno, con una scala simile a una lingua che ti porta all'entrata...»

Dentro, comunque, c'era una piscina, come nelle *Mille e una notte*. Una piscina con i mosaici e l'acqua sempre tiepida. Ma per avere un'acqua naturalmente calda ci voleva un posto termale. A Cuma, allora, sì, a Cuma c'era l'atmosfera adatta: strati e strati di rovine, qualcosa di molle e di abbandonato, ozio e disfacimento.

«A Cuma? Ma là ci sta una speculazione edilizia che fa paura! 'O ssai quanto stanno 'e case a metro quadro?»

«Va be', a Cuma o altrove, un posto si trova.»

E dall'edificio, dalla piscina e da Cuma, si passò di colpo alla camera da letto, e a un particolare che a tutti sembrò improvvisamente della massima importanza: il genere di luce che doveva esserci in quella stanza. Il Maestro ci illustrò competente le teorie della setta degli Afroditi, insistendo sul fatto che l'arredamento doveva servire, secondo il cavaliere di Nerciat, ad abolire la natura: il "bizzarro ma delizioso delirio" degli Afroditi sospendeva la realtà. La luce della camera dove si faceva l'amore doveva essere filtrata da tendine di taffetà "del rosa più tenero", e non essere mai diretta.

«Ma non sarebbe più eccitante farlo proprio al buio?»

«Be', Denon descrive la stanza dell'amore sprofondata nel buio e nel silenzio...»

«Ma fare l'amore al buio è orribile!»

'O Tolomeo disse che Arcana aveva ragione, e bisognava "vedere", se no che cazzo di sfizio c'era? Ma secondo il Maestro l'illuminazione doveva essere ambigua, come nella *Fanfarlo*: un gioco di ombre e di luci vacillanti sempre sul punto di spegnersi, e soprattutto la camera doveva essere piccola.

Non c'era scritto che "i sentimenti intimi si raccolgono a loro agio solo in uno spazio ristretto"?

«Nella *Fanfarlo* si parla di una camera da letto piccolissima, molto bassa, ingombra di cose molli, profumate e pericolose da toccare...»

La camera della *Fanfarlo* era insieme un santuario e un bordello, stracolma di stoffe e di merletti, e calda come una serra dove l'aria era "carica di profumi così bizzarri da levare il fiato". Del resto quella era anche la strada indicata da Beardsley. Non era forse in un'atmosfera sfatta e frollata che giaceva immerso il suo *Under the Hill*?

«Il lusso è indispensabile. Ricordatevi che solo il superfluo è necessario.»

«Assolutamente sì, su questo non si discute.»

Cuscini soffici, specchi, ninnoli di materiali pregiati, scatole d'avorio e figurine di porcellana erano fondamentali. Inutilmente, a questo punto, il Maestro tentò di richiamarci all'"essenziale", e cioè a come dovessero funzionare Le Barricate misteriose. L'arredamento non sembrava per niente trascurabile alle ragazze, e nemmeno a Landrò. Era proprio vero che troppi ninnoli distraevano? E dove si trovava la fonte profonda di ogni eccitazione?

«Ah, non dimentichiamo che le pareti non devono essere bianche.»

E allora come ricoprirle? Di stoffa semplice no, e neanche di parati. Allora di quadri? Sì, ma non molti, e scelti in modo raffinato. Ma sui quadri c'era il contrasto assoluto. Furono scartati "i nudi ingenui", e poi i soggetti troppo espliciti.

«La pornografia lasciamola ai principianti.»

E allora Rops, Moreau, Klinger? Ma come scartare Delacroix? E poi non sarebbe stato splendido avere l'originale di un affresco pompeiano o dell'*Imbarquement pour Cythère*? Sì, certo, ma i quadri autentici dove li andavamo a pescare? E senza cornici, senza il granuloso delle tele, senza la patina del passato, l'effetto non era lo stesso. E poi Rops non era volgare? E cosa c'entrava Moreau?

«Be', *Il liocorno* è quasi una scena di Beardsley, quella con Venere che masturba l'unicorno. E poi ci sono sempre i disegni segreti di Füssli...»

«Ma quello è solo un pazzo masochista! Allora meglio Man Ray, o Magritte...»

«Ma è una stronzata! Chi si può eccitare con delle merde simili?»

'O Tolomeo si indignò all'idea che quelli fossero quadri erotici. Lui ci vedeva solo delle fesserie che l'avrebbero fatto "ammosciare" anche al più arrapato dei maniaci. Lui, dichiarò, era per le cose dirette, per la semplicità, e la sua idea di concreto era agli antipodi di quelle "stronzate". Ma ce ne rendevamo conto sì o no che quella era tutta roba vecchia, per raffinati un po' rimbambiti, e che non lo faceva tirare a nessuno?

Il Maestro allora gli obiettò che lo scopo delle Barricate misteriose era proprio quello di "arrestare il corso del mondo", e quindi non poteva essere una copia dei gusti della massa.

«E bravo! Col comunismo ci rompi le scatole da una vita, e mo' 'a massa è pure stronza. A te ti dovevo solo far arrestare!»

«La massa non è il popolo, la massa è l'accumulazione del capitale sotto forma di corpo» replicò il Maestro.

Ma sulle "possibilità rivoluzionarie" del casino 'O Tolomeo era in completo disaccordo con il Maestro, e dopo aver discusso a lungo con acredine, chiamandolo "comunista" e "illuso" se ne andò dicendo che non avevamo ancora capito niente.

E il giorno dopo la discussione tornò a girare intorno a quel "concreto" che il Maestro aveva imprudentemente invocato.

«E l'abbigliamento? Mi sembra importante.»

Sì, la piena nudità era da scartare, decisamente. Chi poteva sostenere che la nudità è erotica? Certo però, una semplice pelliccia, folta e piena di riflessi, indossata sulla pelle nuda, poteva essere un abbigliamento eccitante.

«È vero, c'è l'idea del pelo animale, la morbidezza unita a qualcosa di selvaggio...»

«"Confondevo l'odore della pelliccia con l'odore della donna..."»

Ma sulla questione dell'abbigliamento e dei tessuti Landrò, che in genere restava assorto nei suoi pensieri, ridiventava analitico, capzioso. Bisognava essere "filologici". Come mai tutti parlavano sempre di mussola? Non era forse perché si erano copiati a vicenda e non avevano veramente "sperimentato" a fondo?

«Può darsi. Ma Baudelaire parla del "solletico piacevole del satin"... E dice di odiare le stoffe che fanno vedere troppo: "Amo le stoffe che frusciano, le lunghe gonne, scricchianti con brillantini e chincaglierie...". E poi gli piacevano anche il raso, le sete, i velluti...»

Insomma l'abbigliamento doveva essere sovraccarico o leggero? Beardsley insisteva sulla varietà delle pantofole, con fibbie, con nastri, dorate, d'avorio, d'argento, con le suole di "morbida pelle odorosa di maréchale" e soffici fodere profumate.

«Quelle meravigliose pantofole in marocchino rosso sangue che Venere si infila sulle calze di seta bianca...»

«Ma non è troppo da puttana?»

No, le calze erano necessarie. E i guanti anche, e tutto ciò che poi "si sfila via morbidamente". La Venere di Beardsley calzava guanti e pantofoline, e indossava una "minuscola veste da camera nera e eliotropio" che le lasciava i seni nudi. E a proposito di calze, la giarrettiera della Fanfarlo o della passante, era o non era indispensabile? E i fiocchi, i pizzi, le trine? Ma nemmeno qui c'era accordo, e nell'indecisione si deviò su un altro particolare: i capelli. Come dovevano essere i capelli? Sicuramente lunghi, per Landrò, e "pesanti". Sul colore ci fu di nuovo contesa, ma il bruno sembrava prevalere. E i capelli, folti come una criniera, dovevano essere accompagnati da orecchini vistosi, grandi "come lampadari", tintinnanti.

«Troppi orpelli! Sembra una statua della madonna...»

«Troppi orpelli? Ma senti *La Fanfarlo*: "Egli amerà sempre il rosso e la biacca di piombo, il crisocalco, e gli orpelli di ogni genere...". E allora?»

Sicuramente il trucco del viso era fondamentale. La "bellezza equivoca" non era forse segnata da "rosso, arancione, sulfureo e violetto"?

«E rosa: "Il rosa rivela un'idea di estasi nella frivolezza..."»

«Ricordiamoci che dobbiamo evadere dalla pura natura. La natura è solo un'oca!»

«È vero, senti qua che dice del nero per gli occhi: "Il bordo nero rende lo sguardo più profondo e singolare, gli dà un'apparenza più risoluta di finestra aperta sull'infinito..."»

'O Tolomeo non resistette a queste ultime affermazioni, e disse che il Maestro poteva pure parlare fino a domani di infinito, di evasione e di altre "raffinatezze del cazzo", ma che si era dimenticato un particolare.

«Pe' ffà 'e raffinati ci vonno assai soldi... Eh? Che dici?»

«E noi non abbiamo una lira» constatò Arcana «e dell'eredità, secondo me, è meglio che ce ne scordiamo. Mio padre ci ha...»

«Mio padre che cosa? 'O scemo me fotte a mme? A mme?» saltò su a strillare Landrò. «L'eredità me la devo scordare? Sì, 'e ppatane so' bbone cotte... Quelli sono soldi miei, miei! Quel miserabile me li vuole rubare...»

Il "vecchio Karamazov scemo" gli aveva voluto impedire di vivere a modo suo, quella era la verità! E a quel pensiero Landrò di colpo si sgonfiò, inebetito, gli occhi persi nel vuoto e la bocca aperta. Ma poi si riscosse, e cominciò a dire che la causa era vinta, che ce l'aveva in pugno, era solo questione di tempo... E che, lo scemo si credeva di prevaricare a lui? A Landrò? Lui quei soldi li avrebbe avuti tutti fino all'ultima lira, e se gli piaceva li stracciava, o li regalava alle zoccole, che così a quel "vecchio rimbambito" gli veniva una mossa pure sottoterra...

Ma la situazione finanziaria della casa pareva crollata di colpo. Alla fine di novembre i pranzi grandiosi di Zinaida erano solo un ricordo. Spesso la cucina era spenta tutto il giorno, e si mangiava in piedi pane e salame, scatolette di sardine e carne pressata. Fulcaniello non sembrò risentire della dieta. Usciva tutto il giorno per esplorare i suoi cunicoli, tornando solo a tarda ora. Zinaida invece cominciò a cadere di nuovo in trance. Si addormentava dovunque: in cucina, in piedi, sul balcone. Una mattina dovemmo sfondare la porta del cesso perché lei non rispondeva, e avevamo pensato che fosse morta o svenuta. Ma era caduta in catalessi medianica nella vasca da bagno. Si lamentava di continuo che "teneva famme, famme", ma senza energia, molle e piagnucolosa. Si svegliava ormai solo le rare volte che poteva cucinare qualcosa, fosse pure un brodo di dado con la pastina, e per rimproverare " 'a tetesca", alla quale attribuiva un maligno potere iettatorio.

E forse per il freddo, per la fame, per la noia, o perché, come diceva il Maestro, "solo a chi è disperato è data la speranza", continuammo a sprofondarci nella discussione sul casino. Le Barricate misteriose erano il "sogno del possibile", disse il Maestro. Ma 'O Tolomeo gli obiettò che i sogni erano solo sogni, e lui non capiva che cazzo c'entrasse l'utopia con un bordello.

«Mae', tu secondo me sei fissato, cu' 'st'utopia...»

E poi lui, nel matrimonio e nella famiglia, ci credeva.

«Sì, sì, è inutile che rire, tu! Ci credo, io so' morale!»

«Ma non volevi fare il casino? Non vai sempre a puttane?»

«E che c'entra? 'Na cosa è 'a famiglia, e 'n'ata cosa è chiavà...»

Il Maestro rideva, dicendo che si trattava proprio di combattere quel concetto ipocrita di famiglia e di moralità, e l'idea dell'amore come possesso. Forse dopo Platone solo Campanella aveva seriamente parlato di "abolizione della proprietà" in amore. Ma il suo ideale di vita era privo di "fascino erotico", e alla fine somigliava a un enorme convento governato da un poliziotto metafisico. Per il Maestro questi teorici erano privi di "forza di rivolta", e non si accorgevano nemmeno di quale fosse il problema reale.

«E Sade?»

«Sade va corretto.»

«Ma là c'è tutto!»

No, non c'era tutto. In Sade quello che soprattutto disgustava il Maestro era la violenza: "Togliere a Sade l'artiglio" era una delle sue frasi predilette. Anche 'O Tolomeo era convinto che Sade fosse uno stronzo. Secondo lui "farsi una sega" sul divino marchese era veramente un'impresa complicata, e questo lo condannava per sempre.

«Ma l'idea del bordello universale non è grandiosa? E poi Sade ha messo sullo stesso piano uomini e donne, e questo non è poco.»

«Sì, è vero. Ma quando dice che la voluttà consiste nel fare il male?»

Il Sade grandioso del "tutti godono di tutti", del *Francesi, ancora uno sforzo se volete essere repubblicani*, era inquinato dall'idea dell'amore come delitto, dell'erotismo come incancellabile marchio del male che c'è nella natura. No, allora molto meglio il Père Enfantin. Là c'era, come in Sade, la stessa guerra al "gretto egoismo del focolare domestico", ma c'era anche la ribellione sociale: e senza questa ribellione, concludeva il Maestro, qualsiasi barricata contro l'egoismo della società era una sciocchezza.

«Sì, ma la comunità che Enfantin fondò a Ménilmontant fu un disastro...»

«È vero, c'è sempre qualcosa di meschino, in questi tentativi. Forse...»

«Forse?»

«Mah, forse non tengono conto della realtà...»

La realtà? Ma quale realtà? Il Maestro si mise a ridere. Proprio io parlavo in favore della realtà? La realtà era "l'assenza apparente della contraddizione", ecco cos'era. Ma di veramente rivoluzionario c'era solo "il meraviglioso", quando le contraddizioni sono tutte presenti.

«Tu parli sempre di amore. E cos'è "l'amore"? Uno stato di confusione in cui si mescolano reale e meraviglioso. Il sogno dell'amore è la sola realtà.»

Secondo 'O Tolomeo quelli erano solo deliri insensati, parole e basta. Non ci rendevamo conto che si trattava di ben altro?

«In un casino la gente viene per fottere: fot-te-re... 'E capito o no?»

Elena gli dette ragione, e disse che le nostre erano solo stronzate. Ma non lo sapevamo, ci aggredì una sera, che c'erano i film di Tinto, le cassette porno fatte in casa, le mogli perbene che scopano per farsi la villetta al mare o la pelliccia? E allora che sparavamo a fare tutte quelle cazzate senza capo né coda? Sua sorella, intanto, andava sempre a faticare per quattrocentomila lire al mese, e le mettevano pure le mani sul culo... E allora, tanto valeva farsi pagare, per dare il culo, no? Quella era la realtà, ma noi che la mattina ci svegliavamo a mezzogiorno e non sapevamo da dove ci veniva la pappa, che ne potevamo capire? Le altre ragazze si misero a batterle le mani, poi dissero che si erano "fatte le palle", e andarono a fumare e a far casino con lo stereo nella loro stanza, passando da *Money for nothing* a *Sweet Jane*, da *Message in a bottle* a *The end*. E fino a tardi risuonò per l'appartamento la voce di Jim Morrison che ripeteva: Father I want to kill you...

Alla metà di dicembre arrivò la notizia che la causa che Landrò sperava di vincere era ancora in alto mare: la cosa si presentava "difficile", come sentenziò 'O Tolomeo. Anche il "principe del foro" era pessimista.

«Ce stanno pe' sotto cose 'e politica. L'avvocato dice che è 'nu mumento difficile, difficile...» spiegò 'O Tolomeo.

Quelli là, il prete e gli altri, insomma gli eredi voluti dal padre di Landrò, erano entrati in politica fondando un nuovo partito. E gli avvocati stavano tutti con loro, e non solo gli avvocati. Anche la gente sembrava entusiasta di quelle facce nuove, piene di ottimismo, che promettevano un futuro felice e "la buona salute" per tutti. E insomma, quella era la minestra, o mangiare o buttarsi dalla finestra: l'avvocato voleva altri soldi per andare avanti. Ma Landrò non era disposto a cacciare neanche una lira. E poi dove prenderli ancora? Già stavamo a stecchetto, con le multe da pagare del condominio, e all'anno nuovo chi sa se c'erano i soldi per l'affitto.

«La faccio io, la mia difesa! Io ho studiato diritto...»

«Non dire cazzate, Landrò.»

«E perché, mi faccio impaurire da quei quattro fetenti?»

Per lui non c'erano dubbi. La causa non poteva perderla. Alla fine "il vecchio Karamazov" avrebbe visto se " 'e ppatane erano bbone cotte"! L'avrebbe visto! Lui non si faceva mettere sotto da nessuno! Lui avrebbe proceduto con "l'astuzia di un serpente".

E intanto, aspettando l'eredità, le nostre discussioni avevano abbordato Fourier. Quello era, secondo il Maestro, il Sade rivisto e corretto che ci spianava la "via regia" verso il sovvertimento dell'ingiustizia. In Fourier era risolto tutto dall'a alla zeta. Da qualche giorno ci eravamo arenati su alcuni punti fondamentali, che erano poi sempre gli stessi: se si era liberi di fare "tutto con tutti", allora che senso aveva il casino? E poi, se a qualcuno o a qualcuna non piaceva il compagno (" 'o cliente, 'o cliente", come ripeteva innervosito 'O Tolomeo) che cosa bisognava fare? Su questo punto Arcana e Stella, ma anche le altre, avevano sempre insistito.

«André, tu hai sempre detto che l'amore e il piacere devono essere senza costrizioni...»

«Se non godo io, come può farlo l'altro?»

«Ma questa è una stronzata! Una puttana deve restare fredda per poter lavorare, non godere.»

«Quindi siamo daccapo con il lavoro!»

«Lafargue dice che solo vendendosi le donne si liberano dalla schiavitù coniugale. Senti, senti qua: "Se avete troppo orgoglio per accettare senza ribellarvi il lavoro degradante dell'operaia e la vita dei civilizzati, allora prostituitevi..."»

«Sì, ma la questione è se la puttana deve godere oppure no...»

«Secondo me sì, senza dubbio.»

Ma Landrò si inviperiva. Voleva sapere "tecnicamente" quante volte una donna si poteva far scopare da un bruto col culo sporco senza passare dal piacere al disgusto. E lo sapevamo questo, noi "saputelli"? Se si divertiva, allora che puttana era?

«E perché? Se ognuno fa quello che gli piace, il problema non esiste...»

«E se mi piacciono cose assurde, eh? E se lo tengo piccolo, o mi piacciono gli elefanti? Che mi dici?»

«Ti dico che nella civiltà del piacere tutte le manie e le passioni naturali sono lecite...»

«Ma allora anche la passione per il delitto, è lecita! Anche chi uccide lo fa perché gli viene naturale...»

Landrò sosteneva sprezzante che il desiderio del crimine era inestirpabile dall'uomo, e che Sade in questo aveva ragione. Uno poteva anche "desiderare di uccidere il padre" fin dalla più tenera età! E quella non era forse una passione naturale? E se uno provava piacere nel parricidio, eh? Che ne sapeva Fourier? E lui, Landrò, poteva "portare pure le prove", di quello che diceva! Ma quello che soprattutto lo disturbava in Fourier, era l'idea dell'amore gratuito di tutti per tutti, dell'armonia felice che risolve ogni contraddizione. Secondo lui era troppo comodo, e troppo facile.

«Io vivo da solo, e non ho bisogno di unirmi a nessuno! L'ammucchiata la lascio ai comunisti come voi.»

«Però ti scordi che cosa hai detto una volta? Avviso ai non-comunisti: tutto è comune, anche Dio...»

«Che c'entra questo?» replicava irritato Landrò. «Tu non capisci, allora!... E poi chi sa che vuol dire veramente quella frase...»

Ma a Elena queste "disquisizioni filosofiche del cazzo" su Dio e le zoccole non interessavano, e Arcana e Stella cominciarono a darle ragione. Continuavano a uscire di sera tardi, misteriose e divertite, e una volta dissero che 'O Tolomeo le aveva invitate a cena e aveva pagato ("che coglione", disse Stella) un conto enorme. Ma di solito Arcana non spiegava niente, limitandosi a rispondere alle mie domande con un secco: "Sono libera, no?". E quelle sere io andavo a dormire presto, così irritato e annoiato che non riuscivo a chiudere occhio per ore. E mi veniva in mente Rimbaud: Oisive jeunesse à tout asservie, par délicatesse j'ai perdu ma vie... Ho perduto la mia vita per "délicatesse"... Ma come si poteva tradurre délicatesse? Fragilità? Eccesso di sensibilità? Scioperataggine? O delicatezza era la versione poetica e nobile della mancanza di palle? Ma non riuscivo a decidermi, e scivolavo in un sonno agitato risentendo come un tarlo: par délicatesse par délicatesse par délicatesse.

Una sera, già dell'anno nuovo, Stella disse convinta che l'unica cosa seria che aveva sentito fino a quel momento, era "quella teoria della carità erotica".

«Com'era? È santo solo chi fa l'amore con tutti? È così?»

«Ma che santo e santo! Che cazzo dici, eh? È solo voglia di fottere, questa! È l'orgia...»

Sì, era l'orgia, replicò tranquillo il Maestro. Ma non quella schifosa dei "falsi civilizzati", che si incontravano di nascosto, pieni di sensi di colpa, senza raffinatezza, con in testa l'idea del tradimento e delle corna, e godevano proprio di questo. Nella società del *Nuovo Mondo amoroso* non c'erano né meschini scambi di coppia, né squallide casalinghe che si prostituivano. La prostituzione era per Fourier una forma d'amore "tipica della classe povera", che per pochi soldi era costretta a vendere moglie e figlie.

«Tanto ci vendono lo stesso, anche nelle fabbrichette al nero o a fare le segretarie...»

«E come mogli che ti credi che siamo? Solo prostitute legali...»

«La prostituzione è l'anima del capitalismo, perché nella puttana o nella moglie è in vendita la fonte stessa del piacere, il cuore dell'amore.»

«Ma allora dove va a finire l'amore di tutti per tutti?»

«Va a finire nella libera orgia, dove gli amori che si intrecciano tra loro non creano il caos, ma una musica regolata dalle "Orchestre d'amore"... Fourier lo dice chiaramente: "L'orgia è dunque lo sfogo nobile degli amori liberi, e se è spontanea e priva di sordidi calcoli, diventa una passione nobilissima e molto filantropica..."»

«Questo però vuol dire che non ci deve stare il denaro di mezzo.»

«È evidente, il denaro non può che degradare l'amore.»

«Ma perché? Se tu mi ami, non godi del mio piacere? E se mi piacciono il lusso, i soldi e le belle cose? Me le neghi? È come sotterrare un tesoro: ti impossessi del mio amore e lo sotterri. Non ami la mia felicità, allora. Sei un egoista che vuole solo possedermi.»

«E che adda amà, 'e ccorna?»

E Landrò si mise a sghignazzare ripetendo: " 'E ccorna! 'e ccorna!".

«Sei stronzo. Se lui mi ama mi deve amare tutta, così come sono...

«Ma fino a che punto? Eh?»

«Fino a qualsiasi punto! E anche oltre!»

«L'amore è sempre al di là del bene e del male? Ancora con queste stronzate?»

«... E comunque se godo a farmi pagare, che ne so, dico per dire... Chi mi ama deve accettarlo, ed essere felice.»

«Arcana ha ragione!»

«Sì, l'omme adda essere cornuto e mazziato! Cornuto e mazziato!»

Era ancora Landrò, in preda a un riso irrefrenabile.

«Non essere volgare, ti prego...»

«Regi', tu statte zitta! 'E capito? Tu non devi parlare!»

«Se l'amore deve essere gratuito, allora il progetto del casino va a farsi fottere. Senza soldi stavamo, e senza soldi staremo...»

«Ma senza soldi l'amore è possibile? L'orgia senza lusso fa piangere...»

Anche questo era vero, ammise il Maestro, e confermava che la società non poteva essere trasformata se non disgregando la sua struttura economica.

«Ma non potrebbe essere un inizio, quello dell'amore?»

«E di che cosa? Un mondo fondato sulla proprietà privata non sarà mai libero.»

«E che vulisse? 'O comunismo? Eh?»

No, no e no, si mise a sbraitare Landrò. Non l'aveva vista la realtà? Che voleva ancora? Voleva stare in un campo di concentramento cinese a mangiare merda? Lui se riusciva a "papparsi" l'eredità sbaraccava tutto senza pensarci più, e se ne andava in Canada, a farsi una vita nuova.

«L'uomo sono i soldi! E i soldi fanno tutto! 'E capito?»

«I soldi distruggono tutto, e l'uomo sparisce per diventare soldi che camminano e mangiano.»

«Ma non doveva andare a "farsi fottere", questo meccanismo? L'hai detto proprio tu!» insorse Stella.

Sì, l'aveva detto, ma in un momento di oblio della verità, e forse solo per disperazione. E poi lui aveva detto tante cose, e era meglio dimenticarsele. La verità era un'altra, disse il Maestro guardando nel vuoto, ed era atroce.

«Ma perché la verità non può essere bella? La bellezza non è già verità?»

Il Maestro scosse la testa. Le cose non erano così semplici come credevamo. La bellezza non c'era da sempre, l'aveva creata l'uomo educando i suoi cinque sensi, e questa educazione era la storia stessa del mondo. Ma la storia del mondo era stata anche una storia di sfruttamento, e per uno a cui erano stati educati i sensi, ce n'erano stati diecimila che avevano dovuto diventare bestie.

Landrò rideva fra sé, roteando le braccia e scuotendo la testa, ma non diceva niente. Il Maestro abbassò la voce, e passandosi una mano sulla fronte, continuò. Solo l'abolizione di "mio e tuo" avrebbe potuto emancipare i sensi: allora i pori stessi sarebbero diventati "lumi di pensiero", e il godimento avrebbe perso la sua faccia egoistica. Ma la natura liberata dal marchio dell'utile avrebbe segnato la fine del vecchio mondo, quella fine che solo Fourier era riuscito a vedere nella sua immaginazione come un inizio: le lune trasformate, i ghiacci polari fioriti, il sorgere di "una stella raffinatissima e satura di aromi". Quella stella che avrebbe illuminato un mondo nuovo dove anche i minerali, le piante e tutte le cose ammutolite dallo sfruttamento avrebbero ritrovato la voce... "Ma siamo asserviti così nel profondo" mormorò il Maestro, "che forse una lingua veramente umana non la capiremmo".

E qui André fece un gesto reciso con la mano, come se avesse voluto tagliare qualcosa. Lui, aggiunse con un sorriso che pareva una smorfia, aveva parlato forse solo per scioperataggine, e perché i "rapporti materiali di produzione" ancora lo concedevano. Ma questa società non avrebbe permesso a nessuno di scampare. "A nessuno", concluse. Arcana lo prese in giro, lo chiamò "fanatico", ma inutilmente. André non rispose nemmeno a Stella, che lo accusò di fare "solo chiacchiere", e di essere uno di quelli che "mandano avanti gli altri" a fare la rivoluzione, mentre loro se ne stanno stravaccati in poltrona a guardare. Di colpo il Maestro era tornato a rinchiudersi nella sua indifferenza, sorridente e quasi abulico, come se fosse stato colpito improvvisamente dal sonno o dal mutismo.

Landrò era andato di là e discuteva a voce alta con Regina, dicendole che "la doveva finire di piangere", perché tanto lui la causa la vinceva e la stravinceva. Strillava come se lo stessero sgozzando, ripetendole che era pazza e scema: "Un figlio? Un figlio? Io non sarò mai genitore!". Ma allora non aveva capito niente? Lui non voleva figli, lui era "il filosofo della disarmonia!", e come poteva avere figli uno come lui? Arcana stava uscendo, con addosso un giubbotto nuovissimo di pelle che non avevo mai visto, e distrattamente le chiesi dove l'avesse pescato. Lei non rispose, e mi domandò a sua volta se io avrei potuto dividerla con un altro per amore, e se prima facevo sul serio a dire di no. Ma la domanda mi sembrò stupida, e subito cominciammo a litigare ("Sei solo un borghese travestito!" "Dove l'hai comprato, questo? E con che soldi? E dove vai?" "Che cazzo te ne frega? Hai sentito? I sensi devono essere liberi! Scemo, mi devi dividere con tutti, con tutti..." "Sì, vai a farti fottere da qualche stronzo" "Mai come te"), e solo sul pianerottolo Arcana ridiventò quasi affettuosa, mi baciò sulla bocca attaccandomi il suo rossetto e scosse la testa. Sì, usciva con quel mio amico, 'O Tolomeo, ma così, solo perché lui la faceva ridere, era pieno di energia, e poi la portava in posti dove si spendeva un casino. Lei si voleva divertire, perché "la vita è breve", e vent'anni uno ce li ha "una volta sola". Perché non capivo? I soldi servivano, l'avevo detto anch'io, no? Che cosa diventava l'amore senza soldi? Una miserabile abitudine, nient'altro. La vita è altrove, me l'ero già dimenticato?

Una settimana dopo bussarono alla porta scampanellando violentemente e prendendola a pugni. Con aria da padrone, senza salutare, entrò il portiere. Con lui c'era un uomo alto, sulla trentina, con gli occhiali a specchio e i capelli lucidi di gelatina. Sotto il braccio reggeva una cartella di cuoio.

«... Eh, questo è don Antonio Cetero, l'ufficiale giudiziario. È venuto ccà pe' l'inventario e per il sequestro...»

«Che inventario? Quale sequestro?»

Il funzionario non rispose. Si levò gli occhiali, li pulì con un fazzoletto ricamato con delle iniziali in oro, e cominciò a guardarsi attorno con aria annoiata. Il portiere saltellava, euforico, fregandosi le mani e spiegando che ora "ce ne dovevamo solo andare". L'ufficiale giudiziario gli fece cenno di tacere.

«Scusate, ma io qui devo lavorare, non ho tempo da perdere. Vi devo avvertire che da questo momento siete tenuti ad astenervi da qualsiasi atto che...»

«Qualsiasi atto! Avite capito?»

«Scusate, ma sto parlando io...»

«Perdonatemi, dotto'!»

L'ufficiale giudiziario si ritolse gli occhiali e li strofinò di nuovo.

«Dicevo? Ah... Vi dovete astenere dal compiere qualsiasi atto diretto a sottrarre... Sot-trar-re, eh?... Stavo dicendo? Ah... A sottrarre alla garanzia dei creditori i beni oggetto dell'espropriazione ..»

«Avite chiuso, ccà. Mo' basta!»

Ci dovevano pignorare tutto, i mobili, i libri, il televisore, i vestiti. Non pagavamo né le cambiali né la casa da mesi, e ormai l'atto era esecutivo. Intanto però l'affittuario e creditore "si rivaleva".

«Si rivale contro a voi, avite capito?»

E che, facevamo finta di non capire? L'ex articolo 665 del codice parlava chiaro...

«È normale, tene 'o diritto!»

Landrò cercò di parlare con l'ufficiale giudiziario, ma quello lo ignorò completamente. Landrò allora corse di là, tornò con il volume di diritto privato e si mise a sfogliarlo. Il portiere ghignava.

«Eh, sé sé, che liggite a ffà? Questo qua è l'ufficiale giu-di-zia-rio... Sape tutte 'e ccose!»

Il portiere batteva le mani, se le fregava contento, e indicava all'uomo qualcosa che gli fosse sfuggito. Nella camera di Arcana il funzionario guardò la stampa di Man Ray con le enormi labbra che sorgevano al posto del sole, poi scosse il capo.

«Eh, le teste non sono buone... È normale che poi succedono certi fatti. E chi rompe, paga.»

«Ma non dovevano esserci degli avvisi? E le carte del tribunale? Tutto questo è illegale!» gridava Landrò.

«Esecutivo, esecutivo, scusate. Voi non avete pagato, e ora ci pensa la legge. Mica è colpa mia, scusate. Io non sono tenuto a spiegarvi niente, eh... Ve l'ho detto, c'ho il titolo esecutivo e il precetto... L'articolo 513, comma primo, scusate... Io potevo venire colla forza pubblica, lo sapete? Facite 'o bravo, sì, pe' piacere...»

«Avite capito? Spilatevi le orecchie: e-se-cu-ti-vo! 'A legge è legge!»

Landrò corse da Zinaida, mezza addormentata in cucina, la scrollò, la assalì di domande: aveva mai avuto posta? Sì, sì, posta! Lettere, buste, cartoline... Uscì fuori che sì, l'aveva avuta, ma quella era carta buona per la fornacella, e lei l'aveva usata per "appiccià 'o ffuoco", e poi le altre le aveva buttate, perché lei "nun ce capeva niente", e la lasciassimo in pace, che ora doveva "fà 'o pisolino". Landrò rimase senza fiato, farfugliando tra sé qualcosa di incomprensibile, in cui tornava la parola soldi. Alla parola soldi, l'ufficiale giudiziario tirò di nuovo di tasca il fazzoletto per pulirsi gli occhiali guardandosi nel vetro della finestra, e si dette una ravviata ai capelli. Sembrava a un tratto interessato. Ma il portiere gli mormorò qualcosa all'orecchio, scuotendo la testa mentre con le dita faceva il gesto di sfregarsi il pollice con l'indice.

«Ho capito, ho capito. 'Sti giovani, però... Se non c'hanno le possibilità, perché vogliono fare il passo più lungo della gamba?»

«'Onn' Anto', so' i tempi di oggi!»

«Eh, ma ci dovevano pensare prima... Ora scusate, signor Landrò, ma devo cercare sulla vostra persona, e pure a voi... Sì, a voi.

«A me? E che c'entro, io? Io sono solo un ospite, qui.»

«A voi, a voi e alle signore qui presenti, scusate...»

L'ufficiale giudiziario fece un cenno a indicare Regina e Zinaida.

«Non mi toccate! Giù le mani!»

«Non è legale, ci vuole un mandato!»

«Ma vuie che ne capite 'e 'sti ccose? 'A legge 'a vulite sapé meglio di un pubblico ufficiale?»

«Scusate, mi fate lavorare o no? Ve l'ho detto, articolo 513, comma primo e comma terzo...»

Landrò si era afflosciato sulla sedia con lo sguardo nel vuoto, reggendo in mano senza più sapere che farne il volume di diritto privato. L'ufficiale frugò tutti nelle tasche, con aria professionale ci palpeggiò e infine, scuotendo la testa, indicò il volume di diritto.

«Scusate, ma quello non è adatto... Voi dovevate vedere 'o codice di procedura civile...»

Landrò lo guardò con aria imbambolata, ripetendo meccanicamente " 'o codice di procedura civile", e fissando il libro che aveva in mano. Poi scattò.

«Soldi! Ci vuole un prestito, un prestito... Arcana! Arcana!...»

Ma Arcana non era tornata ancora, e neanche Stella. E in quel momento, dalla porta che era rimasta aperta, entrarono Zaccariello e suo fratello, il Baronetto.

«Mi servono soldi, soldi...» gli fece il verso Zaccariello. «Eh, sì, mo' li fabbrichiamo per te! Prima cosa, l'avvocato ha lasciato la causa.»

«Che stai dicendo...»

«Amico, 'a causa l' 'e perza.»

Se la sua causa la rifiutava anche il "principe del foro", eh, allora non c'era proprio più niente da fare. Su quei soldi Landrò ci poteva pure fare una croce sopra, disse soddisfatto Zaccariello. Non sapevamo proprio "nu cazzo?" In che mondo vivevamo? Quelli là, gli amici "d' 'o prevete", avevano pure vinto le elezioni. No, non si erano fatte ancora, ma i sondaggi erano già sicuri. E non l'avevamo sentita la storia di quello che si era opposto ai Fratelli d'Italia, accusandoli di manipolare l'opinione pubblica? Eh, l'avevano trovato inculato con un piede di sedia, e con una SS incisa sulla fronte.

«Accussì non fa più lo stronzo! Mo' balbetta, 'o scemo, nu' parla cchiù! Mo' chiagne, 'o rivoluzionario, eh? Quello don Sossio è un vero signore, e quando l'hanno intervistato ha detto che gli dispiaceva assai, ma "la vita è una lotta, e c'è sempre chi soccombe". E po' 'a ditto che l'essere umano è cattivo, e bisogna stare attenti, "perché è con queste messinscene che i comunisti raggirano i giovani..." Don Sossio parla bbuono: "I giovani hanno solo bisogno di lavoro e di moralità... Ora et labora, questo è il futuro!". Chillo tene proprio raggione... Insomma, avete chiuso. 'A causa, mo', non la vuole nessuno...»

«Nisciuno!» gli fece eco il Baronetto, che masticava e triturava con grande concentrazione dei semi di zucca di cui aveva piene le tasche, sputando a terra le scorze.

«Qua io non ci venivo proprio, 'e capito?... Se non era per

mio fratello, nemmeno ve lo venivo a dire. Ma quello c'ha un cuore così, mio fratello.»

«Così... Grande!» gli fece eco il Baronetto aprendo le braccia in croce.

«Pecché mo' ce stanno pure 'e cambiali! Eh, e sono e-se-cu-ti-ve...»

Intanto l'ufficiale giudiziario aveva finito. Salutò con deferenza Zaccariello che lo chiamò affettuosamente "'onn'Anto'", e uscì, seguito dal portiere. Il Baronetto dette una gomitata al fratello.

«Che ce stà 'a magnà, fratello?»

«Niente, che c'adda stà? So' spellecchiune, non lo vedi? Pezzenti, sono...»

«'Na birretella, Zaccarie', io tengo sete! Nu peroncino...»

«E aspetta nu poco, Barone', aspetta! Famme parlà...»

Il Baronetto aveva pescato da una tasca un'altra manciata di semi, ma Zaccariello gli dette uno schiaffo sulla mano facendoglieli cadere.

«Po' dice che ti viene sete! Statte fermo, famme faticà... Dopo t'accatto 'o chinotto, va bene?»

«Ma 'o ccafè nun c'ho fanno?»

«Statte zitto!... Eh, pure il pignoramento, lo vedete? È perché avete voluto fare i grandiosi, vi siete allargati, e mo'...»

Parlando, Zaccariello aveva preso da una pila di libri *Così parlò Zarathustra*, e lo sfogliava distrattamente scuotendo la testa e ripetendo "esecutivo, mo' è esecutivo". A un tratto si dette una manata sulla coscia e scoppiò a ridere.

«Siente ccà, siente... "Così la giustizia mi parla... Gli uomini non sono uguali... E neppure debbono diventarlo!"... 'E capito, 'stu Nicce è robba bbona, allora! Siente, Landrò, m' 'o pozzo piglià? Accussì, pe' ricordo...» e stava per infilarsi il libro in tasca.

«Stronzo, posa quel libro!»

«A chi... A chi, stronzo? Ahà, ma tu chi sei? Munnezza! Tu stai a parlà cu' Zaccariello Tolomeo!...»

Ma Landrò si era già buttato a strappargli il libro, e intanto faceva cenno che se ne andasse.

«Ma chisto è scemo! Barone', ce ne dobbiamo andare, vieni. Ma tu, bello, devi cacciare tutti i soldi, hai inteso?»

«Uhé, bello, hai sentito a mio fratello?»

Allora Landrò con un balzo corse a un cassetto, lo aprì e si mise ad agitare per aria una piccola pistola col calcio di madreperla. Sembrava completamente fuori di sé. Non si era vestito del tutto, e sotto il maglione aveva ancora il pigiama.

«Fuori subito! Fuori!»

«E chi si'? E che ti credi di fare? Io sono la legge... 'A causa l'hai persa! Nu' ttiene cchiù 'na lira... Me ne vado, a comodo mio, però.»

Fece un cenno al fratello e uscirono. Ma dopo aver disceso una rampa di scale, Zaccariello gridò:

«E m'aggio fatto pure 'a guagliona toia! Strunzo!»

Allora Landrò cominciò a urlare che lo uccideva, lo uccideva "come un cane". Si lanciò per le scale, sparò due colpi. Ma Zaccariello e il fratello stavano già in basso, e di nuovo Zaccariello gli gridò che si era "chiavato a Reggina!", e che i Tolomeo lo tenevano "gruosso accussì", e si erano fatti "pure a soreta", e che Landrò era ricchione. I vicini uscirono dalle porte strillando: "Assassini! Assassini!" e dovetti tirare via Landrò che agitava la pistola e voleva sparare a tutti.

Di sopra, Landrò cadde in una vera follia. Si aggirava per tutta la casa dando calci nei muri e mordendosi le mani. Era così, aveva firmato delle cambiali per 'O Tolomeo, non era vero che aveva avuto i soldi sulla parola... E con ciò? Chi gli poteva dire niente? Poi ripeteva "non sono gabbato! non sono gabbato", e per un momento sembrava tornare calmo. Ma dove stava Fulcaniello? E quella zoccola di Arcana? Non c'era nessuno di tutti gli stronzi quanti ne eravamo? E che gliene fotteva a lui di Regina? Si mise a ridere, e non la finiva più. Lui, che andava a prendersela "pe' 'na femmena!"... Ma lo sapevo che lui, Landrò, " 'e ffemmene" se le era sempre dovute scollare di dosso?

«E tu mi vedi così, ora... Pensi che sono sconfitto, eh? Ma io, qua sotto» e si toccava la faccia «ho un'altra maschera! E una seconda maschera! E poi ancora e ancora!»

Si mise a saltellare, agitando le braccia.

«Io rido di tutte le tragedie! Io mi metto a ballare sulla testa!»

Credevano di averlo fregato! A chi, a lui? Lui sapeva già tutto, e non si sarebbe fatto nemmeno "un baffo", di tutto quel casino. Ma in mezzo a queste dichiarazioni, arrivarono le ragazze e il Maestro. Landrò sembrava ormai inconcludente. Li informai brevemente del pignoramento e della causa, e nessuno sembrò sorpreso.

«Siamo al capolinea» disse asciutta Arcana.

«Ma che stai dicendo? Io sono il filosofo della disarmonia! E perché non dovrei lasciarmi ingannare? La conoscenza è al di là del bene e del male... So' stato ingannato? Ah, sono stato gabbato? E allora io dico come Nietzsche: Così volli che fosse!... Avete capito?... Così volli che fosse!»

Landrò, lui, era al di là di tutte questo miserabile affannarsi "Ci sono problemi più alti di tutto questo piacere e dolore!" gridò, ma ormai senza più voce. "È scemo" disse Arcana, e se ne andò a prepararsi la borsa. Lei se ne infischiava, di tutte quelle buffonate, e voleva solo dormire un poco, e poi, domani, si sbaraccava. "La festa è finita", disse.

E verso sera Landrò aveva deciso: bisognava andare ad appiccare il fuoco alla casa di suo padre e all'Istituto delle Sorelle per la Salvezza, ammazzare don Sossio, e sulla tomba del padre pisciarci sopra. "Non sono gabbato!" ripeteva, "non sono mai stato gabbato!" E che, era forse un giullare? A chi doveva "sbattere i sonagli"? E poi la vendetta, diceva Zaratustra, "è santa". E allora perché non si doveva festeggiare? Arcana aveva comprato un cesto di bottiglie di champagne e del cibo già pronto, per "un'ultima cena" di lusso.

«Ma dove li hai presi i soldi?»

«Non ti riguarda.»

Mancava solo Fulcaniello. Dove era finito? Si era perduto in un cunicolo, o lo avevano ammazzato scambiandolo per un ladro? Zinaida ingoiava i tranci di salmone crudo senza masticare, e senza sollevare le palpebre. Le fette di roastbeef spalmate di caviale sparivano nella sua gola in pochi, quasi svogliati bocconi. Stella e Regina ridevano come pazze, abbracciandosi e sbaciucchiandosi. Eravamo tutti ubriachi, e l'idea di Landrò cominciava a sembrarci convincente.

«Il prete lo ammazziamo a calci!... No, lo soffochiamo col cuscino... Così non può ereditare un cazzo!»

«E ci prendiamo noi l'eredità! Tutta l'eredità!»

«E la casa la mettiamo a fuoco!»

«Ma perché? Ce la vendiamo! E se no ci costruiamo il casino...»

No, la casa si doveva "appicciare" perché era il simbolo del "coglione".

«Quello schifoso! Chella mmerda!...»

«Tutti merde i vecchi!»

«Però ce lo mettono sempre nel culo, alla fine.»

Zinaida sembrò svegliarsi, e articolò lamentosa:

«Fu-Fulcaniéee... Addó stai? Addó stai?»

Landrò si affacciava a ogni momento alla finestra, e sputava sotto, dicendo: " 'Sta mmerda! 'Sta mmerda secca!". Poi ritornava dentro annunciandoci che avrebbe "pisciato sulla fotografia" e sulla lampada perpetua della tomba... Poi si mise a recitare, a voce altissima: "Che importa se siete falliti! Quante cose sono ancora possibili... E allora imparate a ridere, uomini della conoscenza!". E rideva, ma di un riso stridulo, singhiozzante.

«Ahà! 'E ppatane so' bbone cotte, eh? E non ti preoccupare!... T' 'e faccio magnà cotte... O tu o io? E allora io, io, io!»

Bisognava procurarsi le latte di benzina, doveva essere una cosa sicura. No, lui non avrebbe fatto la fine di Ivan Karamazov, ce lo potevamo scordare. E si doveva lasciare anche un messaggio fuori alla casa del prete, no? "Per esempio" propose Stella, "i porci muiono da porci." No! No! Landrò si innervosì. Che porci? No, ci voleva una cosa seria come: "Ciò che non uccide rafforza!". E non si poteva disegnare anche un grosso cazzo?

«Ma perché non bruciamo pure la casa del prete?»

Sì! E perché non lo bruciavamo vivo anche a lui, dentro a quella palestra di merda? E insieme al prete ci chiudevamo pure i suoi cani, che così "si pisciavano sotto di paura". E alla fine sul muro ci scrivevamo LE BARRICATE MISTERIOSE... Ma sì, disse Landrò, scrivessimo pure tutto quello che ci pareva! L'importante era che lui ammazzasse quella fogna di prete con le sue mani. Brindammo alla riuscita, alla vendetta, al futuro. Solo il Maestro non prendeva parte all'allegria, e sembrava sprofondato nel mutismo. Disse solo, ma con voce quasi inudibile, che "l'azione è sempre un male", o una frase del genere, ma nessuno ci fece caso. Landrò si mise a canticchiare, poi attaccò di nuovo a recitare una poesia di Nietzsche: "Chi sei tu viandante? Ti vedo andare per la tua strada, senza scherno, senza amore, con uno sguardo indecifrabile..." Poi si interruppe, in mezzo alle risate, per ripetere che lui il "lumino perpetuo" sulla tomba di quella mezza sega del "vecchio Karamazov" lo spegneva pisciandoci sopra.

Le fiamme divamparono subito alte. Fu molto più facile di quanto avessimo pensato. Non c'era nessuno, la polizia non vigilava sulla casa, e non c'erano nemmeno quelli della setta. " 'A fatto 'a morte d' 'a zoccola", disse pacifica Zinaida. "L'atleta dello Spirito" non era nemmeno riuscito a uscire di casa, e era andato a fuoco con gli anelli, la scala svedese e i guantoni da pugile. Arcana e le ragazze svitarono i tappi dalle taniche di benzina e inzupparono tutto dandogli fuoco. Sgozzare i cani uno ad uno fu esaltante, e Fulcaniello li volle impiccare per i piedi "come nei tarocchi", per sfregio ai Salutisti per la Salvezza. Landrò digrignava i denti per il piacere, ripetendo "la vendetta è santa, la vendetta è santa", e quando la casa fu in fiamme Arcana prese a recitare: "Potere, giustizia, storia, abbasso! Ci è dovuto, ci è dovuto: il sangue! il sangue! la fiamma d'oro!" con Stella che le faceva eco: "Industriali, principi, senati, a morte! Noi non lavoreremo mai!".

Prima di abbandonare l'Istituto, in mezzo al fumo e alle scintille, vollero a tutti i costi scrivere sul muro di cinta una frase con la pittura rossa che si erano portate dietro: LA RIVOLUZIONE! SEMPRE! NONOSTANTE TUTTO! E con la stessa vernice, Elena e sua sorella si misero a scrivere sull'asfalto e sui muri attorno NÉ SERVI NÉ PADRONI... W NOI... LA LOTTA NON FINIRÀ MAI... Chi ci pensava più ai soldi, all'eredità, al testamento? Eravamo felici, tutti ridevano strafottenti, e solo il Maestro, le mani ficcate nelle tasche dell'impermeabile, ci veniva dietro silenzioso e assorto.

L'ultima a cadere in preda all'incendio fu la villa del vecchio Landrò. Ma Landrò non era soddisfatto delle fiamme, si avvicinava come per attizzarle meglio, con larghi gesti delle braccia, voleva ancora fare qualcosa, colpire, sbriciolare, distruggere. Pestava il piede a terra come se calpestasse un verme, scontento, con i capelli mezzo bruciacchiati e la faccia nera di fumo, e a un tratto cominciò a tremare e a balbettare. Ora voleva una bomba. Come, non avevamo portato una bomba? L'incendio lo potevano pure spegnere, ma la bomba l'avrebbe cancellata per sempre, la casa di "quel pezzo di merda"! E gridava che doveva andare tutta giù, che quella schifezza la dovevamo cancellare dalla faccia della terra, che non dovevano restare nemmeno più le fondamenta. " 'Na bomba, ccà ce vo' 'na bomba!" ripeteva. Non voleva venire via, diceva che lui se ne fotteva della polizia, e di tutti, e che la vendetta era santa. Che volevamo fare, eh? " 'A rivoluzione, sempre, nonostante tutto, eh? 'Na mmerda!" Se ne fotteva, lui, degli sfessati, dei poveri, dei rottinculo. E noi che capivamo, che dovevamo capire? "Non sono gabbato! Io non sono mai stato gabbato! Niente rivoluzione! Io non mi illudo, io mi voglio vendicare, m'aggia sultanto vendicà!".

Dovemmo trascinarlo via, ricordandogli che non avevamo finito, e che c'era ancora il cimitero. E là Landrò divelse la lapide con la fotografia, sputò sulla sepoltura e si mise a gridare: "Ho vinto, alla fine ho vinto! L'aggio castigato! 'E ppatane so' bbone cotte, eh? Io, ho vinto io!", ballando e sbattendo le mani. Poi si aprì la cerniera dei pantaloni e cominciò a pisciare sul lume perpetuo.

Ma l'incendio fu solo il sogno a occhi aperti che feci per giorni e giorni steso sulla branda nello scantinato di casa mia. Quello che era successo veramente era così confuso e insensato – le lacrime di Zinaida, l'umiliazione nel comando dei carabinieri, le promesse di Arcana – che non riuscivo a ricordarlo. Me ne stavo buttato sulla branda come un sacco vuoto, cercando di non pensare a niente, immobile fino a sentire un intorpidimento che mi invadeva anche il cervello.

Mio padre e mia madre si erano ricavati una specie di appartamento nello scantinato. Era buio e senza sole perché lo scantinato scendeva sotto il livello del giardinetto, e si doveva sempre stare con i neon accesi. Ma la casa nuova di sopra, e tutto il resto, "serviva a Lillina". Taúto l'aveva "messa incinta", e se non la facevano "sposare bene" aveva minacciato di andarsene, perché lui alla moralità ci teneva. Ora i miei erano pieni di debiti, perché le spese erano state enormi: Taúto aveva voluto un pianoforte a coda, una macchina sportiva nuova, il marmo portoghese a terra e la vasca con l'idromassaggio. E che poteva fare una madre: non si doveva sacrificare per i figli? Io non c'ero, me ne ero andato, e tornavo ora come se niente fosse? Che mi credevo, che loro mi potevano dare da mangiare per sempre? Ora sarebbe toccato a me, aiutarli.

Mio padre non si muoveva più dal letto, mangiava lì, e non

si alzava nemmeno per pisciare. Teneva sempre il televisore portatile acceso, e continuava a non parlare con nessuno. Mia madre invece si muoveva, cucinava, lavorava, sempre parlando, e il minuscolo appartamento era invaso dalla sua voce, interrotta solo dagli squilli del telefono e dagli applausi del televisore. Io mi ero sistemato in cucina, perché non c'era nessun altro posto dove stare. Cercavo di pensare che stavo sognando, e che quello che venivo a sapere era solo un incubo dal quale prima o poi mi sarei svegliato, ma era inutile.

Fulcaniello non si era trovato più. Era stato dato per disperso, morto da qualche parte, anche se in realtà nessuno lo aveva veramente cercato. Zinaida era stata internata al Frullone, e non ebbi il coraggio di andarla a trovare. Seppi che era dimagrita spaventosamente, e che non parlava più. Il Maestro sembrava sparito, dissolto nel nulla, come uno spettro. "Ma tanto" aveva detto una volta 'O Tolomeo in uno scatto di rabbia, "quel miserabile torna sempre". Forse era così, e cercarlo sarebbe stato inutile: André era sprofondato per riemergere di nuovo chi sa dove, chi sa quando.

Il testamento del padre di Landrò, in realtà, non riduceva alla fame i figli. In una clausola era previsto che se "i figli suoi" avessero dato un segno inequivocabile "del loro sincero pentimento" avrebbero potuto, in quanto "sangue del suo sangue", essere ammessi a una parte dell'eredità. Landrò fu riabilitato, e come tutore e amministratore della sua parte di eredità fu nominato don Sossio Sesamo. Ma i Fratelli d'Italia per il Lavoro e la Morale non si fidavano veramente di Landrò, e lui lo sapeva bene.

L'unica volta che, per caso, lo incontrai, aveva i capelli biondicci tagliati corti e si era fatto crescere i baffetti uguali a quelli di Rimbaud a Marsiglia. Ruotando disgustato il collo fuori da un impeccabile completo blu, la bocca distorta come da un attacco di paralisi, agitava le mani per aria, sostenendo che faceva per "loro" lavori di pubbliche relazioni di cui non poteva parlarmi assolutamente: "Eh, non posso dire niente, cose grosse, intermediazioni finanziarie, tu nun puo' capì..." "Ma perché non li hai mandati a farsi fottere? Non dicevi che..." "Sì, sì, 'e ppatane so' bbone cotte! E come campo, eh?" "Ma tu..." "Io ho ancora le mie speranze! Ciò che non uccide rafforza! Ma dovrò essere astuto, molto astuto...".

Mi lasciò dopo pochi minuti, e solo in seguito seppi che era andato a abitare in una casa popolare a Secondigliano, che doveva sposare Regina, e che da lei aspettava un figlio.

Da Arcana mi arrivò alcuni mesi dopo una lettera che all'inizio non capii. C'erano delle frasi copiate dalla *Saison en Enfer*: "Mi è nata la ragione. Il mondo è buono. Benedirò la vita"... "Un bel vantaggio è che posso ridere dei vecchi amori menzogneri, e mi sarà lecito possedere la verità in un'anima e un corpo", e in fondo, con una grafia diversa e quasi indecifrabile: "Avrò dell'oro. Sarò ozioso e brutale. Le donne si prendono cura di questi feroci infermi reduci dai paesi caldi. Sarò immischiato negli affari politici. Salvo...". La lettera era stata spedita dalla stazione centrale, in una grande busta gialla senza recapito: solo le parole senza senso di Rimbaud.

Fin dal primo giorno del mio ritorno Taúto, tramite mia madre, aveva insistito perché mi liberassi "del peso" della casa, e accettassi da lui una somma "generosa" come liquidazione.

«So' bravi, eh? Quei figli miei sono di cuore buono. Lo vedi? Ti vogliono bene! Alfonsino mi ha detto: "Ditegli che gli conviene, si piglia i soldi e può aprire un commercio. Che aspetta, 'o posto fisso? Di questi tempi?..." Lo vedi, lo vedi che si pigliano tutte queste preoccupazioni per te?»

Mia madre ritornava tutti i giorni sulla questione. Lo dovevo fare per Lillina, una volta tanto potevo pure non essere egoista e non pensare solo a me, sempre a me. Poi con la "liquidazione", era vero, potevo dare una caparra per aprire un commercio. E non potevo pure aiutare Taúto?

«Alfonsino è capace, lo sai? Si è messo nella politica con quello là, aspetta, quell'amico tuo di buona famiglia... Ah, sì, l'ingegnere Tolomeo... 'A politica è sporca, ma questa è gente perbene. 'E capito? So' ricchi di famiglia, così non rubano come quei mangioni di prima. Sì, dentro a questo partito qua ci sta pure un bravo sacerdote, nu santo! Si chiama don Sossio, e vuole far stare bene a tutti quanti! Eh, quelli può essere che aggiustano le cose... E perché non ci entri pure tu nel partito? Dai una mano a Taúto: tu 'e studiato, sei intelligente, puoi scrivere 'e discorsi! 'E capito, a mammà?»

Secondo lei "quei due" insieme avrebbero combinato cose grosse, perché ci sapevano fare. Taúto aveva conosciuto "il signor Tolomeo" per una questione di tasse, che gli aveva risolto come sapeva fare lui. Certo però, che questa gente "importante", eh, era strana.

«'E capito? L'ingegnere... Il signor Tolomeo, tiene 'na moglie tedesca, ricca assai. E però c'ha pure un'amica, sì, l'amante, una che sta sempre con lui per lavoro... Eh, una che sape 'e lingue straniere...»

L'amante di 'O Tolomeo aveva uno strano nome, Taúto gliel'aveva pure detto, ma era difficile da ricordare. Ah sì, la ragazza si chiamava Arcana, ed era giovane, assai più dell'ingegnere. E non le piaceva di stare con le mani in mano, no, no. Si era aperta un locale notturno, nuovo di zecca, e dentro ci lavoravano pure le amiche sue, tutte belle ragazze. Ma era un localino fine, perbene, che mi credevo? Una cosa per signori.

«Tiene pure un nome strano, 'sti nomi moderni, tu lo sai... "Le birre misteriose", o forse "Le bare misteriose"... Mah, non mi ricordo più.»

Eh, si stava facendo vecchia, e il nome preciso non se lo ricordava. Però Alfonsino le aveva detto che facevano una barca di soldi, e a lei queste ragazze attive, capaci, "scetate", le piacevano. Ma che fantasia che tenevano i giovani di oggi! Dove li andavano a pescare, certi nomi?

«E chi lo sa! Tu pure tenevi tanta fantasia quand'eri piccolo, ti ricordi? Eh, Tommasi', non dici niente? Non vuoi parlare con me? Però a te quello ci vorrebbe, una brava figlia, piccerella... Come ha fatto l'amico tuo... Perché se no i figli quando li fai? E poi se la moglie te la scegli giovane, tiene più salute... Te la pigli di buona famiglia, che tiene le proprietà, vedi a Taúto come ha fatto? E ti puoi aprire pure tu un locale, no? Mo' il posto statale è difficile, difficile... Tu piglia esempio, lo vedi a Taúto? Piglia esempio...»

Il giorno dopo, per dieci milioni in contanti – "Quei figli miei mo' stanno stretti, si so' appena sposati, e qualche cosa alla banca la devono pure tenere, no? Poi vedi, Tommasi', poi vedi che quando ti sposi ti fanno un bel regalo" – firmai il contratto di cessione senza diritto di ripensamento sulla mia parte di eredità.

Dove potevo andare? Mi rigirai tutta la notte sulla branda, pensai che non dovevo partire, che li potevo prendere di sorpresa e soffocarli nel sonno, sparargli in bocca, avvelenarli con la varecchina... Taúto, Arcana, 'O Tolomeo... Ah, se mi fossi vendicato! Ma come aveva detto il Maestro quella volta? L'azione, com'era l'azione? Era da compiere oppure no? Non riuscivo più a ricordare. Faceva caldo, un caldo afoso, opprimente. Il rumore del televisore mi impediva di pensare. Dovevo andare via, lontano, molto lontano. Ma dove? Forse verso nord: Londra, Stuttgart, Rotterdam, Copenaghen, Stoccolma... O verso oriente: Giava, Samarang, Salatiga... Non c'era più nessun paese da esplorare, sperduto, fuori della civiltà?... *Preti, professori, padroni, vi sbagliate! Io non sono della vostra razza...* Per l'Africa, forse potevo partire per l'Africa... Aden, Tadjoura, Ambado, Harar, Obock, Ensa, Yabatha, Zeilah...

Con i soldi avrei impiantato un commercio di zanne di elefante, di armi, di schiavi. Attraverso il deserto con la mia carovana, i cammelli, i sonagli, e a picco sulla testa il sole, il sole... Mi sarei preso una negra, mi sarei convertito alla poligamia, l'avrei ripudiata: mi sarei fatto crescere i baffi e tagliato i capelli... *Un bel vantaggio è che adesso posso ridere dei vecchi amori menzogneri...* Avrei accumulato un capitale enorme, sarei tornato ricco sfondato, e non avrei lavorato mai più... *Mi sarà lecito possedere la verità in un'anima e un corpo...* Sì, la verità era quella: il sole, il commercio, il deserto.

Cominciai a sudare. Il sudore mi scorreva sulla fronte, appiccicava i capelli, mi bagnava sotto le ascelle, le gocce cadevano sugli occhi, rigavano le guance. Mi vedevo camminare, con la mazzetta dei soldi stretta nella tasca, la mano sopra per non farmeli scippare da qualche altro morto di fame. Allora, che aspettavo ancora? Era tempo di farla finita con tutte le attese. Bisognava agire, dovevo alzarmi e andarmene, ora, per sempre, senza voltarmi indietro, mai più.

PICCOLA BIBLIOTECA OSCAR

Al-'Arabi Ad-Darqâwi, *Lettere di un maestro sufi*

Eraldo Affinati, *Bandiera bianca*

—, *Campo del sangue*

—, *Soldati del 1956*

—, *Veglia d'armi*

Edoardo Albinati, *Il polacco lavatore di vetri*

Martin Amis, *La freccia del tempo*

Leonardo Arena, *La via buddhista dell'illuminazione*

— (a cura di), *Il canto del derviscio*

— (a cura di), *I Maestri. Voci dal silenzio*

Massimo Baldini, *La filosofia salva la vita*

Charles Baudelaire, *Lettere alla madre*

Ludwig van Beethoven, *Autobiografia di un genio*

Dario Bellezza, *Morte di Pasolini*

Ermanno Bencivenga, *La filosofia in trentadue favole*

—, *Filosofia: istruzioni per l'uso*

Bob Briner, *Gesù come manager*

Dee Brown, *Attorno al fuoco*

Charles Bukowski, *Niente canzoni d'amore*

Michail Bulgakov, *Morfina e altri racconti*

Lucilla Burn, *Miti greci*
Dino Buzzati, *Il borghese stregato e altri racconti*
Pino Cacucci, *Outland rock*
Joseph Campbell, *Tra Oriente e Occidente*
Piero Chiara, *I Promessi Sposi di Piero Chiara*
Chimo, *Lila dice*
Agatha Christie, *Trappola per topi*
Thomas Cleary, *L'arte giapponese della guerra*
—, *104 scherzi zen*
—, *Il Dhammapada*
—, *L'elemento umano*
—, *L'essenza del Tao*
—, *Il libro degli insegnamenti di Lao-tzu*
—, *La saggezza del Profeta*
—, *La saggezza di Confucio*
—, *Tuono nel cielo*
Pierluigi Confalonieri, *La saggezza che libera*
Ananda K. Coomaraswami, *Vita di Buddha*
Douglas Coupland, *Generazione X*
Taïsen Deshimaru, *La tazza e il bastone*
—, *Il vero Zen*
Philip K. Dick, *Le formiche elettriche*
Leonid Dobyčin, *Il clan dei Šurka*
Fëdor Dostoevskij, *La mite*
Marguerite Duras, *C'est tout*
—, *Il nero Atlantico*
Bob Dylan, *Tarantola*
Meister Eckhart, *La via del distacco*
Michael Ende, *Il pifferaio magico*
Hans Magnus Enzensberger, *In difesa della normalità*

Epitteto, *Il Manuale di Epitteto*
Josemaría Escrivá, *Cammino*
Jeffrey Eugenides, *Le vergini suicide*
Francis Scott Fitzgerald, *Troppo carina per dirlo a parole*
Jane F. Gardner, *Miti romani*
Julio Garmendia, *Il Fico d'Oro*
Kahlil Gibran, *Massime spirituali*
—, *Sabbia e schiuma*
Miranda Jane Green, *Miti celtici*
George Hart, *Miti egizi*
Stephen Hawking, *Inizio del tempo e fine della fisica*
Ernest Hemingway, *Un posto pulito, illuminato bene*
Hermann Hesse, *L'infanzia dell'incantatore*
Fred Hoyle, *L'origine dell'universo e l'origine della religione*
Ignacio de Loyola, *Esercizi spirituali*
Henry James, *Daisy Miller*
Immanuel Kant, *Sul male radicale nella natura umana*
John Fitzgerald Kennedy, *L'alba della nuova Europa*
Jack Kerouac, *Lettere dalla Beat Generation*
—, *La scrittura dell'eternità dorata*
—, *Scrivere bop*
—, *Il sogno vuoto dell'universo*
—, *Vecchio Angelo Mezzanotte*
Heinrich von Kleist, *Favole senza morale*
Claudio Lamparelli, *L'arte della serenità*
— (a cura di), *Le vie dello spirito*
Lao-Tzu, *Il libro della virtù e della via*
– , *Tao te Ching*
Giacomo Leopardi, *Pensieri*
—, *Il pensiero malinconico*

Primo Levi - Tullio Regge, *Dialogo*
Madre Teresa, *Preghiera*
Henrietta McCall, *Miti mesopotamici*
Yukio Mishima, *Una stanza chiusa a chiave*
Pamela Moore, *Cioccolata a colazione*
Eduard Mörike, *Mozart in viaggio verso Praga*
Giulio Mozzi, *Questo è il giardino*
Wilhelm Mühs, *Piccolo manuale di xenofobia*
Miyamoto Musashi, *Il libro dei cinque anelli*
Friedrich Wilhelm Nietzsche, *Filosofare col martello*
Osho, *L'amore nel Tantra*
—, *L'arte di ricrearsi*
—, *Il Canto della Meditazione*
—, *Che cos'è la meditazione*
Fernando Pessoa, *Una cena molto originale*
—, *Il violinista pazzo*
Massimo Piattelli Palmarini, *Ritrattino di Kant a uso di mio figlio*
Andrej Platonov, *All'alba di una nebulosa giovinezza*
Plutarco, *L'arte di ascoltare*
—, *Come educare i figli*
—, *Come trarre vantaggio dai nemici*
—, *Della vera amicizia*
—, *La serenità interiore*
Pierre Riches, *Note di catechismo per ignoranti colti*
Rainer Maria Rilke, *Lettere a un giovane poeta*
Arthur Rimbaud, *Viaggio in Abissinia e nell'Harar*
Dugpa Rimpoce, *500 precetti per una vita felice*
Gabriele Romagnoli, *Navi in bottiglia*
Jean Rouaud, *I campi della gloria*

Masami Saionji, *La felicità infinita*

Friedrich Schiller, *Sulla poesia ingenua e sentimentale*

Arthur Schnitzler, *Pensieri sulla vita e sull'arte*

Arthur Schopenhauer, *Metafisica della sessualità*

Seneca, *La tranquillità dell'animo - La brevità della vita*

—, *La vita felice - La vita appartata*

Vittorio Sereni, *Sentieri di gloria*

Georg Simmel, *La moda*

Sofocle, *Edipo re*

Italo Svevo, *Diario per la fidanzata*

Karl Taube, *Miti aztechi e maya*

Trilussa, *Cento favole*

Ivan Turgenev, *Klara Milič*

Mark Twain, *La banconota da un milione di sterline*

Giuseppe Ungaretti, *Il deserto*

Swami Anand Videha (a cura di), *Il sorriso del Buddha*

Oscar Wilde, *Aforismi*

—, *Autobiografia di un dandy*

—, *La decadenza della menzogna*

—, *L'Usignolo e la Rosa*

Binjamin Wilkomirski, *Frantumi*

Jeanette Winterson, *Non ci sono solo le arance*

—, *Scritto sul corpo*

Yoka Daishi, *Il canto dell'immediato satori*

PICCOLA BIBLIOTECA STRUMENTI

J.K. Galbraith - N. Salinger, *Sapere tutto o quasi sull'economia*

Silvia Vegetti Finzi, *Freud e la nascita della psicoanalisi*

La letteratura italiana raccontata da Giuseppe Petronio

I. La civiltà del Comune

II. La civiltà della corte

III. La civiltà dell'Assolutismo e della Controriforma

IV. Dalla civiltà aristocratica alla civiltà borghese

V. Dalla civiltà borghese alla civiltà di massa

PICCOLA BIBLIOTECA ISTANTANEE

Nietzsche

«Nel corpo di Napoli»
di Giuseppe Montesano
Piccola Biblioteca Oscar
Arnoldo Mondadori Editore

Questo volume è stato stampato
presso Mondadori Printing S.p.A.
Stabilimento NSM - Cles (TN)
Stampato in Italia - Printed in Italy